2024 한양대학교 연극영화학과
캡스톤
창작희곡선정집

•

11

2024한양대학교
연극영화학과

캡스톤

창작희곡선정집

11권

평민사

― 차례 ―

펴낸이의 글

2017년 첫 출간을 시작한 〈캡스톤 창작 희곡 선정집〉이 올해로 벌써 열한 번째 출간을 하게 되었습니다. 한국의 공연예술계를 짊어지고 갈 예비 예술인들의 반짝이는 아이디어들이 세상의 빛을 볼 수 있게 해주자는 의도에서 시작한 작은 발걸음이 이제는 연속성과 지속성의 차원에서 상당히 의미 있는 희곡집으로 자리매김했다고 생각됩니다.

4차 산업혁명의 새로운 기술들의 유입과 함께 문화예술계의 모든 분야가 급격한 변화를 맞이하고 있습니다. 인류의 역사상 가장 오래된 예술 장르 중 하나인 연극 분야 또한 이러한 새로운 변화를 온몸으로 마주하고 있다고 해도 과언이 아닙니다. 특히 인공지능 기술은 이제 무대 시각화의 측면을 넘어 콘텐츠 창작의 영역까지 넘나들며, '인간'에 의한 인간을 위한 예술인 연극의 스토리텔링의 측면에까지 적극 도입이 되고 있습니다. 그러나 창작과 무대화의 과정 속에서 고민과 고뇌를 거듭하며 인간의 '마음'을 담아내는 과정만은 동시대 인공지능 기술이 담아내지 못한다고 생각합니다. 이처럼 본 희곡집은 창작과 공연 과정을 통해 인간의 마음을 이해하고 담아내고자 했던 창작자들의 노력과 열정이 담긴 소중한 기록입니다. 각자의 독창적인 창의력을 바탕으로 자신만의 이야기를 만들어 간 '과정의 결과물'입니다.

   희곡은 그 자체로 인간의 내면과 우리 사회의 다양한 관계를 탐구하는 예술입니다. 본 희곡집에 선정된 작품들은 각기 다른 소재와 스타일을 통해 우리가 살고 있는 세상의 다채로운 면모를 들여다보게 합니다. 특히 기존의 전통적인 틀과 표현 방식에 얽매이지 않고, 젊은 창작자들의 용기 있는 시도들을 가감 없이 담아냈다는 점이 본 희곡집이 갖는 또 다른 의미일 것이라고 사료됩니다.

   본 희곡집이 출판될 수 있기까지 물심양면으로 도와주신 한양대학교 링크 3.0 사업단 관계자분들과 출판의 모든 과정을 진행해 준 양의열 작가에게 감사의 마음 전합니다. 무엇보다 본 출판의 의미를 소중하게 여겨주시며 언제나 기쁜 마음으로 출판을 진행해 주시는 평민사 이정옥 대표님께도 감사의 인사를 드립니다.

   한양대학교 연극영화학과는 앞으로도 다양한 창작 작품들을 세상에 끊임없이 선보이는, 콘텐츠 창작의 마르지 않는 샘물이 될 수 있도록 최선을 다할 것입니다.

   펴낸이 권 용, 김준희, 조한준, 우종희

P는 아니다

양의열 극작 · 전은빈 작시

Pn은 코러스이며, 배역과 동시에 코러스를 맡게 됩니다.
Ps에서는 Pn들이 같이 발화합니다.
Pn들은 다른 배역 또한 같이 맡습니다.
볼드체는 배역 란의 모두가 발화합니다.
영어 발음은 지석영의 [아학편]에서 참고하였습니다.

등장인물

P

자스민

낭화

유

구

무

임선생

배경

1940년 초 일제강점기, 경성 외곽

공간

주로 혁명단체의 은밀한 공간과 P의 집, 요릿집을 왔다갔다한다.

0장

아래의 내용의 무대 자막이 빠르게 지나간다.

이 자막은 관객들이 거의 읽지 못할 속도로 흘러간다.

배우들은 이 자막 안 볼드체로만 되어있는 단어를 동시에 발화한다.

[**낭화보거라.** 너의 편지는 잘 받았다. 말솜씨 못지않게 글씨도 아주 잘 쓰더구나. 한 글자, **한 글자 꾹꾹 눌러담은 너의 진심을 보고서 답장을 아니 할 수 없었다.** 하지만 답장이 너무 늦어버린 것에 대해서는 사과하마. 답장이 늦어질수록 드는 죄책감이 더욱 답장을 쓰기 더디게 만들더구나. 그렇지만 본래 영웅이란 모름지기 늦게 도착하는 편이다. 못난 영웅을 이해해주기를 바란다.

어릴 적부터 나는 숨을 잘 쉬지 못했다고 한다. 잠시만 한눈팔아도 헐떡였다고 하니 꽤나 불효자였었지. 그때마다 어머니는 숨을 불어넣어준다는 생각으로 옆에서 같이 숨쉬어주셨다고 하더라. **그때부터였던 것 같다. 다른 숨들이 나에게 들어왔던 것이. 다른 숨들이 나를 가득 채웠던 것이.**

나는 영웅이 아니다. 영웅이란 무릇 보통 사람으로는 할 수 없는 빼어난 일로 하여금 존경을 받는 사람인데, **나는 그러지 않았다. 아니 못했다.** 처음엔 우연이었고 내가 발버둥치려 할 때마다, 누군가 나를 돕더구나. 결국 내가 내 스스로 해낸 것은 없다. 너의 진심을 담은 글씨들은 나를 부끄럽게 하더구나. **너는 항상 진심으로 추앙하고 섬겼고 존경을 보냈다. 사실 가짜였기에, 진짜처럼 꾸미기에 급급했기에, 너의 진심들이 나에게 선고를 내리더구나.**

이 선고는 나에게 유의미한 것이란다. 다시 태어나는, 윤회의

명령이 되었으니 말이다. 나는 무엇으로 태어나든 상관없다. 말 못하는 짐승이든 평생 바닥만 바라보고 기어 다니는 벌레이든 지금의 나보다는 낫다는 생각한다. 아니면 차라리 개미가 되었으면 좋겠구나. 가짜가 아닌 진짜로써 너의 기쁨이 될 수 있으니. 비로소 이제야 때 묻은 숨을 다 뱉어버리고 새로운 숨을 들이키려 한다. 네 덕분이다. 이제서야… 이제서야! 나는 진실해졌다. 나는 대단하려 했고, 대단해져 버렸다, 나는 영웅이 되고자 했고 영웅이었다.
하지만 영웅이 되지 못했다.
기대에 부응하지 못해 미안하다. 낭화야.

-P는 아니다-]

타이틀 보여주며 자막 사라진다.

1장

「내달리는 방랑 말리꽃 틔우고
말간 봄 여명을 몰고 온다.」

P들은 움직인다.

Ps	우리느은 P입니다.
P2	우리는 라틴어의 16번 입니다.
Ps	우리는, 우리는 P입니다.
P1	우리는 운동량의 기호이기도 합니다.

Ps	우리는? 우리는. 우리는! P입니다.
P5	우리는 명제이고
P4	16진수의…
P3	Pause.
P7	의 약자로 쓰이기도 합니다.
P6	피! 나면 너무 아파요!
P7	(물구나무를 서며) P! 가 물구나무를 서면
P1	b입니다!
P2	P를 반대로 하면 q 입니다!
P5	P가 Q일 때 P는 아닙니다.
P3	We are not Q.
P4	P-NP. 예 또는 아니오만으로 답할 수 있는 문제 중에서…
P3	(말을 끊으며) We are 'P'aradox!
P1	사람은 모순적입니다!
P2	아닐 수도 있습니다.
P4	사람은 모순적일 수도 아닐 수도 있습니다.
P5	참, 입니다!
P2	사람은 모순적이고 모순적이지 않습니다.

말이 끝나면 P들은 P를 바라본다.

P1	동시에 사람은 무엇이든지 될 수 있습니다.

P4, 5, 옷을 걸치고
P1은 던져준 옷을 걸치고 유로 변모한다.
P의 방. 어두컴컴한 방 침묵 속에서 P와 구, 무는 촛불의 빛에만 의
존하여 폭탄을 만들고 있다.

이 공간 안에서는 박스를 열고, 무언가를 넣고
박스를 접고, 박스를 닫는 소리뿐이다.
무대 외곽에는 무수히 많은 박스가 쌓여있다.

유   저 왔어요!

P는 유의 말에 놀라
쌓여있는 박스를 무너트린다.

구   에헤이. 거 다 부셔라 그냥.
P   쏘리… 아…
구   쏘리?
P   아니 죄송합니다…
구   싸가지 없이 양놈 말을 써? 쏘리고 나발이고 한 번만 더 무
        너트리면 뒤져, 어?
유   에이. 신입인데 좀 봐줘요.
구   아니 한두 번이야? 아까부터 계속…
유   아유 왜 이리 화가 많이 나셨대?
구   내가 화 안 나게 생겼어?
유   예? 왜요?
구   너, 왜 이제 와.
유   아… 헤맸어요. 골목마다 복잡해가지고 그만. 하하!
구   내가 분명히 해 지기 전에는 오라고 했지.
유   아니 이렇게 화를 내시면 제가 무슨 말을…
구   한밤중에나 들어와 놓구선 내가 화 안 나게 생겼어? 그리고
        내가 작전에서 시간 엄수가 가장 중요하다고 하지 않았나?
유   그… 사정이 있었습니다.

구	그니까 그 사정이란 게 뭔데.
유	… 어디 좀 갔다왔는데요?
구	아니 그니까 어디 갔다왔냐고!
유	제가 어디 갔다온 게 그렇게 중요한가요? 제가 지금 여기에 있다는 게 중요한 거지!
구	개소리 하지 말고 왜 늦었냐고!
유	중요하지 않다니까요 그건? 지금 삶에 집중을 해야지!
구	나한테는 중요하다니까!
유	세상에서 가장 소중한 금! 지금이 중요하다니까요?
구	밤늦게 쏘다니다가 불심검문이라도 당하면 어떻게 하려고.
유	(총을 꺼내며) 쏴 죽여버리죠, 뭐!
P	으헉!

P는 총을 보고 놀라 박스를 무너트린다.

P	저는 시인입니다.
Ps	**아닙니다!**
P3	Nop.
P	… 시인 지망생입니다. 그리고 어느 해방단체에서 해방을 도모한 지 한 달이 지나가고 있습니다. 어… 음… (한숨) 할 만합니다.
Ps	**아닙니다!**
P3	Nop!

모든 이들은 다시 일을 시작한다.

| 유 | 저기. |

P   예…?

유   여기 들어오기 전에는 뭐 하셨어요?

P   … 아, 저는 그 카-알리지를 다녔습니다.

구   저거 저거 또 양놈 말을.

P   아… 그 전문학교를 졸업했습니다.

유   예?! 전문학교를 졸업했다고요?

P   하하… 예… 저희 그 카-알리지에서 문과를…

구   그게 뭐… 대단해?

유   대단하죠! 신식교육은 물론이고, 또 취업도 뭐 떼놓은 당상 아니겠습니까? 물론 대학보다는 아니지만.

P   … 전문학교도 가기 힘듭…

유   그래도 대단하십니다! 이야… 저도 학교 가고 싶습니다…

P   아, 예…

구   학교… 뭐 그게 중요하냐. 사람구실만 잘 하면 되지.

유   에이, 학교 중요하다니까요. 없는 놈이 있는 놈 되는데 학교 나오는 것만큼 좋은 게 있습니까?

구   (P를 흘겨보며) 허… 생긴 건 영 흐리멍텅해가지고…

유   그런 말씀 좀 마세요. 사람 앞에 둬놓고…

구   '청년민족단' 다 뒤졌네. 뭐 이런 놈을 뽑고 있어. 펜이나 쥘 줄 알지, 총은 쥘 수나 있겠어? 옛날이 좋았는데 말이야…

유   아유, 또 그 소리…

구   내 청춘을 바쳤어! 에휴. 예전엔 말이다? 다들 정신이 바짝 들어가지고 그 어떤 작전이든 해내고 그랬는데 요즘 젊은 것들은 다 정신이 빠져가지고. 야, 야, 야, 대답 안 해?

유는 P의 옆에 붙어 계속해서 질문을 한다.

그러다가 걸친 옷을 벗고 P들이 된다.

Ps	우리는 저희는 너네는 P입니다.
P2	다른 이들의 생각이 되기도 합니다
P3	Nop.
P6	아뇨! 그건 제 생각입니다.
P1	우리가 타인의 생각일 때
P4	우리는 우리의 생각입니다.
P5	우리는,
P4	저희는,
P2	너네는
P3	We are
P7	우리는
P1	저희는
P6	너네는
Ps	나는!

Ps	P이자, P가 아닙니다.
P3	To P or not to P
P4	그것이 문제로다?
P1	저는 문학도.
P5	저는 독립운동가.
P6	저는 소설가
P1	저는 시인.
P3	I'm poem.
P4	나는 시?
P2	물론 아닐 수도 있습니다.
P5	문인이자
P1	독립운동가이자

P2	시인인
P7	사람은
Ps	**P입니다.**

유	아, 이름을 안 물어봤네?
P	P입니다.
유	피씨 성도 있습니까?
P	아… 그게 요즘 문인들은 이니셔-르로 하는 게 유행이라 하여.
유	이니셔-르… 멋지네요… 난 유입니다! 잘 부탁해요!
구	쯧. 부모님이 주신 성이 있는데 왜…
P	아… 그… 요즘은 다… 이렇게. 근데, 저…
유	아, 구 선배. 이번 작전은 임 선생님이 직접 짜신다고 합니다. 이번에는 뭔가 다를 겁니다. 이번 행사로 감시 인력이 많이 빠진다고 하는데, 이를 노려 우리가 본진을…
무	그딴 병신 짓은 왜 계속 하는 건지.

짧은 사이.

유	무씨… 그러다가 비밀단원한테 숙청당하면 어쩌려고 그래요.
무	죽여보라지 뭐. 비밀단원이 뭐라고.
유	아니… 임 선생님께서 빈말 하시는 것 보셨습니까? 가뜩이나 계속 실패하는 마당에 임 선생님이 직접 작전을 짜주신다는데 왜요.
무	그래, 죽기밖에 더하겠어? 잘 해봐.
유	죽긴 누가 죽습니까. 하라는 대로만 하면 죽을 일은 없어요.

구	야…
무	… 쟤 왔으니 전 갑니다.

무, 퇴장한다.

유	뭐야. 저 실수했나요?
구	… 얼마 안 됐잖아.
유	아.
구	그니까 말 조심해.
P	무슨… 일이… 있었나요?
구	넌 몰라도 돼.
유	아니… 뭐… 근데 시간 좀 흐르지 않았나요? 어른이라면 훌훌 털고 일어나야지… 아니 이래서 혁명하겠습니까?
구	넌 어른이냐?
유	어른이에요. 열일곱
구	허, 어르신 납셨네.

P6	P의 가슴이 쿵쿵 뛰기 시작합니다
P4	P는 대화의 맥락을 읽습니다.
P3	P는 이내 알아차립니다.
P2	누군가가 죽었다는 사실을.
P6	그리고 내일
P7	그 죽음이 자신에게 돌아올 수도 있다는 것을.

P	저…!
유	아유! 끝! 고생했어요!
구	집 잘 썼다. 내일 봐.

P   … 네.

유, 구 퇴장한다. P는 말을 걸려다가 이내 포기한다.

P7   P의 방은 이제야 텅 비었습니다.
P2   P는 이제야 마음이 편안해집니다!
P4   P는 이제야 솔직해질 수 있습니다.
P5   P는 거의 다 써져가는 너덜너덜해진 수첩을 핍니다.
P6   이어서 본래의 용도를 잊은 그 너덜너덜해진 수첩에 끊임
        없이 적어 내려갑니다.

        P는 수첩을 피고 무언가를 적기 시작한다.

P   이건 미친 자살 단체입니다! 아무리 생각해도 무언가 잘못
        됐습니다!

P1   시의 영감이 떠오를 때에 사용하고자 구매한 이 수첩은
P2   어느덧 P의 비밀문서가 되었습니다.
P   언젠가 나의 카-알리지(College) 동기가
P7   '이름 있는 문인들에게 저항활동은 필수야!'
P   그 말에 속아 나 또한 내로라하는 문인이 되고자 이 단체
        에 들어왔지만, 폭탄을 던지고, 무기를 만들고, 급기야 누군
        가는 잡혀가기까지… 아까 듣기론 누군가 죽기도 한 모양
        입니다. 나를 소개시켜줬던 그 미친 동기는… 현재 유치장
        에 들어갔다 나와선 고향으로 돌아갔습니다. 미친 짓입니
        다. 아무리 혁명을 위한다라지만 목숨까지 버린다는 건 말
        이 안 됩니다! 혁명 활동은 미친 짓입니다!

P는 끊임없이 적어내려 간다.

P7   차마 내뱉지 못한 말들을 다 적은 후에는

P1   이따금 시를 씁니다.

P   (시를 적어 내려간다) 둥지 밖 그로테스크한 아지랑이를… 우
        리는…

P2   그리고 이내 멈춥니다.

P4   끝까지 완성시키지는 않습니다.

P1   아닙니다. 못합니다.

P   진짜로 마음먹고 쓴 글은 아닙니다!

P2   라는 핑계와 함께

P6   끝은 항상 뒤로 미뤄버립니다.

P   아니, 목숨이 달린 지금 같은 상황에서 어떻게 시까지 다
        씁니까. 어찌됐든 내일은 꼭 그만두겠다고 말할 겁니다. 이
        런다고 뭐가 달라진다고… (약간 양심) 물론 해방되면 좋기
        는… 하겠죠.

P1   P는

P7   꼭 그렇지만은 않습니다.

P   그렇지만…

P2/6   솔직히?

P   정말 솔직히…

P4/5   솔직히?

P3   To be honest?

P   이렇게 살아도… 뭐… 괜찮지 않겠습니까?

P들은 비난한다.

P   아니, 하지 말라고 하는 것은 안 하고, 하라고 하는 것은 하기만 한다면 다칠 일은 없습니다. 그저 이름이 바뀌고, 랭귀지(Language)가 점점 바뀌어 가고, 규제가 점차 생기는 것뿐이지. 이게 어렵습니까? 이따금 말도 안 되는 충성을 요구하지만 그건 잠시 충성하는 척하면 됩니다. 순응하고 사는 것은 저에게 있어서 아무것도 아닙니다.

유명세를 얻고자 이 집단에 들어온 것은… 제 실수였습니다. 마이 미스테이크! 하지만 인간이란 불완전한 것. 나는 꼭 이 말도 안 되는 자살단체에서 빠져 나올 겁니다.

유   오셨나요.
P   어제 말씀드리려 그랬는데.
유   (예상치 못한 곳에서 무언가를 꺼내 건네준다) 이번에 P씨가 제일 중요합니다.
P   네?
유   이건 폭탄입니다.
P   어우 씨.
유   잘 들으세요. 우리는 총 4곳에 폭탄을 터트릴 겁니다. 그 중 한 곳에 폭탄을 두고 오시면 되는데, 여기를 보시면…
P7   P는 생각이 많아집니다.
P   이게 아닌데.
유   물론 어려울 거라 생각합니다.
P   아니, 이런 큰일을 감히 저따위…
유   따위라뇨! 전문학교를 나오셨잖습니까! 저는 P군 같은 수재는 본 적이 없어요!

P	수재라니…
P7	P는 얼토당토 하지 않은 칭찬에
P	기분이 좋아집니다!
P7	하지만 이내 냉정해집니다.
P	저기… 그래도…
유	P군이 아니라면 진행할 수 있는 사람이 없습니다… 우린 또 다시 실패를 겪게 되겠죠.
P	아…
유	부디… 성공하셔야 합니다. 조국을 위해서…
P	아… 그…
유	해낼 수 있겠습니까…?

혁, P를 붙잡고서는 거절할 수 없는 표정을 짓는다.
P의 호흡이 점점 거칠어지더니 참지 못하고는 대답한다.

P	조… 조… 조국을 위해서!
P7	조… 조… 조까!
P6	P는 달립니다. 폭탄이 놓아져야 할 곳으로 달립니다.
P7	아닙니다. P는 달리지 않습니다. 걷습니다.
P2	P의 옆으로 손님을 태운 인력거가 지나가고
P4	거리 통제 때문인지 부산스럽게 움직이는 순사들을 지나치고
P5	작품 투고를 위해 종종 들렀던 잡지사를 지나치고
P1	종종 들렀던 양장집을 지나칠 때까지도
P3	계-속 걷습니다.
P7	P는 생각합니다.
P	이걸로 혁명에 한 걸음 다가갈 수 있을까.
	나 하나 희생해서 역사에 남는다면…

아니야, 내가 이런 일에서 실수하기라도 해봐…

아니? 나를 진정 필요로 한다면…!

어…? 눈치챘나…? 나 수상한가!

뭐야… 뭐야… 뭐야. 뭐야! 아 몰라! 나 못 해. 아니! 안 해!

P7   라는 말과 함께 P는 폭탄을 버립니다!

P1   저 머-얼-리 던져 버립니다.

P2   그리고 그제야 달립니다.

P4   P는 자신이 폭탄을 어디에 버린지도 모릅니다!

P5   우선, P는 최대한 빨리 이 자리를 피하고 싶습니다.

P7   무섭습니다!

P3   Scared!

P는 그 자리를 피해 달아나다가 복면을 쓴 누군가를 친다.

P   죄송합니다!

P7/3   달리고!

P6/5   달리다보니!

P1/4   이윽고 좁은 골목 길!

Ps   **그 순간!**

Ps   **펑! 퍼버버벙! 펑! 퍼어어어어어어엉!**

폭발의 여파로 P는 넘어진다.

무대 위에 사람들은 비명을 지르며 혼비백산으로 뛰어다닌다.

넘어진 P는 잠시 정신을 잃었다가 이내 정신이 든다.

그러고는 힘겹게 일어난다.

P   뭐야?

P7	P는 이마에서 흐르는 뜨거운 액체를 닦습니다.
P	뭐야!
P7	피는 아닙니다!
P	(주위를 살피며) 뭐야…

P는 어리둥절한 상태로 그 자리를 벗어나려다가 구를 발견한다.

P	구씨!
구	너… 내가 봤어.
P7	P의 호흡이 빨라지기 시작합니다. P는 짐작해봅니다.
P	내가… 폭탄을 버리는 걸… 봤나?
P6	봤나?
P1	봤어?
P3	도망가!
P2	도망치자!
P4	어떡하지?
구	너… 아무리 들어온 지 얼마 안 되어도 그렇지…
P	그게… 제가 잠깐 돌았었나 봅니다.
구	목숨 소중한 줄 모르고…!
P	죄송합… 네?
구	원래 자리가 아무리 감시가 심해졌다고 하더라도 본진에다 가 터뜨릴 생각을 하다니! 이게 겁이 없다고 해야할지, 대단하다고 해야할지!
P	아…
P1	P는 구의 생각을 읽습니다.
P4	구는 아마도 착각을 하고 있습니다!
P	일은… 썩쎄스 입니까?!

구   뭔 소리를 하는 거야. 일단 자리를 피하자고. 우리의 영웅을 맥없이 뒈지게 만들 수는 없으니.

1.5장

임   진짜 터뜨렸어?

자   그럴 리가요.

임   그럼 도망친 거네

자   제가 갖다 놨어요.

임   이왕 이렇게 된거 써볼 수 있겠군.

자   그렇게 하찮은 작자가요?

임   잔말말고 개한테 붙어있어.

자   뭘 위해서요?

임   뭘
위하긴
우리의 자주적
독립을 위해서지
우리에겐
영웅이
필요
해.

자   저
로는
부족한가요?

임   너는 하던 일이나 계속해.

자	… 네, 알겠습니다.
임	명심해.
	하나
	는
	아홉
	을 위해.

2장

「나는 바람 쌓인 섬에 날려
소란한 밤비 마시고」

눈에 띄지 않는 한적한 골목 안 어느 요릿집.
그 곳의 인원들은 하나같이 상기된 표정을 짓고 있다.
그리고 임 선생이 들어온다.

임선생 (군중을 조용히 시키며) 동지. 뜻을 같이한다. 라는 뜻입니다. 전 이 말이 참 좋습니다. 뜻이 같다면 어떤 행동, 생각을 하던 우린 그 뜻을 이해할 수 있습니다. 학창시절, 제 나라로 유학을 왔던 동지들 만나기 전까지 저에게 이 나라는 그저 고통 받는 어머니의 고향이었습니다. 제가 처음으로 상하이에서 동지들을 만났을 때엔, 우리는 아주, 아주 작은 집단이었습니다. 저는 그들을 도우며 조금씩 집단을 키웠고, 혁명의 씨앗이 점점 싹을 틔우는 것을 봐왔습니다. 그리고 언제부턴가 이 나라는 그저 어머니의 고향에서 제가 지켜야 할 소중한 고향으로 변했습니다. 최근 우린 역경을 겪고 있었습니다. 하지만! 이번 승리로 하여금 우리는 큰 성취 이뤘습니다! 그 주인공은 우리 P군!

집단의 일원 모두가 P를 쳐다본다.

P   어… 네…
임선생   대단해요. 아주 대단합니다! 우리의 동지가 된 지 얼마 되지 않았지만 아주 큰 성과를 이뤄냈습니다! 맞습니까?
P7   아닙니다.
P   아… 그게…
임선생   그 누구도 들어가지 못한 그 본진에다가! 맞습니까?
P7   아닙니다.
P   에… 그…
임선생   여러분! 이 청년 본받으세요! 이 청년의 나라를 위한 굳은 의지 아니었다면 이런 성과를 이뤄낼 수 없었을 겁니다. 맞습니까?
P7   아닙니다.
P   맞… 습니다…!
임선생   계속해서 좋은 활동 보여줄 수 있죠? 맞습니까?
P7   아닙니다.
P   맞습니다!
임선생   자, 그럼 언젠가 자유를 되찾을 우리의 고향을 위해, 오늘의 승리를 위해, 오늘의 영웅 P를 위해, 그리고 희생된 동지들을 위하여.
모두   **위하여!**

임선생은 퇴장하고 단체의 일원들은 왁자지껄 연회를 즐긴다.

유와 구는 P의 곁으로 다가간다.

구   임선생 신났네.

유   오래간만에 승리에 기분이 좋으신 거죠!

P   저… 중국말도 하셨습니까?

유   아, 예. 예전에 만주인 밑에서 일한 적이 있어서요. 근데 그
      게 뭐가 중요합니까! 얼마만의 뒤풀이야 이게! 이게 다 P군
      덕분입니다!

구   너는 뭔가 해줄 거라고 믿고 있었다! 얼른 마시자고! 우리
      영웅님은 뭐?

P   어… 전 비-루 한 잔.

구   그래, 얼른 한 잔 하자고. 여기!

P6   비록 P는 그만둔다고 말할 수 없게 되었습니다만

P7   P는 깨닫습니다.

P6   비록 의도가 없었지만 찬사를 받는다는 건

P7   아주 미친 듯이 기분 좋다는 것을.

P6   하지만 찝찝하기도 합니다.

유와 구는 금일 벌어졌던 P의 영웅담을 안주삼아 계속하여 술을 들
이킨다. 그러던 중 취기가 오른 듯한 무가 소리친다.

무   그리 눈에 띄어 봤자, 일찍 죽는 것뿐이 더 하나?

유   에이… 이런 좋은 날에 왜 그러십니까! 술이나 한 잔 하시죠.

구   그래. 즐거운 날에는 같이 즐길 줄도 알아야지.

무   술은 우리 '영웅'님에게 따르지 그래요?

P   어… 영웅은 아닙니다…

유   거, 진짜. 좋은 날 초치지 좀 마십쇼! 아니 얼마나 대단한 일

	을 했는데!
구	조용히 해. 오늘 고생했어. 얼른 들어가 쉬어.
무	…

무 퇴장.

유	쯧, 언제까지 저럴 건지…
구	야, 입 조심 하랬지.
유	제가 틀린 말 했나요? 받아주는 것도 한두 번이지…
구	그런 말 말고 얼른 술이나 따라. 마실 수 있을 때 마셔야지.

자스민이 등장한. 두르고 화려한 장식을 꽂고 치장을 하고 있다.

유	오…
P	네…?
구	저거 여색에 빠져가지고 아주…
P	아…
유	여색 따위가 아니고요. 모-단 걸 모르십니까 모-단 걸? 모-단 걸의 행색을 하고 가락을 부른답 말입니다! 일종의 예술이에요. P군은 잘 아시죠?
P	모-단. 아 알고 있죠.
구	모-단이고 뭐고 난 모르겠고, 엉덩이나 살랑이는 게 예술이라고?
유	모르시면 보고나 판단하십쇼.
구	신났네. 너 그렇게 까불다가 보안 못 지키면 뒈져?
유	저도 잘 알고 있습니다! 제가 뭐 앱니까?
구	보안이 제일이야!

유	저 어른입니다! 저도 알건 다 알아요!
P	아이… 싸우지들 마시고…
P6	그때!

자스민	가시려나 이 몸 남기고 홀로
	무정히 본 체 않고서
	혼신조차 없고 나가실 제
	한 아름 꽃만 남았네

노래가 흘러나오고 치장을 마친 자스민은 춤사위를 준비한다.
자스민은 춤사위를 펼친 후 노래를 부른다.
이따금은 춤과 노래를 같이 행하기도 한다.
P는 이것에 푹 빠지게 된다.
자스민의 공연이 끝난 후, P는 누구보다 큰 박수를 친다.

P	오 마이 갓!
P2	P는 사랑에 빠집니다.
P3	Fall in love…
P1	P는 신을 본 건가…? 라는 착각에 빠집니다.
P6	P는 있어 보이는 연극을 몇 편 봤지만 이 정도의 충격을 받지는 않았습니다.
P7	P는 더 이상 저 여성이 기생으로 보이지 않습니다.
P1	예술가로 보이게 됩니다!

P4	P는 그녀에게 사랑한다 외칩니다!
P3	I love you!
P5	P는 그녀와 다정한 사이가 됩니다.

P6	그리고 청혼합니다!
P3	Will you marry me?
P4	P는 그녀와의 가정을 꾸립니다.
P1	장남!
P4	장녀!
P5	차녀!
P6	삼녀! 그리고
P3	귀여운 막내!
P7	와 함께합니다.
P1	P는 먼 훗날, 모든 가족이 모여있는 가운데
P2	자스민의 손을 꼬옥 잡고 세상을 뜹니다.
P4	물론 상상 속입니다.
P5	저 여성은 P에게 오랜만에 찾아온 영감입니다!
P7	뭔가를 쓸 수 있을 것 같습니다!
P	영감이라는 게 이런 걸까!

P는 수첩을 꺼내어 글을 적는다.

P	꽃불 / P
	손끝에서 달큰한 사랑의 アレゴリ_(allegory)가 피어난다.
	빗장 아래에선 꽃불이 흩뿌리고 발음할 수 없는 노래가 한
	껏 붉어 오른다. 너울댄다.
	그렇게 님은 왔습니다. 아아, 사랑하는 나의 님은 왔습니다…

P는 한창 쓰다가 잠시 멈춘다.
P들과 P는 수첩을 가만히 보고 있다.

P1	P는 펜을 내려놓고 가만히 수첩을 쳐다봅니다.
P3	스읍…
P7	음…
P6	어디서 본 문장들입니다…
P7	한용…
P2	운…
P4	님…
P5	의 침묵…
P1	하지만
P3	A little bit…
P7	솔직히
P6	좀…
P3	Shit!
P	구리네…
구	아유, 시끄러워 죽겠네.
유	봤죠? 분명히 봤죠!?
P	네, 봤습니다! 이야… 모-단 하네요! 모-단!

무대를 마친 자스민은 P를 발견한다.
자스민은 P가 속해있는 무리로 다가간다.

자스민	어머. 유씨, 또 오셨네요?
유	아… 안녕하시오. 오… 오랜만이오!
자스민	(P를 쳐다보며) 이 분은…? 처음 보는 분이시네?
P	아.
P7	P는 가장 그럴듯한 소개를 생각합니다.

P3	대학생?
P6	대학은 이미 졸업해버렸고.
P4	문학인?
P7	문인이라 하기엔 이름 있는 작품은 없었습니다.
자스민	혹시 말을 못 하는 분이실까요?
P	아, 아닙니다.
구	얘는 우리 모임 신입이야.
유	신입이지만 우리의 자랑스러운 영웅이죠!
자스민	영웅이요?
구	야…!
P	아니… 네… 어… 맞습니다!
자스민	아니, 무슨 일이시기에 영웅이라 불리실까?
유	아… 그게!
구	야.
P	아니… 어… 그건 지금 말할 수는 없을 것 같습니다.
자스민	뭐야. 재미없게. 어차피 이 계집이 알아봤자 무슨 일이야 있을까요?
유	아닙니다! 그게 말이죠. 저희가 해방단체라서…
구	야! 이 개새끼야!
자스민	해방운동가… 이신 건가요?

P6	P는 이제 돌이킬 수 없습니다!
P7	P는 술기운을 빌려 거짓말을 시작합니다!

P	… 그 일은 제 안에 '용기'라는 것이 없었더라면 결코 나올 수 없었습니다.

P1	P는 오늘 있었던 일에 대해서 설명하기 시작합니다.
P4	P는 50대 50으로 사실과 허구를 섞기 시작합니다.
P6	아주 그럴듯한 이야기가 시작됩니다.
P5	P의 문학적 역량이 폭발합니다!
P7	작전, 거리, 폭탄, 용기, 청사. 그리고 해방.
P6	이 이야기 속에서 P는 명석하지만
P1	용기가 넘치는 한 명의 '영웅'으로 보이기 시작합니다.
P7	이 주인공은 P이지만 P가 아니게 됩니다!
P3	아-아. 이제는 돌이킬 수 없습니다!

P	그때 번뜩였죠. 이걸 기회로 삼아 정작 비어있는 본진으로 가자고.
자스민	그 폭탄으로…?
P	예. 제가 그쪽으로 던져버렸죠. 그러다가 그 폭탄에 말려들 뻔했지만요. 하하.
구	훌륭하네!
유	훌륭하긴 했지만, 제가 할 수도 있었습니다!
자스민	…
유	… 표정이 왜 그러신가요?
자스민	아니, 이런 분에게 누가 이런 싸구려 술을 마시게 한 거죠? 저 주세요.
P	아뇨, 그럴 필요는 없습니다! 해야 할 일을 한 것뿐인데요.
구	아, 아니 준다는데 왜 그래!
유	지금 성의를 무시하는 겁니까?
자스민	다녀올게요.
구	이게 웬 떡이냐!
유	P씨. 이건 남자의 싸움이요. 아무리 P씨라도 봐줄 수 없습

니다.

P   하하.

P7   P는 좋은 인상을 심어준 것 같아 어깨가 으쓱해집니다.

P6   P는 해방운동가라는 타이틀이 썩 마음에 듭니다.

P5   P는 내친김에 더 용기를 내기 시작합니다.

P   그런데 성함을 못 들었군요. 성함이…?

자스민   자스민이요.

P   자스민…?

자스민   자스민.

P   본명인가요?

유   하하하! 당연히 예명이겠죠!

자스민   본명인데요?

유   이야! 아름답습니다!

P   아, 그렇군요.

자스민   왜요?

P   아뇨. 듣기만 해도 꽃내음이 나서요.

구   (술에 취해 한껏 상기되어) 역시 문학도 출신이라 그런지 표현
        이 다르구만?!

자스민   문학… 글을 쓰시나요?

P   예, 경성에서 문과 전문학교를 나왔습니다.

자스민   그럼 시들을 잘 아시겠네요?

P   그럼요. 공부하는 게 그것들인데요!

P7   전문분야입니다!

자스민   그럼 불란서 시인을 좀 아시나요?

P   그럼요!

P7	모릅니다!
P	종종 읽어보긴 했지만, 어… 아르튀르, 랭보, 보들보들 그리고 샤를… 다 좋은 작가들이죠.
P4	P는 서양 문학에서는 문외한입니다!
P6	그저 어디선가 들어본 이름일 뿐입니다!

자스민	아르튀르 랭보! 저도 좋아하는데!
P	아르튀르 랭보. 저도 참 좋아합니다.
P7	이름조차 몰랐습니다!
P6	P는 아르튀르와 랭보가 각각 다른 사람인 줄 알았습니다.
자스민	이따금 보게 되는 시들인데, 정말 멋진 것 같아요. 저는 아쉽게도 문학에는 그리 소질이 없어서…
P	그럼, 제가 한 번 봐드릴까요? '글'이라는 것에 대해서?
유	아니 자스민이 얼마나 바쁜지도 모르고 그런 말을 합니…
자스민	좋아요! 기회가 된다면 꼭 배워보고 싶어요!
유	좋은 기회네요!
P	물론이죠.
P6	P는 믿어지지 않습니다!
자스민	정기적으로 뵙는 건 어려울까요…? 아무래도 바쁘시려나?
P	매주 수요일 뵙죠. 제가 종종 가는 카페에서 코-히 한 잔 하면서요.
자스민	너무 좋아요. 정말 대단하셔요. 혁명활동에 투신하시면서 저항을 노래하시다니. '나는 정의에 대항했다. 나는 도망쳤다. 오- 마녀들이여, 오- 비참이여, 오- 증오여, 내 보물은 바로 너희들에게 맡겨졌다-.'
P	오-.

P7	오- 모르는 시입니다.
자스민	랭보의 시, 모르시는 건 아니겠죠?
P	너무 잘 읽으셔서 다른 시인 줄 알았네요!
자스민	말씀은 잘하셔서… 저는 무서워서 그런 활동은 못 해요. 어떤 연유로 혁명활동을…?
P	조국이 위험에 처해있는데 이유가 필요합니까? 이 육신 바쳐 해내야지요!
자스민	하하. 그런가요… 정말 '영웅'이시네요.
P	그러지 마십쇼! 뭐 영웅… 정도는 아닙니다!
자스민	'정도'는… (웃음) 지금의 저는 그저 노래하고 춤을 추는 수밖에 없어요. 여기서 당신을 위해 노래할게요.
P7	P는 뭔지 모를 뜨거움이 안에서 샘솟습니다.
유	(한껏 취해서) 가락! 가락! 가락! 가락 좀 불러봐요. 자스민!
P	아이고, 유씨 그만하세요.
유	가락!
P	얌마! 유야! 그만해!
구	(또한 한껏 취해서) 그래! 그 가락 한 번 불러봐라! 그 모-단하게!
P	무례하긴… 자스민, 무시하세요. 술버릇이 영…
자스민	그래요! 대신, 계집의 가락이 아니라, 영웅을 위한 마녀의 찬가로.

〈청춘계급 / 김해송〉
노래를 부르자 / 사랑의 소레타
이 밤이 다 새도록 / 노래를 부르자
아~ 어여쁜 나폴로
아~ 라리리리 라리리리 라랄라
워카를 마시며 노래를 부르자

자스민은 그 자리에서 일어나 노래를 부르기 시작한다.
자리는 더욱 떠들썩해지다가 점점 한 명씩 술에 취해 쓰러진다.
잠시 암전.

2.5장

자 말씀하신대로 했어요.
임 잘했어.
자 계속 이 쪽에 있게끔 하면 되는 건가요?
임 그래.
자 알겠습니다.
임 어떤 사람이야
자 형편없어요.
임 좋네.
자 그렇지만 글을 쓴대요. 저에게 글을 알려준대요. 얼마나 잘 쓰는지는 몰라요.
임 너무 가까이 하지 마.
자 걱정마세요.

3장

「한갓 비운 찻잔만이
흰빛으로 섧게 젖으니.」

P7 그렇게 밤이 지나가고 몇날 며칠이 지나갑니다.

P1	하지만 아직도 P는 그만두지 못했습니다.
P4	이제 와서 그만두겠다 말하기도 어려웠지만
P5	그녀에게 이미 혁명단체라고 말해버렸고
P7	그녀를 다시 만나기 위해선 이것이 최선입니다.
P2	그 후에 몇 번의 작전이 있었지만
P6	P는 점점 잘 피해 다닐 수 있게 됩니다.
구	역시 인재구만!
유	역시 전문학교!
임선생	대단합니다!
P7	P는 아무것도 안 했습니다.
P	아… 네… 감사합니다.
P5	혁명 활동도.
P6	그에게 오는 찬사도
P7	점점 익숙해집니다.
P4	P는 아-직-은 할 만합니다. 하지만 두려운 것은 매한가지입니다.
P2	그래도 자스민을 만날 수 있습니다!
P1	오늘은 자스민과의 첫 번째 글쓰기 수업입니다.
자스민	여기 찻집 커피, 맛 좋네요.
P	예. 저는 여기 까-페에서는 이 커어피만 마십니다.
자스민	자주 오시나봐요.
P	네. 이곳에서 지식인들끼리 토론을 하거나 낭독을 하거나 한답니다.
P7	아닙니다. 이따금 와서 술을 마시기만 했습니다.
P	자스민은 혹시 좋아하는 다방이나 카페가 있으…
자스민	글쓰기. 알려준다고 하시지 않았나요?

P	아, 네. 그렇죠. 우리 그러려고 모였죠. 음, 일단 어떤 글을 쓰시고 싶으세요?
자스민	음… 글쎄요. 저는 글 자체를 좋아해서…
P	그럼 자스민의 이야기를 해볼까요. 글쓰기의 시작은 자신의 이야기로 주로 시작하니까요.
자스민	제 이야기는 별로 재미없어요.
P	어… 그럴 수 있죠! 어… 그렇다면… 우리 일상을 글로 표현해볼까요?
자스민	일상이요?
P	네, 일상이요. 간단하게 오늘 아침 무엇을 했을까요?
자스민	전…

P6	P는 기분이 좋습니다.
P1	자스민과 함께하는 이 시간이 기분 좋습니다.
P5	오래간만에 하는 글쓰기가 자신을 문학도라고 일깨워 주는 것 같습니다.
P4	또한, 무지한 누군가에게 자신의 얄팍한 지식을 알려주는 것이
P6	상대적으로 자신을 대단하다고 느끼게 합니다.

P	소질이 있으신대요?
자스민	제가 좀 빨리 배우는 편이랍니다.
P	대단하세요…
자스민	그건 그렇고 P씨의 글도 보면 안돼요?
P	아… 어… 본래 수작이란 오래토록 가공을 하기 마련입니다.
P5	아닙니다. P는 아직 완성시킬 수 없습니다
자스민	흠… 그래요?

P	그래요. 그… 저… 자스민은
자스민	제 이야기는 하기 싫다니까요.
P	아! 맞죠! 그렇네요. 하… 하.
자스민	근데… 더 재미 들리면 할지도 몰라요. 그러니까 잘 알려주세요?
P	네. 온 힘 다해 알려드리겠습니다.

P1	자스민은 P에게 영감을 주는 존재가 됩니다.
P7	P의 영감은 또 한번 치솟습니다.

무대가 바로 전환되어 P의 방이 되고,
P는 수첩을 들어 글을 쓴다.

P	삶의 기쁨이란 건 도무지 어디서 찾는지. 남들은 변변찮은 밥 한술로도 한 끼의 행복은 챙긴다던데, 도통 족함에 무지한 이 몸뚱이에 나는 영 서운하오.
P6	중략!
P	그런 내 일과에 근래 들어 하나의 새로운 기쁨이 생겼소. 나는 문인으로서 사사하였음을 이유로 글을 가르치게 되었소. 여인의 서릿발 같은…
P6	중략!
P	그 무지한 여인에게 나는 곧 프로메테우스요, 모세이외다…

P는 한참을 읽더니 조금은 찝찝함을 느낀다.

P	후… 거짓말로 하여금 지속되는 이 상황에 마음이 편하지

	는 않습니다.
P1	P는 아닙니다. 편합니다.
P	아닙니다. 정말로… 아닙니다.
P7	P는 아무렇지도 않습니다.
P5	왜냐하면 P는 호감이 있는 여성과의 관계도,
P3	집단 내의 위치도
P6	처음으로 순탄히 진행이 되었기 때문입니다.
P7	하지만 한 명은 P에게 적대적입니다.

P가 자리에서 일어나니
무, 청소를 하고 있다.
무가 청소를 할 자리에 P가 있자
무는 가만히 비키기를 바라고 있다.
P가 비키자 청소를 이어간다.
적막이 흐른다.

P	…
P1	쿵…
P7	고요합니다…
P3	쿵.
P6	고요하다 못해,
P5	쿵.
P1	심장이 귀 안에서 뛰는 듯 합니다.
P6	쿵.
P5	P는 더 이상, 이 침묵을 참을 수 없습니다.
P7	P는 말을 걸어보기로 합니다.

무	…
P	혁명활동… 도저히 익숙해지지 않네요… 하하…
무	…
P	무섭기는 하지만… 그래도 뭔가… 보람차네요! 나라를 찾아 가는 것이 눈에 보이는 듯하기도 하고…
무	…
P	그… 말씀 많이 들었습니다… 여기에 들어온 지도 오래되셨다고. 오랫동안 하기엔 너무 힘든 일일 것 같…
무	신났네.
P	네?
무	신나 보인다고
P	딱히… 신나지는 않습니다.
무	아, 그래? 나였으면 신났을 것 같은데. 그 폭탄 이후로도 잘하고 있다면서. 마음 먹은 대로 다 되어가면 신날 수밖에…
P7	아닙니다.
P	아… 아니에요…
무	훌륭해. 아주 훌륭해. 근데 뭐 겁나고 그러시진 않은 거지?
P	예…? 갑자기 그건 왜…
무	아니. 뭐 영웅이 될 것 같은 사람은 아닌 것 같아서.
P	아, 뭐… 할… 수 있을 것 같긴…
무	'할 수 있을 것 같다.'… 그럼 앞으로도 잘- 해주세요?
P	어… 네… 해보겠…

무, 퇴장한다.

P1	P는 유일하게 자신을 적대시하는 무가 불편합니다.

무가 나가고 유는 P에게 다가간다.

유　　신경 쓰지 마세요. 저는 저 사람 이해 안 해요.

P　　… 고맙습니다.

유　　얼추 아시죠? 저 사람, 동생을 잃었어요. 작전에서. 동생은 마지막까지 혁명 만세라고 중얼거리다가 죽었어요. 정말… 뜻깊은 희생이었죠. 정말 도움이 되는 정보를 얻었으니까.

P　　그렇습니까…

유　　저도 슬펐습니다. 꽤 친했거든요. 나이도 같기도 하고. 하지만 우리의 대의를 위해서라면 작은 것은 어쩔 수 없잖아요. 안 그런가요?

P　　네… 네…

P7　　아닙니다.

유　　그때부터 비뚤어졌어요. 말도 잘 안하고 퉁명스럽게… 동생은 훌륭한 혁명가인데 언니가 되어가지고 저래서야. 아니, 이래서 혁명할 수 있겠습니까?

P7　　P는 무에게 연민을 느낍니다.

무　　빨리들 모이랍니다. 영웅이 왜 이리 엉덩이가 무거워? 거기선 어떻게 나왔나 몰라.

P6　　P는 이내 잊어버립니다.

P　　(나지막이) 아니 근데 왜 나한테 계속…

P1　　P는 무가 싫습니다.

무대가 전환되고 다시 P의 방.
P는 무와 폭탄을 만들고 있다.
집 안에서는 정적이 흐른다.

무	⋯
P	⋯
P2	며칠 후. 오늘도 어김없이 폭탄을 만들고 있습니다.
P7	하지만 P는 뭘 하고 있는 건지 모를 정도로 집중하지 못합니다.
P6	P는 숨을 조심스레 쉬게 됩니다.
P1	유와
P5	구는 술을 마시러갔습니다.
P1	의외로 곧잘 붙어 다닙니다.
P2	어디 갔는지 보이지도 않습니다.
P6	그들과 함께 있을 때도 피곤하지만,
P7	하지만 그 둘이 없는 이 공간은
P6	더욱 피곤합니다.
P1	견디기가 힘듭니다!
P3	너무 힘들어.
P2	그래도 P는 말을 걸지 않습니다.
P5	죽어도 말을 걸지 않습니다.
P7	애초에 말이 그리 많은 성격도 아닙니다.
P	그래, 자스민이랑 있는 것도 아니고⋯
무	자스민?

무, 의아하다는 듯 P를 쳐다본다.
P는 아랑곳하지 않고 다시 일을 한다.
하지만 무는 계속 쳐다보고 있다.

P	아닙니다.

무	홀딱 빠져있구만. 둘이 요새 자주 만난다며?
P	… 그냥 가끔 글공부를 해주는 겁니다. 별다른 뜻은 없어요.
무	그래. 그렇겠지.
P	참이라니까요?
무	내가 말했잖아, 그렇겠다고? 뭘 아니꼽게 듣고 그래. 그렇게 살면 피곤해.
P	… 네.
무	정을 주지 마. 사람은 언젠가 사라져. 기생이면 더더욱.
P	네네, 알아서 하겠습니다.
P5	P도 알고 있습니다. 기생은 기생이라는 것.
P2	아닙니다. 알게 되었습니다.
P1	알고 있기도 했습니다.
P7	무가 싫지만
P3	I hate 무
P2	자스민은 그렇지는 않을 것이라고 생각하지만.
P6	무의 생각은 곧 P의 생각이 됩니다.
P4	너무 정을 주지 마. 사람은 언젠가 사라져.
P	그래봤자 기생은 기생이야.

P는 수첩을 들고 글을 쓴다.

3.5장

자	기방 언니가요. 언니가요. 엊그제게 들었다는 말이 있어요. 조심하셔요
임	항상 고맙다. 항상 조심해.

자	근데 저를 왜 구한 거예요? 저는 왜 구해졌을까요?
임	주님만 아시지?
자	주님. 주님께 물어보려면 어떻게 해요?

임	착한 일 많이 해야지
자	그렇구나. 나아도 착한 일 많이 할 수 있어요. 나아도 주님께 힘이 될래요. 늘 하던 것처럼?
임	그래 늘 하던 것처럼.

4장

「깜빡 눈먼 잎싹

뒤늦어 계절을 좇는다.」

P7	오늘은 자스민과의 세 번째 글쓰기 수업 날입니다.
P	많이 써오셨군요!
자스민	별 말씀을요. 혁명활동은…
P	쉿…
자스민	아. (속삭이며) 그 활동은 잘 되어가세요?
P	아, 네. 뭐 잘 헤쳐나가고 있습니다.
자스민	정말 혁명가 다 되셨네요.
P	아… 아직 모자랍니다.
P	그래도 보잘 것 없는 제가, 얼마 되지도 않는 힘으로 누굴 구한다는 것은 기분이 좋더라구요.
자스민	얼마 되지도 않는 힘이라구요?
P	아직은 그렇죠. 그치만 사람은 계속 성장하는 법이니까…

자스민	그러다가 죽어요.
P	아, 걱정하지 마십쇼. 사내라면 본래 위험한 일에도…
자스민	변변치 않은 각오는 개죽음뿐이에요. 모르시는 건 아니겠죠?
P	알고… 있습니다.
자스민	… 물론 P씨는 영웅이니까 다르겠지만요! (웃음) 하지만 본인이 변변치 않은 사람이라고 생각한다면 그만두세요. 근데 선생님 글은 언제쯤 볼 수 있는거죠?
P	아… 반쯤…! 완성되었습니다… 전에도 말씀드렸습니다만 이 수작이라는 게…
자스민	펜을 만들어서 쓰시나?
P	네?
자스민	아니에요. 르네 샤르, 아세요?
P	네, 당연히 알죠.
P7	아닙니다. 처음 듣는 이름입니다.
자스민	제가 제일 좋아하는 시인이에요. P씨와 똑같이 저항활동을 하고 있어요. 지금.
P	맞죠, 무사히 돌아와야할 텐데…
자스민	끝까지…
P	네?
자스민	어떤 여인들은 파도와 같다. 그녀들의 젊음을 모두 바쳐 솟구쳐 올라 도저히 되돌아올 수 없는 높이의 바위를 뛰어넘고 만다. 이후 그렇게 생긴 물웅덩이는 거기 그렇게 포로처럼 괴어 있을 것이다.

자스민은 시를 읊는다.
P는 그 모습을 바라보며

수첩에 글을 쓴다.

자스민 글이라는 건 참 좋아요. 자신에게 하는 말을 이토록 아름답게 뱉을 수 있으니. 나는 이길 거라고. 이겨낼 거라고. 당신도 이겨내세요.

P7 그러던 어느 날!

임선생 모두 준비!

P6 오늘은 비교적 경비가 허술한 유치장에 들어가서 잡혀있는 정보원을 빼내는 작전입니다.

P7 임 선생은 계획!

임선생 준비는 다 되었습니까?

P6 구는 보급!

구 다 해뒀습니다.

P7 유는 정찰!

유 이 몹쓸 놈들!

P6 무는 청소!

무 …

P7 자스민은…! 모릅니다!

자스민 뭔지 모르겠지만 잘 다녀와요! 다- 잘 될 거예요.

P6 그리고 P는… 유치장 안으로 들어가 몇 명의 적을 제압한 후 정보원을 무사히 구해내는 일을 맡게 됩니다.

P 아니 왜 계속 나만 이렇게…

구 준비 됐나?

P 아, 오늘은 조금 컨디-숀이…

유 P군, 3명이나 구해내야 하는 작전의 주역이다니… 역시 대단합니다.

P	3명씩이나요?
구	이 유치장에 우리 정보원의 가족까지 다 잡혀있어.
P	가족… 이라면…?
유	정보원 김씨, 김씨 처, 그리고 딸이… 천하의 못된 것들! 가족은 무슨 죄가 있다고…!
P	맞… 죠.
구	자. 너 정도의 인재가 정신차리고 작전만 수행한다면 이런 것쯤 별거 아니지! 그치?
P7	P는 동요합니다.
유	우리의 영웅!
P6	P는 기대에 충족하고 싶습니다. 하지만 P는 감당할 수 없을 것 같습니다.
무	설마 영웅이 도망치기라도 하겠어?
P7	P는 또 스스로 덫에 걸립니다.
P	제가, 다… 구해오겠습니다! 걱정 마십시오!
유	역시 전문학교 졸업!
구	포부 한 번 거창하네. 믿는다.
임선생	잘 할 수 있습니다!
무	그래, 그래야 우리 영웅이지.
P6	P는 울고 있습니다.
P	하하하! 저만 믿어주세요!
P7	P는 목적지로 향합니다.
P6	P는 걸으며 생각합니다.
P3	Think.
P1	P는 기대에 충족하고는 싶습니다.
P5	하지만 P가 감당하기엔 너무나도 막중한 일입니다.
P7	한 가족의 미래가 달려있는 일입니다!

P	나는 지금 뭘 하고 있는 걸까?
P2	영웅이 되고 싶은 걸까.
P	다른 사람이 영웅이 되어도 상관없지 않을까?
P6	그렇지만 영웅이 되고 싶긴 합니다.
P3	하지만
P1	유치장에 가까워질수록 또 다시 호흡은 엉켜옵니다.
P7	P는 그저 이름 있는 문인이 되고 싶었습니다.
P5	하지만 지금 P는
P4	후회합니다.
P2	폭탄을 던져버렸던 것을 후회합니다.
P6	아닙니다. 이 단체에 들어온 것을.
P3	아닙니다.
P1	이 단체를 소개해줬던 동기를.
P7	아닙니다. 이 글에는 진심이 없다고 했던 교수의 충고를.
P5	아닙니다. 문인이 되려 했던 것을.
P	아닙니다. 이야기를 좋아했었던 어린 시절을.
P4	또 다시 P는 P이지만
P5	P가 아니게 됩니다.
P	지금 내딛는 발걸음이 진정으로 나의 발걸음인지, 남의 발걸음인지.
P7	헷갈립니다.
P1	P는 혼란스럽습니다.

사이.

유	우리의 영웅!
P	얌마, 좀 조용히…

짧은 사이.

P4	나는…
P2	영웅?
P5	나는 이미 영웅이다.
P6	영웅이야.
P3	Hero!
P7	영웅…!
P	나는… 진짜 영웅.
P5	P는 스스로를 진짜 영웅이라고 속여봅니다.
P2	조금은 두려움이 사그라듭니다.
P7	요동쳤던 호흡이 가빠르지만 일정하게 들어갔다 나옵니다.
P6	나는 영웅!
유	P군, 이쪽으로! 이쪽으로 들어가세요!
P	네.
유	이제부터는 혼자입니다. 여기는 저에게 맡기고 들어가십쇼. 제가 들개 소리를 내면, 누군가 내려가기 시작했다는 뜻입니다. 들개 소리가 들리면 얼른 다시 도망쳐야 합니다! 들개 소리!
P	들개 소리요?
유	걱정 마십쇼. 이 들개 소리로 헤쳐간 위기는 헤아릴 수가 없습니다. P군만 믿습니다. 들개 소리!
P	네…! 걱정 마십쇼. 난, 영웅.
P6	P는 계단을 조심… 조심… 내려갑니다.
P7	그리고 몰래 빼돌렸던 열쇠꾸러미 중 하나로 유치장의 문을 엽니다.
P5	유치장 안은 조용합니다.

P3	Be quiet!
P5	별달리 지키는 인원은 없습니다.
P4	유치장 구조는 간단합니다. 중앙을 가로지르는 복도가 있고, 양 쪽에는 차디찬 쇠창살이 기괴하리만큼 나열되어있습니다.
P6	그 중! 김 정보원은 왼쪽 맨 끝에! 그의 처와 아이는 오른쪽 맨 끝에서 하나-둘-셋-네 번째 칸! 비교적 가깝습니다!
P	하나-둘-셋-네…ㅅ

누군가 계단을 내려오는 소리가 들리고
P는 순간 흠칫 놀라 바닥에 엎드린다.

P1	누군가 내려오는 소리가 들립니다!
P4	영웅으로서의 용기가 사라집니다!
P5	두려움이 커집니다!
P	(속삭이며) 유…! 유…! 뭐야? 뭐야! 들개소리 내준다며. 들개소리. 들개소리!

뒤늦게 우렁차지만, 구슬피 우는 들개소리가 들린다.
P는 문이 열리는 소리에 숨을 죽이고 바닥에 밀착한다.

P	이 애새끼가!
P4	P는 들키지 않게 엉금엉금 가장자리로 이동합니다.
P7	최대한 엉덩이를 치켜들고 최대한 소리가 나지 않는 자세로 이동합니다.
P6	하지만 발소리는 가까워집니다!
P3	Oh my god… What the fuck!

P2	어떡하지! 어떡하지!
P4	다가온다! 다가온다!

복면을 쓴 누군가가 들어와 연기를 뿌린 후 다시 계단 위로 올라간다.
그 누군가는 그 복면을 따라 위로 올라간다.

P5	그 순간!
P1	누군가 도우러 온 모양입니다!
P	유!
P4	P는 다시 일어섭니다!
P	할 수 있다.
P7	아닙니다. 할 수 없을 것이라고 생각합니다.
P	아니야. 다시. 하나, 둘, 셋… 넷…
P1	그리고 P는 열쇠 꾸러미를 찾…

P는 주머니에 있는 열쇠를 찾는다.
하지만 어디에 있는지 보이지 않는다.
열쇠가 들어있지 않은 주머니를 원망스럽게 뒤적인다.

P2	열쇠가 없습니다!
P3	Shit!
P	아, 진짜!
Ps	바닥에 있나? / 아까 숨을 때 잃어 버렸나? / 아 유 이 새끼 안 주고 갔네! 어디 흘렸지? / 유, 유, 유! 유!! / 아 미치겠네!
P2	P는 찾아야 합니다. 하지만.
P	몰라! 영웅이고 뭐고 나는 구하려고 했어! 몰라! 나, 갈 거야!

P7	하고 나가려고 합니다! 그때.

낭화가 철창 안에서 손을 뻗고 있다.
아슬아슬하게 이 아이는 나올 수 있을 것처럼 보인다.

P7	P는 수많은 손들을 봅니다.
P1	P는 자그마한 손을 봅니다.
P2	P는 아이의 자그마한 손을 봅니다.
P4	P는 아이의 얼굴이 상상됩니다.
P5	P는 잠시 멈춥니다.
P1	P는, 타협합니다.
P7	아이를 철창 사이로 빼내고 난 뒤 달립니다!
P1	달리고 달려서 겨우 밖으로 나옵니다!

P	(숨을 헐떡이며) 괜찮니? 어디 다쳤니?

아이는 아무 말도 하지 않는다.

P	가야돼, 얼른.

아이는 힘들게 입을 뗀다.

낭화	엄마 아빠는요?
P	엄마랑… 아빠는…
낭화	엄마, 아빠는 안 와요?
P	(사이) 엄마랑 아빠는 아직이야. 아직 할 일이 있다고 나중에 오시겠대.

P1	아닙니다. 그런 일은 없습니다.
낭화	언제요?
P	그… 나한테 몇 밤 자고 온다고 그러셨거든? 그때까지 같이 있어달래. 그러니까 일단 가자.
P4	P는 본인의 말을 후회합니다.
P3	P는 자책합니다.
P7	본인이 영웅이 아닌 것이 이토록 원망스러울 수 없습니다.
유	이 아이는!
구	구해냈구나! 잘했다, 잘했어!
유	아이뿐입니까?
구	김 정보원은?
P	네… 김 정보원은… 못 봤… 아니 구하지 못했습니다.
유	이게 어디야!
구	아이를 먼저 구했구나. 잘 했다.
P	아… 네, 다행이에요.
구	얼른 여기서 벗어나자, 임 선생에게 이 사실을 알리자고!
P	네, 유씨 아까는 고마웠습니다.
유	네?
P	네?
유	네?
P	네?
유	뭐가 고마워요?
P	네? 그럼 아까 그 복면 쓰고서…
유	아! 들개 소리? 아유 별거 아녜요. 얼른 움직입시다.

무대가 전환되어 은신처로 변한다.
낭화는 P 뒤에 조용히 숨어있다.

그 주변으로 유, 구가
걱정스레 쳐다본다.

구   그… 안녕!

낭화   …

구   애야… 이름이 어떻게 될까?

낭화는 주저하다가 P에게 귓속말을 한다.

P   낭화… 라고 한다네요.

유   이야. 진짜 이쁜 이름이다! 그치 않아요?

구   그래 그래! 하하하!

유   하하하!

P   하하…

모두들 분위기를 띄우려 노력하지만,
낭화는 아직 겁에 질려있다.

구   그… 나이는… 나이는 어떻게 될까?

낭화   …

P   (낭화에게 귀를 갖다대며) 응? 아, 9살이라네요?

구   이야! 9살이 이렇게 커?

유   그니까요! 엄마가 어떤 걸 먹였길래!

낭화   (울먹이며) 엄… 마…

구   야 인마!

유   역시 애는 힘드네요.

P   그… 낭화야! 배는 안 고파? 뭐 좀 먹을래?

낭화를 제외한 모두가 어수선하게 움직인다.

낭화   아니요.

구   어… 그러면… 낭화는 어떤… 어떤… 걸 좋아하는지 한 번 알려줄 수 있니?

낭화   … 개미

유   낭화 개미도 먹어?

P   야 인마!

구   쓰읍!

P   낭화는 개미가 왜 좋을까?

낭화   … 엄마가요. 개미는 열심히 일해서요… 모두가 함께 잘 살 수 있도록 힘낸대요… 하루도 쉬는 날 없어요… 내가 보는 개미 모두가 일을 하고 있다고 생각하니까요… 멋져서요…

낭화   저, 근데요…?

구   무슨 일이니

P   응? 왜 왜?

낭화   엄마, 아빠는 몇 밤 자야 와요?

긴 침묵.

P7   P는 다시 심장이 조여옵니다.

P2   P는 당장이라도 이 자리에서 벗어나고 싶습니다.

P3   P는 후회합니다.

P4   P는 자신이 했던 지키지 못할 약속에 대해…

유   낭화야. 우리 영웅이 있으니까 걱정 마.

구   그래. 말 잘했다. 낭화를 데리고 온 저 아저씨도 있고 우리

들도 있으니깐 조금만 기다려줄래?

낭화   엄마 아빠 데려올 거예요?

P7   P는 지키지 못할 약속을 했지만

P2   지금 저 동지들이 말하는 전혀 믿음직하지 않은 말을 듣고 있노라면

P4   지금 저 아이를 바라보고 있노라면

P3   저 아이를 구해낸 지금이라면

P2   여태 해냈던 것처럼 조금은

P7   그 약속을 지킬 수 있을 것만 같습니다.

P   그래 걱정하지 마. 다- 잘 될 거야.

4.5장

임   네가 도와줬니?

자   아뇨.

임   혼자서 했어?

자   네. 반뿐이지만.

임   정말?

자   전 길을 열어줬을 뿐이에요.

임   많이 친해졌네?

자   아니에요.

임   좋아. 완전한 영웅.

자   그게 무슨 의미가 있나요?

임   죽어도 영웅은 상징이 되지영웅은 죽어도 죽지 않아

자	그렇군요.
임	늘 하던 것처럼.부탁한다.
자	… 네.

5장

「흐린 별 방울마다
파도를 비뚜름 헤매일 제,」

P1	그 이후, P의 말들은 무거워졌습니다.
P	제… 생각엔… 이건 어떨까요?
유	역시! 전문학교 졸업!
구	그런 뜻이…
임선생	제갈량 입니까?
P2	P의 말은 곧 정답이 되고
유	P씨! 종로 서로 가는 길이 쫙 깔렸어요. 어쩌죠?
P	이… 이쪽으로…
P6	P의 행동도 곧 정답이 됩니다.
구	막다른 길이야! 어떡하지?
P	다른 길로… 가면 되죠!
구	그래, 알았어!
유	정말, 당신의 책략이란!
P7	P는 정확한 정답이 되기 위해 노력합니다.
유	땀이 나서 팔을 걷고 싶은데 살갗이 보이면 들키지 않을까요?
P	그런 건 알아서 하세요.
P7	집단의 많은 이들이 P에게 의지합니다!

유	고생하셨습니다!
모두	고생하셨습니다.
P7	P는 모두의 말들을 짊어집니다.

P2	이 짊어짐을 조금이나마 잊기 위해 자스민을 보러갑니다.
P6	자스민을 보면 조금은 이 부담들을 잊을 수 있습니다.
P2	오늘은 자스민과의 다섯 번째 글쓰기 수업 날입니다! 하지만.

낭화	언니는 이름이 뭐야?
P	낭화야, 존댓말 해야지.
낭화	응, 알았어요!
P7	그날 이후, 낭화를 보호하게 되었습니다. 그리고 낭화는 P 를 따릅니다.
자스민	애인데요 뭘. 편하게 얘기해.
낭화	응.
자스민	언니는 자스민이라고 해.
낭화	이름 이상해.
P	낭화야!
자스민	괜찮아요.
낭화	헤헤, 근데 나는 이뻐지는 법을 알아.
자스민	어, 갑자기?
낭화	엄마가 전생에 착하게 살면 살수록 이쁘게 태어난데.
자스민	오, 그래?
낭화	언니는 선녀였나?
자스민	호호호, 아 정말? 이 아저씨는 어땠을까?
낭화	음… 애매한 삶.
자스민	(웃음) 삶이라는 단어도 알아?

낭화	엄마가 알려줬어.
P	그렇게 나쁘게 살진 않았을 텐데…
자스민	애매하시지만 아저씨 글을 엄청 잘 쓰셔!
낭화	우와 진짜? 뭘 쓰는데?
P	그… 짧은 이야기 같은 거야.
자스민	근데 부끄럼쟁이신지, 통 보여주시지를 않으셔…
P	자스민. 그런 게 아니라요… 거의 다 되었습니다! 거의요!
자스민	네네 그러시겠죠.
P	다음에 볼 때는 꼭 보여드릴게요!
낭화	(물끄러미 바라보다가) 아저씨랑 언니는 애인 사이야?
P	어허! 무슨 소리를! 저희는 애인 사이… 아니잖아요? 그쵸?
P7	P는 내심 기대합니다!
자스민	절대 아니야. 아저씨는 언니 선생님이셔.
낭화	우와 선생님?!
자스민	아저씨가 얼마나 훌륭하신데?
낭화	맞아, 훌륭해. 언니, 아저씨가 나 데리고 그 어두운 데에서 여기로 데려다 줬어.
자스민	진짜? 아저씨는 영웅이네~
P	아유… 아닙니다…
낭화	영웅이 뭐야?
자스민	다른 사람들이 해내지 못하는걸 해내는 사람이야. 아저씨처럼.
낭화	아저씨 그러면… 그러면요… 나 하나만 부탁해도 돼요?
P	응, 뭔데?
낭화	… 아니에요… 아저씨 많이 바쁘니까…
자스민	아저씨는 다 해줄 수 있는데?
P	그래 뭐든지 말해봐.

낭화	… 우리 엄마 아빠도 여기로 빨리 데려오면 안 돼요…?

짧은 사이.

P	… 그래…! 물론이지! 걱정하지 마!
낭화	진짜죠? 약속이에요!
P	응, 그래. 약속.
구	(밖에서) 낭화야! 가자!
P	구 아줌마 왔다. 가야지!
낭화	네! 언니 또 봐요!

낭화 퇴장.

P	죄송합니다. 정신없으셨죠? 저를 따라간다고 떼를 써서요.
자스민	아뇨, 괜찮아요. 귀엽던데요?
P	이를 어쩌죠… 시간이 벌써 이렇게…
자스민	괜찮아요. 수업하기는 애매하니까… 우리 거리 마실이나 나갈래요?
P	그럴까요!
P7	P는 낭화가 이토록 고마울 수가 없습니다!
P5	P와 자스민은 거리를 걷습니다.
P3	Date?
P4	P는 간만에 한숨을 돌리는 듯합니다.
P5	P의 옆으로 손님을 태운 인력거가 지나가고
자스민	방금 지나간 저 인력거꾼, 집사람이 도망쳤대요.
P	저런…
P4	거리 통제 때문인지 부산스럽게 움직이는 순사들을 지나치고

자스민	조용히 지나가요. P씨 잡혀갈라.
P	저것들 한 주먹거리도 아닙니다!
P5	작품 투고 때문에 들렀던 잡지사를 지나치고
P	여기 실린 이 작가가 제 학교 선배십니다.
자스민	어머, P씨는 언제 들어가시려나?
P	흠흠.
P4	한 번 즈음 들렀었던 잡화점을 지나칠 때까지도 계속 걷습 니다.
P5	평소 아무렇지도 않게 P를 스쳐갔던 것들이
P4	자스민으로 인해 거리에 색이 덧입혀집니다.

P6	P는
P5	지금인가?
P7	싶습니다.
P4	P는 이 시간이 계속되었으면 좋겠습니다.
P5	P는 문장을 고릅니다.
P7	P는 그 문장을 내뱉습니다.

P	자스민.
자스민	네?
P	당신이라는 꽃에게… 평생 물을 줘도 되겠소…?
자스민	…
P	…하하! 농담입니다! 농담!
자스민	…
P	자스민…?

P는 자스민이 바라보는 방향으로 고개를 돌린다.

P6	P는 자기 또래의 한 남자가 무장경관들에 의해 끌려가는 것을 바라봅니다.
P7	P는 이제야 잡화점 사장의 울부짖는 소리가 들립니다.
P5	울부짖는 소리가 귓가를 계속해서 때립니다
P4	P는 갑작스러운 상황에 당황합니다.
P5	P의 호흡이 거칠어집니다.
P6	자신이 영웅이라는 사실을 잊어버립니다.
P7	P의 호흡은 걷잡을 수 없이 빨라집니다.

자스민 P씨.

P 아니에요, 아니에요. 지금 나서면 그냥 개죽음이에요. 다 생각이 있습니다. 그니까… 그니까…

자스민 괜찮아요?

P 전 아무렇지도 않아요. 괜찮아요. 아니 그… 괜찮아요.

자스민 … 방금 끌려간 사람, 잡화점 사장님 아들이에요. 일자리를 주겠다고 해서 갔는데 나흘에 한 번 꼴로 밥을 주고, 발 뻗고 잠도 제대로 못자고, 마음에 안 든다고 때리고, 그래서 도망쳤대요. 이 세상에 구해져야 하는 사람은 너무나도 많아요. 정말…

P … 저는 이만…

P는 수첩을 떨어트린다.

자스민 다-

P 네?

자스민 … 다- 잘 될 거예요.

자스민은 수첩을 줍는다.

P는 도망치듯 자스민을 스쳐지나간다.

P1   P는 무언가 홀린 듯 집으로 돌아갑니다.

P5   안전한, 그리고 편안한 집으로 돌아갑니다.

        P는 숨을 몰아친다.

        P는 빠르게 말들을 뱉는다.

P   나는 결코 도망친 것이 아니다.

P7   아닙니다.

P   나는 결코 도망친 것이 아니다.

P7   아닙니다.

P   그때 나서는 건 미친 짓이다.

P7   아닙니다.

P   내가 거기서 나서 봤자 나아질 건 없다.

P7   아닙니다. 더 근본적인 문제가 있습니다.

P   … 나는 영웅이 아니다.

P7   그리고 수첩을…

        P는 수첩을 찾을 수 없다.

P   찾을 수 없습니다.

유   혁명합시다!

P3   혁명합니다.

P	제가 어떻게든 해내겠습니다.
P7	발소리가 들려옵니다!
P6	또 다시 두려움이 엄습합니다.
P	어?
P1	유치장에서 본, 복면을 쓴 사람입니다!
P5	이 복면을 쓴 이는 P를 도와줍니다!
P3	위기의 순간에 어김없이 나타납니다.
P7	비밀문서가 떡하니 P의 집 앞에 떨어져 있기도 하고
P4	신원미상의 돈뭉치가 떨어져 있기도 하고
P1	경관들의 식량창고에서 쌀가마니를 훔쳐주기도 합니다.
P6	개미집도 만들어 뒀습니다.
P4	그 업적은 그 영웅이 아닌 늘 P의 것이 됩니다.
P5	하지만 그 영웅의 도움을 받을 때마다
P1	경관의 감시태세는 높아집니다.
P7	그래도 P의 영웅은 해냅니다.
P6	가히 전지전능합니다!
P7	P는 어느새 그 사람을 자신만의 영웅이라고 생각합니다.
P6	다들 모르는 P의 모습을 아는
P4	말 한마디 나눠보지는 않았지만
P5	누구보다 P를 잘 아는
P3	P의 영웅입니다.
P7	도움을 받을 때마다 그의 정체가 궁금해집니다.
P5	하지만 P는 영웅의 정체를 밝히려 하지 않습니다.
P1	그 영웅이 자신을 얼마나 한심하게 볼지 걱정이 됩니다.
낭화	엄마 아빠 빨리 데려와주면 안돼요…?

P   … 나는 유치장으로 가야만 합니다.

5.5장

자   요즘 너무 무리시키는 거 아닌가요?
임   당연하지. 영웅이니까.
자   그러다가 정말 죽기라도 하면 아깝지는 않겠어요?
임   숭고한 희생 큰 뜻을 위해선 어쩔 수 없지.
자   그건 안돼요
임   넌 잔말 말고.
자   잔말 할래요. 그는 계속 부응해요. 부응하려 해요. 그런 사
         람은 필요해요.
임   … 그래, 아직은 이르지. 잘 보고 있어. 늘 하던 것처럼.
자   … 늘 하던 것처럼

6장

「혼탁한 밤의 등불 피어오른다.」

P는 유치장을 향해 걷는다.
이따금 음성이 들려온다.

P   나는 영웅이다.
P1   P는 유치장으로 향합니다.
낭화   엄마 아빠 빨리 데려다주면 안돼요…?

P2	유치장으로 향하는 발걸음은 틀림없이 P의 것입니다.
무	그래, 그래야 영웅이지
P3	동시에 두렵습니다.
구	부탁이다!
P6	하지만 부응해야 합니다.
유	우리의 영웅!
P1	자신의 선택을 의심합니다.
임선생	대단해요!
P2	아닙니다. 구할 수 있습니다.
P3	약속을
P6	지켜야 합니다.
P1	꼭 지킬 필요는 없습니다.
P2	P는 낭화의 영웅입니다.
P6	조금 더 미루어도 됩니다.
P1	유치장 입구가 눈앞에 보입니다.
P3	P는
P1	나약해집니다.
P2	P는
P3	P는
P6	P는

P는 걸음을 멈추고 돌아간다.

P1	P는 왔던 방향으로 발을 돌립니다.
P6	P는 두려움을 이기지 못합니다.

자스민 등장.

자스민	감시가 제일 심할 때에 들어가는 바보가 어디 있어요. 오늘은 돌아가요. 어서.
P7	엥?
P4	엥?
P3	What?
P5	뭐야?
P6	예?
P	아니,
P7	자스
P	민이 왜… 여기…
자스민	내가 비밀단원이니까?
P	예?
자스민	당신 같은 겁쟁이들을 구해줘야 하거든요.
P	저… 저는 겁쟁이가 아니에요.
자스민	아니잖아요. 다 봤어요. 당신이 폭탄을 버린 거.

P1	P는 갑작스런 전개에 당황합니다.
P4	하지만 이 상황을 이해하기 시작합니다.
P5	겁을 먹고 폭탄을 버린 P
P1	유치장에서 아이만 안고 도망친 P
P7	자신이 하지 않은 일을 자신의 일인양 행세한 P
P6	그리고 뻔뻔하게 영웅행세를 하는 P
P3	Liar P
P4	뻔뻔하고, 늘 겁먹었던, 영웅이 아닌
P7	P이지만 P가 아니었던
Ps	**P의 거짓말을 알고 있었습니다.**

자스민   처음 그 날에, 폭탄 버렸을 때 제가 본진에다가 갖다 뒀는
데 몰랐죠?

P   알고 있었는데요?

P7   P는 추해집니다.

자스민   거짓말 좀 그만하세요. 보들보들? 하, 보들레르에요. 샤를
보들레르에요. 르네 샤르도 몰랐죠? 왜 잘 모르면서 아는
척해요. 그리고 낭화 부모. 구할 수 있었잖아요. 도망쳤죠?
영웅이었던 거 다 제 덕분이잖아요. 영웅이 되니까 뭐든지
할 수 있을 거 같아요? 사실 작품 쓸 생각도 없죠?

P   아니에요…

P6   P는 또 다시 추해집니다.

P4   P는 발가벗겨진 기분입니다.

P3   Fuckin'naked.

P5   P는 회피할 곳이 없음에도

P1   도망치려 합니다.

P7   하지만 도망치지 못합니다.

자스민   당신이 영웅이 아니라는 걸 들키고 싶지 않으면 돌아가세
요. 그리고 우리 집단에서 나가요.

P   …

P7   P는 계속해서 도망칠 곳을 찾습니다.

P5   그럴듯한 핑계를 계속 찾습니다.

P4   하지만 이젠.

P   처음부터 영웅따위 되려던 적 없었습니다.

P4   P는 끝까지 솔직해지지 못합니다.

P5   P는 진심을 전하지 못합니다.

P7   P는 엉키고 풀기 힘든 호흡을 쥐고 발걸음을 옮깁니다.

자스민   나가서는.

       P는 발걸음을 멈춘다.
       하지만 뒤를 돌아보지는 않는다.

자스민   진실해져요. 거짓말 하지 않아도 괜찮아요. 거짓말 하지 않아
       도. 거짓말로 꾸며지지 않은 당신이라도. 아니, 거짓말로 꾸며
       지지 않은 당신이 더 보기 좋아요. 그러니 그만해요, 이제.

P   네가 뭘 알아.

자스민   수첩. 재밌던데?

P   (뒤돌아보며) 그걸 왜 봐요!

자스민   '빗장 아래에선 꽃불이 흩뿌리고
       발음할 수 없는 노래가 한껏 붉어 오른다. 너울댄다.'

P   아니…

자스민   '진실로 나는 그 여인을 통해 등불을 건넨 예언자의 심정을 느
       끼고 있는 것이오.'

P   그만해… 요…

자스민   '거울 앞엔 또 까만 눈물
       밤처럼 말라붙는다.'

자스민   이게 더 당신 같아요. 적어도 이건 진심이니까. 이 겁-쟁이
       야. 거-짓말쟁이. (사이) 하지만 그 속은 비어있다고 생각 안
       해요.

P   왜요…

자스민   당신은 부응하려 하니까. 그 모든 기대를. 그건 대단하다고

생각해요.

P 그건 그냥… 하라고 하니까…

자스민 죽으라고 하는데 죽는 사람이 어디 있어요.

사이.

P 저는… 잘 모르겠습니다. 제 진심이… 도대체 뭔지. 글을 쓰고 싶은 건지. 영웅이 되고 싶은 건지. 죽고 싶은 건지, 살고 싶은 건지. 제 안엔 진심이 없어요. 제 모든 게 거짓임을 모르고 있지 않아요.

자스민 모르는 건 이상하죠.

P 그냥 들어주세요. 제발…

자스민 어우 미안해요.

P 처음엔… 그냥 유명한 문인이 되고 싶었어요… 그러다 나도 모르게 영웅이 되었어요. 처음에 부정하고 싶었어요. 근데요… 점점 남들이 우러러보기 시작하니, 정말 영웅이 되어버린 것 같았습니다… 영웅… 사실 되고 싶었던 것 같기도 해요. 유명한 문인이 되는 것도, 그냥 나를 우러러봐주기를 원했던 것 같아요. 이런 내가 싫습니다. 사실 바꾸고 싶어요. 남들에게 떳떳이 나를 설명할 수 있도록. 근데 이미 늦어버린 것 같기도 합니다… 나는 내가 뭔지 모르겠어요…

자스민 (수첩을 건넨다) … 글을 쓰세요. 글을 완성시켜요. 눈 앞에 있는 진심만이라도 써봐요.

P … 그렇게 쉬운 게 아니에요.

자스민 자신을 부정할 수 있는 건 자신밖에 없어요. 글로써 그런 당신을 부정해봐요. 당신 글 잘 쓰잖아요.

사이.

P1   당신… 글 잘 쓰잖아요.

P6   당신 글 잘 쓰잖아요?

P3   Am I good at writing?!

P4   P의 죽고 싶을 정도로 부끄럽고 혼란스러웠던 감정은 그 한마디에 날아갑니다.

P5   P의 입꼬리가 올라갈 뻔했지만

P7   이 분위기를 유지하고 싶어, 꾹 참습니다.

자스민   글 다 쓰고 내가 돌아오면 마지막으로 수업해주세요.

P   마지막이요…?

자스민   가짜 영웅, 밝혀지고 싶어요?

P   아… 아닙니다.

자스민   이건 나한테 맡겨요. 얼른 돌아올 테니까. 내가 돌아올 때까지 다 써둬야 해요?

P   네…

자스민   그럼, 나중에 봐요.

P   저기… 자스민!…

자스민   또 왜요.

P   자스민은… 안 무서워요…?

자스민   네? (웃음)

자스민은 크게 웃는다.

자스민   왜 안 무섭겠어요. 근데요, 저는 괜찮아요. 저는 기방 아이에요. 아버지는 몰라요. 어머니는 절 낳다가 돌아가셨어요.

어머니가 제일 좋아하는 꽃이 자스민이었대요. 그래서 기방언니들이 이름을 이렇게 지었다네요. 어머니 대신 피어난 거죠. 태어날 때부터 참 질긴 인생이었어요. 그러니 걱정 말아요. 난 질긴 사람이에요. 그리고 이겨낼 거예요. 끝까지 하면 못해낼 것 없어요.

P7   P는
P1   마주합니다.
P4   진짜 영웅을
P3   마주합니다!

자스민   나 진짜 가요. 기대할게요. 다- 잘 될 거예요.

자스민 퇴장.

P1   P는 고민합니다.
P4   P의 진심이 뭔지 생각합니다.
P5   현재 떠오르는 P의 진심은 딱 한 가지입니다.
P   자스민…
P6   P는 진심으로 글을 쓰기 시작합니다.
P7   자스민에게 바치는 자스민의 글을 쓰기 시작합니다.

1장부터 6장까지의 장 제목이었던 문자열들이 모이기 시작한다.

P5   쓰고
P4   고치고
P3   Write

P6	고치고
P7	쓰고
P3	again
P1	쓰고
P4	고치고
P5	쓰고
P6	고치고
P3	Write
P7	고치고
P1	쓰고
P3	Fix it
P4	쓰고
P5	고치고
P6	쓰고
P7	고치고
P3	Write
P1	고치고
P4	쓰고
P3	Fix it
P5	쓰고
P6	고치고

문자열들이 다 모이면 하나의 시가 완성된다.

P5	결국, P는 자스민에게 바치는 시를 완성합니다!
P1	시의 제목은
자스민	자스민.

| P7 | 그리고 P는 자스민을 기다립니다! |

7장

P는 수첩에다가 적어 내려가며
자스민을 기다린다.
한쪽에는 자스민이 실루엣으로
움직이고 있다.

P1	하지만 저 머-얼-리
P	기다립니다.
P3	갔습니다.
P	조금 쉬다 오려나 봅니다.
P6	언젠가는 마땅히 도달해야할 곳으로.
P	다음 날! 에도… 보이지 않습니다.
P5	생명을 갖고, 이 세상으로 나올 때까지는 많은 시간이 걸리지만.
P	또 기다립니다.
P4	그 끝은 한순간입니다.
P	다음 날에도 오지 않습니다.
P7	삶이란 불공평합니다.
P	조금은 불안해집니다
P1	그렇게나 꾸역꾸역 쌓아왔던 것들이,
P	불안하지만 그녀를 기다립니다.
P4	죽으면 한 순간입니다.
P	난 믿습니다.

P5	기억되는 건 극히 일부일 뿐입니다.
P	나의 영웅을.
P3	갔습니다.
P	단단하지만
P6	저 머-얼-리
P	유려하고
P7	자신이 쌓아온 역사를 뒤로하고!
P	믿음직한
P1	갔습니다!
P	나의 영웅
무	자스민은

곧이어 옷의 모든 구멍에서 빨간 천이
삐져나와있는 자스민의 옷이 툭하고 떨어진다.
그 옷 안에는 꽃잎이 가득하다.

무	죽었어.

P	… 네?
P7	P는 이 말이 무엇을 뜻하는지 알고 있습니다.
무	그러니까 사람은 언제나 사라진다고 그랬잖아.
P	그니까 누구냔 말입니다!
P7	P는 누구인지 알고 있습니다.
무	몸이 너덜거리다 못해 짓뭉개졌어. 편히 목이 잘렸으면 좋았을 것을.
P	자스민… 말입니까…?
무	비밀단원이었더라. 몰랐네.

P	잡힌… 겁니까?
무	잡혔어.
P	자스민이라면 금세 빠져 나왔을 거…
무	너는 그 예쁘고 사랑스러운 아이가 무사히 돌아왔을 거라 믿는 거야? (웃음) 웃기네.
P	분명히 빠져 나왔을 겁니다. 잘 못 알고 계신 거예요.
무	너, 아니지?

사이.

P	아니에요.
무	뭐가 아니야. 그 모든 것들 네가 한 짓 아니지?
P	아니라니까요.
무	지켰어야지. 뛰쳐 나갔어야지.
P	닥쳐요, 제발.
무	너도 혼자가 됐구나. 이제 현실이 보이나? 너도 그렇게 되고 싶은 거야? 아님, 나처럼 혼자임을 어쩔 줄 몰라 고여있을 거야? 이 개 같은 굴레 속에서 빠져 나갈 거야? 어떻게 할래? 혼자서 아무것도 할 수 없는 너는.
P7	P는 영웅이 아닙니다
무	영웅이 아니야.

P1	P는 그 자리에서 벗어나 자신의 집으로 향합니다.
P5	색이 덧입혀졌던 거리를 지나
P6	어느 곳보다 철저히 고립되고 아늑한.
P7	P의 방으로.

P는 방안에 틀어박힌다.

조명, 어두워지고 밝아짐을 반복한다.

P1   쿵

P3   쿵

P4   쿵

P5   쿵

P6   쿵

P7   P의 몸에서 쿵 소리가 울려퍼집니다.

P들은 계속해서 '쿵' 이라고 연발한다.

밖에서 누군가 문을 두드린다.

P1   쿵. 쿵. 쿵.

임선생   P군.

P는 대답하지 않는다.

임선생   괜찮아요?

P   죄송합니다.

임선생   왜 죄송합니까?

P   알고 계시잖습니까. 정말 죄송합니다. 저 때문에 자스민이
             죽었습니다. 정말… 죽을 죄를 지었습니다.

임선생   괜찮아요. P군 잘못 아니에요.

P   아닙니다.

임선생   P군은 정말 잘 해왔어요.

P   아닙니다… 아니에요. 정말 죄송합니다. 다 제 잘못이에요.

그 곳에 있을 자격이 없습니다.

임선생 아니. P군은 여기에 있어야 해요.

P … 네?

임선생 P군은 우리를 이끌어야 해요.

P … 제가 한 일은 다 자스민이…

임선생 원래, 영웅 없어요. 다- 만들어지는 거예요. 진짜, 가짜. 없어요. 이제 우리는 더 강해질 거예요. P군 같은 사람이 영웅으로 있어주기만 하면, 동지들은 용기를 갖고 움직일 수 있어요.

P 전… 못해요…

사이.

임선생 … 그래요, 고생했어요.

P … 어?

P7 P는 무언가 마음에 들지 않습니다.

임선생 다만 여기서 있었던 일은…

P 저… 그…

임선생 …그렇군요. 기다릴게요.

말을 마친 후 임 선생은 밖으로 나간다.

P1 P는 결국 어떤 인간이 되고 싶었던 건지,

P5 어떤 인간이었던 건지.

P7 P의 머리로는 정답을 내릴 수 없습니다.

P 아.

P의 방은 점점 더 좁아져 P는 보이지 않는다.

8장

P는 방 안에 틀어박힌다. P의 모습은 그림자로만 존재한다.
방 주변을 자스민이 서성거리며 살랑이듯 춤을 춘다.

자스민 내달리는 방랑 말리꽃 틔우고
      말간 봄 여명을 몰고 온다.

P1   어쩌면 죽어버렸던 걸지도 모를 몇 날, 며칠이 지나갑니다.

자스민 나는 바람 쌓인 섬에 날려
      소란한 밤비 마시고

P5   어디서부터 잘 못 된 걸까?

자스민 한갓 비운 찻잔만이
      흰빛으로 섧게 젖으니

P6   P는 진심으로 유명한 문학인이 되고 싶었던 걸까?

자스민 깜빡 눈먼 잎싹
      뒤늦어 계절을 좇는다.

P7   P는 진심으로 영웅이 되고 싶었던 걸까?

자스민 흐린 별 방울마다
      파도를 비뚜름 헤매일 제,

P1   P는 진심으로 사랑을 하고 싶었던 걸까?

자스민 혼탁한 밤의 등불 피어오른다.

P3   P는 아직도.

P4   P의 머리로는 아직도 정답을 내릴 수 없습니다.

P   아아.

P1	낡은 수첩이
P4	바닥으로
P3	쿵

자스민은 춤을 멈추고 P를 향해 말한다.

자스민 글로 당신을 부정해봐요. 당신 글 잘 쓰잖아요? 다- 잘 될 거예요.

P6	당신 글 잘 쓰잖아요.
P	아.
P7	P는 수첩을 폅니다.
P4	P는 글을…
P5	쓸 수 없습니다.

P는 자신의 머리를 연신 바닥에 내리친다.

P1	쿵
P3	쿵
P4	쿵
P5	쿵
P6	P는 온 종일 쿵쿵 댑니다.
P7	머리에 열 기운이 올라옵니다.
P1	폐렴인지,
P4	내려친 이마 때문인지,
P5	상관없이
P6	쿵… 쿵… 쿵…

문 밖에서 쿵쿵쿵 누군가 문을 두드린다.
그리고 위에서 편지가 떨어진다.

P   편지입니다.
P6   낭화… 입니다.

낭화   영웅 아저씨께. 아저씨. 요즈음 왜 안 보이시나요? 사실 걱
         정이 조금은 되어요. 언니오빠들은 아저씨가 아프대요. 어
         디가 아픈지는 알려주지는 않아요. 그냥 아프대요. 아저씨.
         혹시나 낭화가 부탁했던 거 때문에 아파진 거라면요. 부탁
         안 들어줘도 되어요. 사실요. 아저씨가 구해줄 때요. 엄마가
         말했었어요. 잘 살으라구. 꽤 오랜 시간이 걸릴지도 모르니
         까 그때까지 잘 살아야 한다구. 그러니깐 괜찮아요. 잘 살고
         있으면 되니까 괜찮아요! 저, 기다릴 수 있어요. 그 조용하
         고 어두컴컴한 방에서 있었으면 기다릴 수 없었을 텐데, 아
         저씨가 기분 좋을 만큼 시끄럽구 밝은 데로 데려다주셔서
         기다릴 수 있을 것 같아요! 아저씨는 이미 영웅이지만 나한
         테는 하나밖에 없는 영웅이에요. 그니까요! 아프면 안돼요,
         알았죠! 아저씨 나으면 그 이쁜 언니랑 낭화랑 같이 또 놀
         아야해요? 알았죠? 아저씨, 보고싶어요.
P6   그리고 또 다시 쿵.

영웅이라는 단어가 나올 때마다 P의 호흡은 망가진다.

P7   P는 편지 속 '영웅'이라는 단어가 미치도록 역겹습니다.
P   나는 영웅이 아니었습니다.
P1   영웅?

P3	Hero.
P7	영웅.
P5	영웅.
P4	영웅.
P6	나는 영웅.
P	답장을 해야 합니다.
P4	낭화에게 남길 수 있는 마지막 영웅으로서의 예의라고 생각합니다.
P5	P는 느릿느릿 답장을 작성합니다.
P	낭화. 보거라.
P1	P는 의례적으로 답장을 작성합니다.
P	잘. 지내고. 있는지 모르겠다.
P7	하지만 이내 찢어버립니다.
P	건강히…
P6	P는 다시 형식적으로 답장을 작성합니다.
P	끼니는 잘 챙기고 있느냐…
P1	하지만 이내 원고지를 찢어버립니다.
P	더위가 몰려오더구나.
P4	P는 다시 격식에 맞춰 답장을 작성합니다.
P	몸조심 해야 한다.
P5	하지만 이내 원고지를 찢어버립니다.
P	나는…
P6	P는 답장을 작성합니다.
P	나는…
P4	P는 답장을 작성합니다.

P   나는…

자스민   진실해져요.

P는 자스민을 바라본다.

자스민   눈앞에 있는 진심만이라도 써봐요.

P4   P는
P5   P는
P7   P는
P6   P는
P3   P는
P1   P는

P는 수첩을 쳐다본다.

P   나는 나의 이야기를 쓰기 시작합니다.
P4   처음에는 더뎠지만,
P5   이 안엔 일체의 거짓도 없습니다.
P   남들의 생각에 기생하며 살았던 그 삶이 나에게 벌을 내리
           는 것 같습니다.
P1   호흡이 또 다시 가빠집니다!
P7   호흡이 멈춰도 나는 글을 쓸 겁니다.
P   사람이란 왜 마음대로 기대하는 건지…
P6   가빠진 호흡을 쥐고 P는 글을 씁니다.
P   단 한번만이라도 진실할 수 있다면,

P1	적어야 할 것들이 너무나도 명확합니다.
P	단 한번만이라도…
P7	P는
P5	우리는
P4	저희는.
P3	P는.
P6	P는.
P1	P는
자스민	아니,
Ps	**나는.**
P	나는 나의 마지막 글을 완성시킵니다. 나는… 이제 영웅이 되어야합니다.

자스민은 폭탄을 건넨다.

| P | 그리고 나는 유치장으로 갑니다. |

P의 방은 곧 유치장으로 변모한다.
그리고 P는 등을 하나씩 조심스레 놓는다.

| P | 나는 폭탄을 쥐고 내려갑니다. 그리고 문을 엽니다. 유치장은 조용합니다. 김 정보원은 왼쪽 맨 끝에, 그리고 처는 오른쪽에서 하나-둘-셋-넷… |

수많은 순사들이 P를 둘러싼다.

| P | 다가옵니다. 틀림없이 다가옵니다! 그들은 계속해서, 계속해 |

서. 코앞까지 도달했습니다! 이제 도망칠 수도 없습니다.

P는 손에 쥐어진 폭탄을 본다.

P   그들을 위해, 낭화를 위해, 그리고 나를 위해. 단 한번만이
       라도 진실해질 수 있다면…

이윽고 P는 폭탄을 던진다.

Ps   **그 순간.**

폭발을 자신이 오로지 받아드리겠다는 생각으로
두 팔을 벌려 이 모든 것을 받아들인다.
폭탄이 터지면 꽃가루가 살랑살랑 내려온다.
이 폭발은 아름답다.

P   이제서야! 숨을 쉬는 것 같습니다! 이제서야! 내 의지로 제
       숨을 쉬는 것만 같습니다! 이제서야! 나는 나를 받아드립니
       다! 이제서야! 나는 영웅이 됩니다. 그리고 영웅으로써 죽
       습니다. 나는 그저… 그저…!

그리고 **암전.**

P   P입니다.

       – 막 –

무저갱

극작 : 이서우

등장인물

이시오
안희야
다리
이시은

0장 5월 5일

시오   열여섯. 5월 5일.

조명 밝아진다.

시은   자, 시 시 시작!

시오/시은   생일 축하합니다 생일 축하합니다 사랑하는

시오   언니와

시은   시오의

시오/시은   생일 축하합니다 호오오~!! 생일 축하해! 후! (함께 생일초를 분다)

시오   그게 언니와 함께 한 마지막 생일이었습니다. 그리고 지금 여기는 제 꿈 속.

시오의 그날의 기억이 떠오른다.

시오   언니!

시은   시오야.

시오   언니. 꽉 잡아, 내가 곧 꺼내줄게!

시은   시오야, 예전에 내가 했던 말 기억해? 이 구멍 속에 있어. 진짜 있어.

시오   언니 말 그만하고 얼른!

시은   이 구멍 속에 내 다리가 있어. 왼쪽 다리! 날 기다리고 있어!

시오   난 그런 거 안 믿어. 그만 좀 말하고 올라와 봐 제발.

시은   시오야.

시오   언니. 제발! 손에 힘 빼지 말라고!

시은   나 죽는 거 아니야. 그냥 잠시 잃어버렸던 거 찾으러 떠나는 거야.

시오   나 혼자 어떡하라고. 우리 둘뿐이라며 언니가.

시은   시오야. 반대편에서 기다릴게. 내 다리랑.

시오   언니 제발.

시은   그러니까 시오야.

시오   언니. 놓지 마. 제발.

시은   앞으로는 앞만 보고 뛰어.

붙잡고 있던 언니의 손과 시오의 손이 풀린다.
시은, 싱크홀 속으로 떨어진다.

다리   위에서 아래로 시은이가 거대한 싱크홀 속으로 빨려 들어갑니다. 그리고 저기, 시오의 건너편에서 구멍 속을 뚫어져라 쳐다보는 누군가.

희야   시은아.

시오   그날 이후로 나는 더 깊은 구덩이 속으로.

희야   끝이 보이지 않는 구덩이 속으로.

다리   바닥이 없는 구덩이

시오   그건 바로

Title in "무저갱"

암전.

1장. 시오 이야기

알림음: 이시오님 1번 진료실로 들어가 주세요.

조명 서서히 밝아진다.

의사   헛것이 보이신다고요?

시오   네?

의사   헛것이 보이신다고요.

시오   네.

의사   언제부터 헛것이 보이신다고요?

시오   그러니까 제가 오늘 학교에서요.. 화장실 변기에 앉아서 울고 있었는데요.

학교 종소리. 전환. 시오 변기에 앉는다.

시오   괜찮아… 괜찮아… 괜찮…
        끕…! 껵…! 흑…!
        끕…! 껵…! 흑…!
        끕…! 껵…! 흑…!
        끕…! 껵…! 흑…!
        그때, 누가 문을

똑똑똑 (희야)

시오   두드렸어요.

똑똑똑 (다리)

시오　잉?

똑똑똑 (희야)

시오　엥?

똑똑똑 (다리)

시오　잉?

똑똑똑 (희야)

시오　엥?
희야　어이, 울어?
시오　근데 노크소리가 제 앞에서 들리는 건지, 이 변기 안에서 들리는 건지…

똑똑똑똑똑 (희야, 다리)

희야와 다리, 번갈아 가며 노크를 하다가 노크 소리가 섞인다.
시오, 소리가 나는 쪽으로 번갈아 가면서 고개가 따라가다가 머리를 부여잡고 푹 숙인다.

시오　으아아아아아아…!!

희야, 문을 더 세게 두드린다.

희야   뭔 일이야? 괜찮아???
시오   설마설마 했어요. 근데 변기 안에서 누가 노크를 할 리는 없잖아요. 그죠?
희야   문 열어봐!
시오   문을 열었더니, 어떤 아이가 있었고.

시오와 희야 별안간 조우.

희야   어… 어…!!!

희야, 시오를 위아래로 훑어본다.

희야   이시… 이시… 오!!
시오   제 이름은 어떻게 아셨어요?
희야   명찰! 명찰 봤어요…
시오   아- 그쪽은 이름이 뭔데요?
희야   안희야.
시오   에?
희야   안희야.
시오   뭐가 아니에요?
희야   내 이름이 안희야.
시오   에?
희야   내 이름, 안희야.
시오   이름이 아니라고요?
희야   아니, 안희야!

시오   아니 그러니까… 이름을 말 안해줬는데 뭐가 아니에요

희야   이름이 안희야!!! 성이 안!! 이름이 희야!!! 안희야!!!

시/희 아하!

시오   그렇게 안희야라는 아이와 얘기를 어쩌구~

희야   저쩌구~

시오   어쩌구~

희야   저쩌구~

시오   어쩌구~

희야   저쩌구~

시오   나누다가..

희야   복수하자.

사이.

희야   복수하자고. 우리.

시오   … 싫어요

희야   복수하자!

시오   싫어요!

희야   복수하자!

시오   싫다니까요?!

다리, 변기통에서 튀어나온다. 시오와 희야, 뒤로 자빠진다.

다리   으쌰!!!!!!

시/희 엥?

다리   어?! 찾았다! 이시오! 안희야!!!!!!!!!!!!!

시/희 엥!

시오	다리. 2년 전에 싱크홀 속에 빠진 우리 언니 다리. 죽은 우리 언니의 다리가.
다리	변기를 뚫고 등장!
시오	엥?!
다리	드디어… 드디어… 찾았딱!!!!!!!! 하하하하!!!!!!!!
시오	(멍)
희야	야! 정신차려!!!
다리	시오야! 희야야!(다가간다)
시/희	으아아아아아!!!!!!

희야, 시오를 붙잡고 도망친다. 다리에게서 시선을 떼지 못하는 시오.

시오	그 이후로
다리	시오야 시오야!
시오	제가 아무리 피해다녀도.
다리	시오야 시오야!
시오	자꾸 따라다녀요.
다리	시오야 시오야!
시오	말도 걸구요.
다리	시오야 시오야 시오야!
시오	그리고 그 다리를 볼 때마다 제 마음이 막..
다리	막…?
시오	짓밟히는 것 같아요
다리	그러려던 의도는 아니었는데!
시오	헛것이라 생각하기로 했어요. 헛것. 진짜가 아니라고.
다리	엥? 나 진짠데!
시오	진짜가 아니야 진짜가 아니야. 저건 진짜-

다리	진짜 진짜 진짠데! 나 이렇게 막 움직이고 말도 할 수 있는데!
시오	(보이는 다리를 애써 무시하며) 싱크홀 속으로 사라졌으니까요. 우리 언니 다리도, 언니도. 그러니까 헛것을 보는 거예요 나는.
다리	-라는 말을 시오는 꾹 삼킵니다.

장소는 다시 정신병원.

의사	이시오 씨?
시오	네? 네…
의사	오셔서 딱 한 마디만 얘기하신 거 아세요?
시오	네? 네…
의사	그 '네'만 하셨어요.
시오	죄송합니다..
의사	말하기 어려우세요?
시오	네…
의사	음… 말하기 어려운 게 뭐 때문인 것 같아요?

사이. 시오 꼼지락.

의사	있잖아요, 아주 어렵겠지만 말이든, 감정이든 토해내면 조금 편안해지는 것들이 있어요.
시오	편안해진다고요? 토하면요?
의사	토하면요.
시오	토…
다리	토토토 토토토독토독 토토톡 (시오 건들며) 토독 토독 계세

요? 토토톡 톡톡 토토토-

의사 -토한다는 건 뱃속에서 소화되지 않은 것들을 입 밖으로
게워내는 거죠.

다리 우웨에에에엑!

의사 먹은 것들이 뱃속에서 삭여지지 않으면 아파요. 막히고 아
픈 걸 가지고 있을 필요는 없어요. 토하고 터뜨려서 쏟아내
면 편안해져요.

시오 토하면… 편안…

의사 뭐든 좋아요. 저에게 조금이라도 얘기해줄 수 있을까요?

시오 그러니까, 그러니까 첫 시작은요…

의사 시작은?

시오 ㅂㄱㅌ…

다리 변기통?

은/오 변기통!

일정하게 울리던 신호음이 빨라진다. 무대 위 조명이 짧게 번-쩍.
5월 5일. 시오와 언니가 태어난 날. 변기통. 풍덩!

시은 안녕?

시오 안녕.

시은 무슨 생각해?

시오 우리, 버려진 거야?

시은 그런 셈이지.

시오 너는 누구야?

시은 너보다 몇 분 일찍 나왔으니까 언니지.

시오 언니… 그럼 우리 이제 여기서 계속 살아? 난 여기도 아늑
하고 좋은데.

시은   나가야지. 살려면.

시오   난 싫어. 무서워. 막막해. 우리 이제 어떡해?

시은   끕…! 꺽…! 흑…!

시오   언니… 울어?

언니 울고 있다.

시은   눈물 아니야.

다리   변기물이 찰랑~

시은   변깃물이야

시오, 같이 운다.

은/오   끕…! 꺽…! 흑…!

시오와 시은, 울먹이며

시은   그래도 나쁘지 않지?

시오   뭐가?

시은   완전히 우리 둘뿐인 거

시오   응. 따뜻해 완전히 우리 둘뿐인 거. 그럼 그냥 여기서 둘이 있으면 안 돼?

시은   안 돼.

시오   왜?

시은   나가야지. 살려면.

다리   변기통에서 우렁차게 우는 시오와 언니를 누군가가 건져내고

시은   나왔다! 살았다!

다리	이 둘은 어느 한 소도시의 작은 마을에 위치한 보육원에 맡겨집니다.
시오	같은 얼굴, 같은 키, 같은 옷. 일란성쌍둥이로 태어난 저와 언니는 한 세트.
다리	그래서 그런지, 매번 눈칫밥을 먹었습니다.
시오	옷을 살 때에도.
다리	2벌!
시오	밥을 먹을 때에도.
다리	2그릇!인 탓일까요? 보육원 어른들의 따가운 눈초리 속 시오와 언니는 더 더 작아졌습니다. 그리고 무엇보다 매를 맞을 때에도.
시오	두 배. 언니가 잘못하면 저까지 맞고, 제가 잘못하면 언니까지 맞았습니다.

시오와 언니, 고개를 푹 숙인 채로 손을 꼭 잡고 매를 맞는다.

다리	그치만 맞을 때에도 둘은 손을 꼭 잡고 놓지 않았습니다.
시오	그렇게 같이 밥을 먹고 잠을 자고 매를 맞고 같이 초등학교에 입학하면서, 언니는 꿈이 생겼습니다. 바로바로!
시은	육상 선수!

언니, 달리기 연습을 한다. 그 뒤를 따라 힘겹게 뛰는 시오.

시오	언니! 언니는 왜 뛰어?
시은	내가 잘 뛰니까! 잘하는 거로 돈 많이 벌고 싶어서!
시오	돈 많이 벌어서 뭐하게?
시은	뭐하긴! 너랑 살아야지! 엄청 큰 집에서 눈치 보지 않고 비

싼 것도 입어보고 먹어보고!

시오   그럼 진짜 좋겠다!

시은   조금만 기다려!! 얼마 안 남았대.

시오   뭐가?

시은   전국 초등부 육상대회 예선!!! 꼭 이길 테니까 상금으로 맛있는 거 먹자 우리!

시오   내가 꼭 가서 응원해줄게!

시은   그럼 안 올라고 그랬냐?! 엄청 크게 응원해 주라!

시오   엄청 크게!

시오, 뛰던 발걸음을 멈춘다.

시오   언니는 저를 데리고 마을 다리 밑에 있는 길목에서
같이 달리기 연습을 했습니다.

다리   옆에서 졸졸 흐르는 시냇물, 간지럽게 종아리를 스치는 강아지풀! 간질간질.

다리, 시오와 시은의 종아리를 간질간질.

오/은   ㅎㅎㅎ!

시오   그리고 언니는 항상 저보다 다섯 발자국 앞장서서.

시은   이시오! 얼른 와!

시오   저를 끌어줬습니다.

시은   시오야 여기 돌멩이 조심해.

다리   한 발자국.

시은   시오야 여기 턱 있다.

다리   두 발자국.

시은	시오야 힘들지? 좀만 더 가면 돼.
다리	셋, 넷, 다섯 발자국.
시오	언니라면 더 빨리 뛸 수 있었을 텐데. 딱 다섯 발자국 뒤에서 그런 언니의 뒷모습을 볼 때면.
다리	시오는 왜인지 모르게 마음이 무거워졌습니다.
시오	육상대회 예선이 열리기 전날 밤. 보육원에 있던 어느 애가.
아이	야, 니네 언니가 어떻게 이기냐?! 꿈도 크다!
시오	그래서 그 애랑 작게 다퉜는데요

문이 열리는 소리가 들린다.

| 시오 | 선생님은 그런 저를 보시더니 자고 있던 언니를 깨웠어요. 그리고 역시나 두 배로. |

수차례 회초리 소리가 들린다. 시오와 언니, 손을 꼭 잡고 있다.

| 시오 | 언니의 다리가 새파란 멍으로 가득해졌습니다. |

시오와 언니, 매를 맞고 방에 들어온다.

시오	언니…
시은	미안하다는 소리 하지 마.
시오	미안해.
시은	내일 응원하러 와줄 거지?
시오	응…
시은	엄청 크게 응원할 거지?
시오	응… 근데 정말로 괜찮겠어?

시은 걱정 마. 잘 달릴 수 있어. 잘 뛸 수 있어. 나 엄청 빠르잖아!

시오 알지 그럼. 근데 나 때문…

언니 끕…! 껵…! 흑…!

시오 언니… 울어?

시오, 고개를 들어 언니를 바라본다. 일어나서 언니를 안아주는 시오.

시오 언니, 내 어깨가 축축해.

시은 시오야, 언니 어깨도 축축해. 그래도 나쁘지 않지? 완전히 우리 둘뿐인 거.

시오 응. 따뜻해. 완전히 우리 둘뿐인 거.

다음날. 출발 신호음 소리.

다리 그리고 다음날.

시오 저는 수많은 다리들 중 언니를 한눈에 알아볼 수 있었습니다. 흉터가 가득하고, 유난히 새파란 다리. 제 눈에는 제일 빛났어요.

출발을 알리는 총성이 들린다.

시오 언니의 다리는 그 어떤 망설임도 주저함도 없이 바람을 가르며 달렸습니다. 그치만 종아리가 너무 부어서인지 간발의 차로 언니는 이기지 못했어요.

시오, 시은에게 다가간다.

다리	시오는 제 곁에, 아니 시은이의 다리 곁에 쪼그려 앉았습니다. 차마 저를, 아니 시은이의 다리를 만져보지도 못하고. 가만히.

사이.

다리	시오는 미안했을 겁니다. 그러니까 너무너무-
시은	너무너무-
다리	너무너무 푹 떨어진 시오의 머리통을 바라보던 시은이가 갑자기.
시은	하하하하!
다리	웃었어요.
시은	진짜 아까웠다 그치?
시오	언니 나는…
시은	가자! 이시오!
시오	어디로?
시은	연습하러!

시은, 시오에게 시비. 툭툭. 깔깔. 결국 시오도 웃는다.

시오	그렇게 중학교에 입학하고 언니의 꿈은 여전히.
시은	육상선수!
시오	그리고 우리 사이엔 여전히 다섯 발자국. 언니! 근데 나 궁금한 게 있는데.
시은	뭔데?
시오	언니는 더 빨리 뛸 수 있잖아.
시은	그치!

시오   근데 왜 항상 다섯 발자국 앞에서 뛰어?

시은   (장난스레) 네가 너무 느리니까~

시오   나 같은 거 신경 쓰지 말고 그냥 뛰면 안 돼?

시은   혼자 멀리 나가면 재미 없어서 그래.

시오   끊이지 않는 대화. 끊이지 않는 언니의 꿈. 망설임도 주저함도 없는 언니의 명랑한 두 다리. 저는 언니가 남긴 확실한 점만 따라 다녔습니다. 그리고 15살.

시은   이시오 빨리 와!

시오   여전히 그 길목. 다리 밑.

시은   안 오면 언니 먼저 간다!

시오   언니와 제 사이에는 여전히 다섯 발자국.

시은   시오야

시오   언니. 위에

일정하게 울리던 신호음이 뭉개지며 무작위로 울리기 시작한다.
거대한 싱크홀이 뚫리면서 다리가 흔들거리다 무너진다. 무너지는
다리에 자신의 다리가 잘린 시오의 언니. 장소는 다시 정신병원.

의사   시오씨 괜찮아요?

시오   순식간이었어요 선생님… 그런데요, 그 몇 초가 아직도 생생하게 그려져요

다리   국내 최대 규모. 지름 약 100미터에 달하는, 깊이를 헤아릴 수 없는 싱크홀. 거대한 구멍이 모든 걸 집어삼키기 시작했습니다.

시오   땅이 흔들리더니 마을의 다리도 같이 흔들, 흔들.
고개를 들었어요. 어, 안되는데. 우리 언니가 저 밑에 서 있는데. 언니도 고개를 들었어요. 언니가 제 쪽으로 뒷걸음질

을 쳤어요. 언니! 뛰어! 도망쳐! 라고 생각했는데 입 밖으로 말이 나오지 않았어요.

그리고 그때, 언니가 뒤로 넘어지더니 언니의 왼쪽 다리가 무너지는 다리에 깔렸어요.

다리   끊겼습니다. 잘려나갔습니다. 무너지는 다리와 함께 저도 거대한 싱크홀 속으로.

시오   선생님 있잖아요, 제가 조금만 더 빨리 뛰었다면 저희는 그 다리 밑을 이미 지나쳤을 거예요. 제가 조금만 더 느리게 걸었다면 저희는 그 다리 근처에 있지도 않았겠죠. 그런데 제가 하필 그 속도로 뛰어서. 언니가 하필 다섯 발자국 앞에 있어서. 딱 다섯 발자국 차이였거든요 선생님.. 딱 다섯 발자국…

의사   본인 때문에 언니 다리가 그렇게 됐다고 생각해요?

시오   …

의사   있잖아요, 싱크홀이 자연재해라고 생각해봐요. 언제든 들이닥칠 수 있는. 그러니까 시오 씨가 미리 대비할 수도 없고 막을 수도 없다는 말이에요. 중요한 건 그 이후의 대응방식이에요. 절대로 시오 씨 탓이 아니라는 거죠.

시오   제 탓이 아니라구요?

의사   네. 그럼요.

시오   그런데요, 선생님. 선생님만 그렇게 생각하시는 것 같아요.

다리   거대한 마침표. 시오와 시은이에게 이 싱크홀은 거대한 마침표였습니다.

시오   그 구멍 속으로 언니와 저의 15년이란 시간이 빠지고 언니와 말과 표정과 꿈도 빠졌습니다.

다리   재개발이 한창 진행되고 있던 마을에게 이 싱크홀은 한마디로 골칫덩어리. 싱크홀이 생긴 이후로 마을의 배수관이

죄다 막히기 시작하면서 재개발은 중단 되었습니다. 시은이의 다리가 잘린 이후, 몇몇 동정어린 시선도 잠시, 어른들은 두 아이에게 갖가지 시선을 보냈습니다. 탓 할 곳이 필요했거든요.

시오 어린 나이에 그렇게 돼서 안타깝다고.

다리 니네 언니 사고만 아니었어도 큰 문제는 없었을 거라고.

시오 그런데 자기들도 싱크홀 때문에 여간 스트레스가 아니라고.

다리 니네 때문에 재개발이 중단 됐다고.

시오 눈에 안 보였으면 좋겠다고.

다리 아! 그러니까 싱크홀이 눈에 안 보였으면 좋겠다고.

시오 보일 때마다 마음이 불편하다고.

다리 그리고, (마을사람들의 말투를 따라하며) 왜 그때 거기 서 있었어.

시오 왜 그때 거기 서 있었어?

다/시 왜 그때 거기 서 있었어?

시오 왜긴요. 저 때문이죠. 그렇게 모든 게 끊겼어요. 언니의 꿈도, 저와 언니의 사이도.

하수처리장의 쓰레기 분류하는 소리가 들려온다.

언니는 같이 다니던 학교도 그만 두고 하수처리장에서 일을 하기 시작했어요.

다리 같은 얼굴, 같은 키, 같은 옷이었는데 그날 이후로 시은이는 항상 뒤쳐졌습니다. 목발을 짚고 걸었거든요.

시오 그럴 때면 바닥 위에 언니가 흔적을 남겼습니다. **점과 직선.** 목발로 찍고 한쪽발로 끌면서. 언니, 있잖아 내가 학교에서 모스부호란 걸 배웠는데 점이랑 직선으로 대화를 할 수가 있대.

다리	시은이는 다리와 함께 말도 잃어버렸습니다.
시오	그러니까… (박수를 치며) - · - · · - · · - ·언.. · · · - · · · · -니…! 이렇게 말할 수도 있고! 아 아니면! 손전등을 막 반짝거리면서 말을 할 수도 있고! 그러니까 어떻게 보면 언니는 (언니가 남긴 흔적을 가리키며) 이 흔적으로 말을 하고 있는 거지! 어때?
다리	시오는 시은이 앞에서 예전처럼 울 수도, 웃을 수도 없었어요.

사이.

시오	언니는 다리가 없어서 목발을 짚는 게 아니라 새로운 존재가 된 거야. 새로운 언어로 말하는!
다리	그래도 시오는 시은이와 함께 걷는 이 시간이 소중했습니다.
시오	그러니까 소리를 내지 않아도 말을 전달할 수 있는 거지! 멋지지 않아?
다리	말을 나누지 않아도 연결되어 있다고 생각했거든요.
시오	언니 요즘 다니는 일은 어때? 할 만해? 아니면 좀 쉬는 거 어때? 내가 학교 끝나고 알바하면 되니까
시은	…
시오	언니 나 때문이라면..
시은	시오야
시오	응?
시은	애쓰지 마.

사이.

시오	말을 나누지 않아도 연결되어 있다고 생각했는데… 그 1년

이란 시간은 순식간에 저와 언니의 15년을 앗아갔습니다. 그리고 16살, 저와 언니의 생일날. 언니는 싱크홀 속으로 몸을 던졌습니다. 언니의 표현을 빌리자면 달리기, 그러니까 뛰었어요. 구멍 속으로.

그날 언니가 아니라 내 다리가 잘렸어야 했는데. 내가 뛰었어야했는데. 나는 항상 뒤따라가는 덤이었는데.

다리   시오야.

장소는 다시 정신병원.

시오   선생님, 선생님은 헛것을 보신 적이 있으세요?

의사   예를 들면요?

시오   그러니까 (다리를 힐긋 쳐다보며) 눈알이 없는 귀신이 아니라 눈알 그 자체라던가… 다리가 잘린 귀신이 아니라 다리 그 자체라던가…

의사   더 말씀하셔도 좋아요.

다리   빨라지는 키보드 소리!

시오   언니가 떨어지기 전에 말해줬거든요. 구멍 속에 언니 다리가 있다고… 그 싱크홀에 대한 소문 있잖아요

의사   소문이요?

시오   그 구멍이 모든 걸 집어 삼킨대요. 그 구멍 근처에 간 사람이나 물건도 자꾸 실종되구요. 그리고 빠지게 되면 기억도 다 잃고 지구 반대편으로 도착한대요. 그러니까 이미 몇년 전에 사라진 게 아직도 살아있을 수도 있다는 거예요. 어쩌면… 진짜일 수 있을까요?

의사   음 그러니까 시오 씨는 알 수 없는 헛것이 보이시고

시오   네…

의사 언니가 재작년에 크게 사고가 나고.

시오 네…

의사 작년에 사고로 싱크홀에 빠진 거죠?

시오 사고…

의사 제가 봤을 땐 충격을 크게 받으신 것 같아요.
그리고 자꾸 책임을 본인으로 돌리시구요.

시오 죄송합니다..

의사, 시오의 죄송하다는 대답에 어떤 말을 하려다 만다.

의사 우선 일주일치 처방해드릴게요. 증상이 더 심해지거나 약
드시면서 불편감이 느껴지면 언제든 오세요. 가보셔도 돼요.

시오, 꾸벅 인사하고 병원을 나선다. 집으로 돌아가는 길.

[경기도 외곽 지역에 대형 싱크홀 발생… 재개발 일시 중단]

[실종자는 끝끝내 발견되지 않아… 수색작업 종…]

[이사 가라 / 병X / 집 값 돌려내라]

시오 언니. 그 구멍으로 사라진 것들이 다른 구멍으로 나온대.
기억도 다 잃고 지구 반대편으로 도착한대.
언니도 어딘가에 남아있을까. 거기서 어떤 표정을 짓고 있
을까. 나를 기억할까?
언니를 잊은 걸까 감추려는 걸까.
그렇게 1년이 지나고.
언니. 나는 이제 열일곱 살이 됐어.

2장. 희야의 이야기

조명 밝아진다.

희야   각!자!도!생! 그러니까! 믿을 사람 하나 없다 이 말이에요! 절 낳아준 부모님은 저를 버리고 떠났고요. 보육원에서는 저를 입양 보내기만 하면.

다리   파양!

희야   이 집 저 집을 가봐도!

다리   파양! 파양!

희야   어차피 돌아갈 곳도 없겠다! 이곳 저곳 떠돌아다니고 이것저것 훔치면서 살았습니다. 아! 물론 원래부터 이런 건 아니었어요. 처음에는 보육원에서 나와 쉼터를 떠돌았습니다. 다 저 같은 아이들이었어요. 가족도 없고 돌아갈 곳조차 없는. 그곳에 지내면서 편의점 알바를 했어요. 정말 좋은 사장님이었어요. 아빠를 본 적도 없지만 아빠 같았어요. 그래서 저는 '가족도 없구요, 집도 없구요, 친구도 없는데요. 그치만 정말 열심히 일할 자신 있습니다'라고 제 모든 걸 말해버렸습니다. 그리고 돌아온 건.

사장   희야야 오늘 2시간만 더 일해줄 수 있을까? 시급은 꼭 챙겨줄게!

희야   네! 당연하죠 사장님!

사장   희야야 오늘 다른 애가 못 온다고 하네! 도와줄 수 있나?

희야   그런 일이 반복되길 수십 번. 밀리기 시작하는 월급.
사장님! 혹시 월급 언제쯤 받을 수 있을까요?

사장   어어! 곧 줄게!! 미안하다.

희야   사장님 혹시 월급 언제쯤…

사장	아 맞다! 내가 정신이 없네.
희야	사장님 혹시 월급…
사장	왜이리 급해 좀만 기다려!
희야	사장님 혹시…
사장	야!!! 아니 사정 딱해보여서 거둬줬더니만 뭘 따박따박 돈을… 꼬우면 앞으로 나오지 말든가.
희야	그럼 제 돈은요?
사장	네가 여기서 일한 거 아무도 몰라. 뭘 써둔 것도 없고. 증거가 없잖아.
희야	아. 아? 아..! 그냥 똥 밟았구나 생각하려 했는데 쉼터에서 만난 어떤 친구가요.
친구1	야, 너 바보야?
희야	에?
친구1	네가 일한 돈이잖아!
희야	아! 다시 일하면 돼. 귀찮아.
친구1	훔쳐.
희야	엥?
친구1	돈. 훔쳐오라고. 네 돈.
희야	내 돈. 틀린 말은 아니다 싶어 그렇게 했습니다. 훔쳤어요. 내 돈을. 제가 훔친 제 돈을 친구에게 보여주니,
친구1	헐! 너 진짜 했어?
희야	응…
친구1	언니 이것 봐봐요!!
희야	쉼터에 있던 그 친구의 친구들과 언니 오빠들이 몰려와 칭찬을 했어요. 그 관심이 좋았어요. 그렇게 점점 더 많이, 자주. 그리고서는 다같이 나눠가졌어요. 모를 줄 알았어요. 아무도.

쉼터에 민식이라는 친구가 있었습니다. 제가 쉼터에 처음 왔을 때 처음으로 말을 튼 친구. 새벽 알바가 끝나고 돌아와서 밥도 안 먹고 잠만 잘 때.

민식　일어나서 밥 먹어.

희야　라고 저를 깨워준 친구.
　　　제가 일이 늦게 끝나고 들어오면 자다가도 일어나서.

민식　왔어? 저기 빵 있으니까 그거라도 먹고 꼭 발 닦고 자.

희야　라고 말해줬어요. 넌 어쩌다 여기 오게 됐냐고 물어보면,

민식　아빠가 술 취하면 매일 때렸어. 처음엔 신문지로, 그 다음에는 신발로, 그 다음에는 재떨이, 술병. 내가 알바해서 돈 벌면 아빠가 훔쳐가. 내가 자고 있으면 내 바지 주머니를 뒤적뒤적하면서 돈 꺼내가는 거야. 그 돈으로 또 술 마시고 나는 또 맞고. 돈 주고 처맞는 기분이랄까. 그래서 집에서 나왔어.

희야　그런 민식이는 매일 잘 때마다 악몽을 꿨습니다.

민식　나 악몽 꿨다.

희야　무슨 악몽?

민식　내가 주머니 가득하게 돈을 벌면 아빠가 내 바지 주머니를 뒤적뒤적하면서 꺼내갈라구 해. 내가 일어나서 막 도망치면 아빠가 뒤에서 쫓아와. 그래서 내가 달리기 시작하면 주머니에 난 빵꾸에서 돈이 막 빠져나와. 돈이 흩날려. 근데 잡을 순 없어. 잠시라도 뒤를 돌아보면 잡힐 것 같아서.

희야　제가 훔치기 시작하면서 민식이와도 멀어졌어요. 정확히 말하자면, 민식이가 저에게 말을 걸지 않았어요. 근데요, 어느 날 언니오빠들이 이번에는 민식이 돈을 훔쳐보라고 하대요. 민식이는 일벌레라 돈이 많다고. 조금 훔쳐가도 모를 거라고. 알게 돼도, 착해서 그냥 넘어갈 거라고. 근데요, 먼저

거리 둔 건 민식이니까, 나랑 더 이상 친구가 아니니까. 그래서 괜찮을 거라고 생각했어요.

희야, 새벽에 민식의 외투를 뒤적거린다. 그러다 민식이가 희야의 손을 잡는다.

민식 너 뭐해?

희야 어… 어…

민식 뭐하냐고?

희야 애들이 시켜서…

민식 그랬구나. 그래서 내 바지주머니를 뒤적뒤적. 꼭 꼭 우리. (아빠처럼)

희야, 민식의 손을 뿌리치고 달린다. 달린다.

희야 얼굴이 뜨거워졌어요. 심장이 쿵쾅거리고요. 부끄러웠습니다. 바로 짐을 챙겨 나왔습니다. 겨울바람이 쌩쌩 부는 날이었습니다. 달리기 시작했어요. 그리고 제 주머니에서 돈이 빠져나오더니 막 흩날렸어요. 아, 내가 민식이 꿈을 돈주고 산 거구나. 싶더라고요.
(달리기 멈추고 숨을 몰아쉰다) 미안해. 미안해. 미안해. 그 이후로 안 훔쳤냐고요? 아니요. 부끄럽지만 또 훔쳤습니다. 훔치고 도망치기를 반복하며 더 이상 갈 쉼터가 없어지고 길거리에서 지내기 시작했습니다. 제대로 씻지도 먹지도 못한 채로 이대로 길거리에서 죽겠다 싶을 때, 쉼터에서 만난 친구에게서 연락이 왔습니다.
'희야. 지낼 곳 없으면 여기로 와.' 보내준 주소를 찾아갔어요. 뿌연 담배 연기와 술 냄새.

친구1   안희야!!!

친구1, 사람들 사이로 희야를 데려온다. 희야, 잘 어울리지 못하고 어색해한다.

친구1   얘 진짜 능력자예요. 손도 엄청 빨라요
희야   그리고서는.
친구1   이제부터 너 우리 팸해라.
희야   팸?
친구1   가족 인마!! 에프 에이 엔? 엠? 이??? 아 쨌든…
희야   가족… 가족.
친구1   안희야 뭐 좀 먹을래?
희야   나 너무 피곤해서. 눈부터 좀 붙여도 돼?
친구1   아아 피곤하지! 그럼 일단 여기서 자!! 좀 좁긴 해도… 밖보단 이게 낫지?
희야   응! 따뜻하다. 다시 가까워질 수 있어서 다행이라고 생각했어요. 가족… 가족… 이라는 말을 되새기며 잠에 들었습니다.

바닥에 누운 희야, 말을 중얼거린다.

희야   가족… 가족…

그때, 방에 있던 사람들이 중얼거리는 목소리가 들려온다.

친구2   야 얘 가방 어딨어?
친구1   가져온 거 봤는데… 아! 여깄다

친구2   지갑 있어?

친구1   없는데?

희야   가족… 같다.

희야, 중얼거리는 소리를 듣고선 자기 품속에 있는 돈을 지키려는 듯
이 웅크린다.
그때 희야의 뱃속에서 들려오는 꼬르륵 소리.

희야   그렇게 첫날밤을 뜬 눈으로 샜습니다. 떠나야 하나 말아야
하나 고민했습니다. 그치만 이 따뜻한 방바닥을 포기할 순
없었어요. 그리고 무엇보다.

친구1   잘 잤어?

희야   가족이니까요. 그 이후로 시키는 대로 훔쳤습니다. 내가 훔
치면 내 가족들이 더 많이 먹을 수 있다고. 더 따뜻한 데서
잘 수 있다고 그랬거든요. 훔칠수록 저를 둘러싼 무리의 유
대감은 끈끈해지고, 들려오는 칭찬과 온갖 관심들. 더 부추
기는 사람들. 따뜻했습니다. 그렇게 몇 달이 지나고 15살.

친구1   야 저기 가서 소주 3병만.

희야   응… 기다려.

희야, 편의점에 들어간다. 냉장고 쪽에서 소주 3병을 훔쳐 옷 안에
넣고 카운터로 가는 희야. 고개를 푹 숙이고 있다.

희야   계산이요.

민식   안희야?

희야, 고개를 든다. 당황하는 희야.

희야   민식이. 오랜만에 보는.

민식   안희야. 넌 그대로다.

희야   어.어??

민식   ..? 얼굴이 그대로라고.

희야   아. 민식이는 그때보다 손은 더 텄지만 조금 더 밝아보였습니다.

민식   잘 지냈어?

희야   어… 어 그냥 지냈지.

민식   너 떠나고 나서 네 생각 많이 했어. 미안했다 그때는.

희야   아냐. 아냐 내가 잘못한 거지.

희야의 옷 속에서 병이 부딪히는 소리가 들려온다. 사이.

민식   요즘은 어디서 지내?

희야   그냥 이곳저곳 돌아다니면서. 너는?

민식   난 집으로 돌아갔어. 아빠가 죽었대서.

희야   미안… 슬펐겠다.

민식   뭐… 그치. 슬펐나. 그래도 이젠 돈 뺏길 일 없으니까.

희야   그럼 다행이네

민식   (밖에서 기다리는 무리를 힐긋 바라보며) 밖에는 누구야?

희야   그냥 같이 지내는 친구들.

민식   그 소주. 그냥 내가 줄게.

희야   …

민식   근데 남의 거 뺏으면서 살지는 마. 너 그런 애 아니었잖아. 잘 가.

희야, 아무 말 없이 편의점 문을 열고 나간다.

| 희야 | 나 가족 그만 둘게. |

희야, 무리를 지나쳐 걷기 시작한다.

| 희야 | 미친 듯이 달렸습니다! 발길이 닿는 대로 무작정 달렸습니다!! 내가 뺏었다니! 뺏겼단 말이야!!! 네가 뭘 아는데!!!!!! 난 돌아갈 곳도 없는데! 갈 곳도 없는데!! 나는… 나는 어쩌다 이렇게 된 거지. 어디로. 어디로 가야하는 거지. 그냥 뛰었어요. 도망쳤어요. 아무도 쫓아오지 않았지만 그냥 무작정. 한심한 내 모습으로부터 도망치고 싶었어요. 아!!!! 가족이란 거!! 그딴 게 뭔데!!!!!!!!! |

한참 뛰어가는 희야. 그 손목을 불쑥 낚아채 앉히는 시은.

희야	엑.
시은	너 달리기 잘한다.
희야	엥?
시은	근데 달리는 폼이 영…

희야가 시은이와 눈이 마주친다.

희야	뭐?
시은	제법 잘 뛴다고!
희야	여기는?
시은	하수처리장.
희야	하수처리장에서. 열다섯… 시은이와의 첫 만남이었습니다.
시은	넌 이름이 뭐야?

희야	나? 내 이름? 안희야.
시은	뭐가 아니야?
희야	성이 안 이름이 희야 안 희 야!
시/희	아하!
시은	그래 안희야. 도움이 필요해?
희야	도움? 필요? 난 아무것도 해줄 수 있는 게 없는데.
시은	숨 쉬어. 아무도 안 쫓아와.
희야	어.
시은	밥은 먹었어?
희야	아니.
시은	넌 어디서 왔어?
희야	어… (시선이 뒤로 향한다) 그러게.
시은	가자 그럼.
희야	어디?
시은	일단 밥부터.
희야	일단 밥부터. 열다섯… 시은이와의 첫 만남이었습니다. 그렇게 2년. 저는 아직 시은이를 만났던 마을에 있습니다. 그리고 지금 여기는 마을에 있는 어느 한 고등학교의 화장실.

3장. 희야와 시오의 첫만남

학교 종소리.

시오	학교에 오면 제 자리는 없습니다. 애들이 제 의자를 숨기는 곳은 셋 중 하나입니다. 화단, 운동장, 그리고 옥상. 그러나 오늘따라 제 의자는 보이지 않았고 저는 결국 화장실에서

수업이 끝날 때까지 기다립니다.

그때, 학생 1,2가 화장실로 들어온다.

학생1 설마… 진짜야?

학생2 진짜라니까. 언니가 죽을 때 울지도 않았대.

학생1 하긴. 엄마 말로는 그 둘이 원래 좀 이상하긴 했대

학생2 쟤네 언니가 미쳐 돌았다잖아. 다리 그렇게 되고.

학생1 알고 보면…

학생2 알고 보면?

학생1 걔가 민 거 아니야?

학생2 에이 설마~ 소름 끼치게.

학생 1,2 나간다.
화장실 칸, 변기에 앉아 숨을 고르는 시오.

시오 괜찮아… 괜찮아… 괜찮…
끕…! 껵…! 흑…!
끕…! 껵…! 흑…!
끕…! 껵…! 흑…!
끕…! 껵…! 흑…!

똑똑똑 (희야)

시오 엥?

똑똑똑 (다리)

시오   잉?

똑똑똑 (희야)

시오   엥?

똑똑똑 (다리)

시오   잉?

똑똑똑 (희야)

시오   엥?
희야   어이, 울어?

똑똑똑똑똑 (희야, 다리)

희야와 다리, 번갈아 가며 노크를 하다가 노크 소리가 섞인다.
시오, 소리가 나는 쪽으로 번갈아 가면서 고개가 따라가다가 머리를
부여잡고 푹 숙인다.

시오   으아아아아아아…!! (벌떡)

희야, 문을 더 세게 두드린다.

희야   뭔 일이야? 괜찮아??? 문 열어봐!

시오와 희야 별안간 조우.

희야   어… 어…!!!
       이시은… 얼굴도 키도. 시은이랑 똑같지만. 시은이는 아닙
       니다. 시은이는 싱크홀 속으로 뛰어내렸으니깐. 시은이는
       이렇게 구부정하지 않으니깐. 시은이는 잘 안 우니깐. 그러
       니까 아마 얘는 시은이의 쌍둥이 동생-

       희야, 시오를 위아래로 훑어본다.

희야   이시… 이시… 오!
시오   제 이름은 어떻게 아셨어요?
희야   명찰! 명찰 봤어요…
시오   아-그쪽은 이름이 뭔데요?
희야   안희야.
시오   에?
희야   안희야.
시오   뭐가 아니에요?
희야   내 이름이 안희야.
시오   에?
희야   내 이름, 안희야.
시오   이름이 아니라고요?
희야   아니, 안희야!
시오   아니 그러니까… 이름을 말 안해줬는데 뭐가 아니에요.
희야   이름이 안희야!!! 성이 안!! 이름이 희야!!! 안희야!!!
시/희   아하!
희야   울었어?

시오 아뇨?

희야 왜 울어?

시오 (변기 힐끔)) 안… 안 울었다니까요.

희야 눈물 닦을 휴지 줘?

시오 여기 많아요…

희야 안 울었다매.

사이.

시오 멀쩡히… 멀쩡히 살 수가 없어요…

희야 … 왜?

시오 그냥… 저 때문에.

희야 너 때문에?

시오 …

희야 뭐가 됐든 그냥 살아

시오 어떻게 그냥 살아요?

희야 몰라. 나도 주워 들은 거야.

시오 근데 왜 자꾸 반말해요?

희야 너도 해 그럼.

시오 몇 살이신데요?

희야 열일곱 살.

시오 오…

희야 왜?

시오 나도 열일곱 살인데. 나보다 훨씬 언니인 줄 알았어요.

희야 학교에선 원래 시간이 좀 느리게 가잖아. 난 학교 안 다니니까.

시오 여기서 일하세요?

희야 응 변기수리.

시오 감사했습니다… 수고하세요…

시오, 화장실 밖으로 나가려 한다.

희야 야야!

시오 네?

희야 나 좀 도와줄래?

시오 네? 지금요?

희야 말 편하게 해~ 응 지금!

시오 (머뭇거리다) 뭘 도와드릴까요?

희야 어- 어- 음. 변기수리?

시오 제가… 도움이 될까요?

희야 그럼! 하나보단 둘이 낫지! (시오에게 청소솔을 건네며) 이것 좀 들어줘.

시오 네 주세요.

희야 편하게 반말하라니까? 나이도 같다며. 열일곱.

시오 그냥…

희야 응?

시오 그냥… 친구도 아니고…

희야 친구끼리만 반말하냐?

시오 그래도… 그냥… 불편해요.

희야 그래. 편할대로 해.

시오 엄청 힘들어 보여요… 여기는 완전 꽉 막혀있네요?

희야 밥이랑 휴지랑 토랑 눈물.

시오 네?

희야 변기에는 감추고 덮으려는 것들이 다 들어있어. 왜들 그렇게 변기에다가 다 버리는지.

시오가 청소솔을 갖다대자 희야가 제지한다.

희야 어허이! 그렇게 함부로 건들면 큰일난다.

시오 왜, 왜요?

희야 이 마을 배수관은 다 연결되어 있어서 하나 터지면 끝이야. 게다가 얼마나 낡았는지 진짜 불안정하다니까. 내가 진짜 하루에 변기만 몇 개를 고치러 다니는지.

시오 근데 이 마을에서 처음 보는 것 같아요.

희야 이 마을 사람은 아니야. 그래도 온 지는 꽤 됐어. 그냥 너랑 나랑은 다니는 데가 다르니까 마주칠 일이 없었던 거지. 난 학교를 안 다니니까.

시오 학교는 왜 안 다녀요?

희야 변기 수리하느라 바빠서

시오 그런데 어쩌다 변기수리공이…

희야 친한 친구가 소개시켜줬어. 일해서 돈 벌라고.

시오 고마운 친구네요.

희야 그 친구 덕분에 돈 많이 벌고 있지. 원래는 변기가 이렇게까지 자주 고장나진 않았는데 왜 2년 전에 싱크홀 생긴 이후로 심해졌다네? 학교 말로는.

사이.

희야 맞아?

시오 네 뭐 그랬던 것 같기도 하고… 모르겠어요.

희야 본 적 있어? 그 싱크홀.

시오   안 본 지 좀 됐어요.

희야   왜?

시오   빙 둘러서 다니거든요.

희야   왜?

시오   무서워서요.

희야   그 소문 때문에 무서운 거야?

시오   소문이요?

희야   작년에 어떤 여자애가 싱크홀에 빠졌는데 시신도 못 찾았다잖아. 근데 그때부터 싱크홀에서 막 악취가 난대. 그리고 그 구멍 근처에 가면 사람도 자꾸 실종되고 거기에 뭘 떨어뜨리면 흔적도 못 찾고! 그런데, 사실은 사고가 아니라 누가 그 여자애를 밀었던 거래. 그 여자애 떨어뜨리는 거 본 사람도 있다던데? 그래서 억울하게 죽은 그 여자애 귀신이~

시오   벌이에요.

희야   뭐라고?

시오   내가 벌 받는 거라고요.

희야   벌을 왜 네가 받는데?

시오   그런 게 있어요. 저 이제 가봐야 돼요. 안녕히 계세요.

시오, 자리를 뜨려고 한다.

희야   그거 너지?

시오   (멈춘다)

희야   나도 들었어. 네가 그 여자애 동생이라면서. 그러니까 나랑 같이 해보는 거 어때?

시오   뭘요?

희야   복수.

시오 네?

희야 네가 하기 싫어도 해. 너네 언니를 위해서라도 하라고.

시오 우리 언니를 알아요?

희야 나도 거기 있었어.

시오 네?

희야 5월 5일에 나도 봤거든. 시은이 떨어지는 거.

긴 사이.

시오 그때 건너편에서 뚫어져라 쳐다보던 사람이-

희야 나야. 시은이 떨어지던 자리에 서 있었던 거 너지?

시오 우리 언니를 어떻게 알아요?

희야 네가 나랑 같이 한다고 하면 말해줄게. 어때?

시오 싫어요.

희야 복수하자.

시오 싫어요.

희야 복수하자.

시오 싫어요.

희야 복수하자.

시오 싫다니까요!

희야 하자고!

시오 싫다고요!!!

희야 나랑!! 복수하자고!!!!!

시오 나는!! 싫다고요!!!!!!!!!!!!!!

그때, 변기 속이 부글부글 끓기 시작한다.

다리, 변기에서 튀어나온다!

다리	변기를 뚫고 등장!
시오	엥?!
다리	으쌰!!!!!!
시/희	엥?
다리	어?! 찾았다! 이시오! 안희야!!!!!!!!!!!!
시/희	엥!
시오	(멍)
다리	드디어… 드디어… 찾았딱!!!!!!!! 하하하하!!!!!!!!
시오	(멍)
희야	야! 정신차려!!!
다리	시오야! 희야야! (다가간다)
시/희	으아아아아아아!!!!!!

희야, 시오를 붙잡고 도망친다. 다리에게서 시선을 떼지 못하는 시오. 다리도 쫓아나간다.
바로 달려 들어오는 희야와 시오. 시오의 손목 여전히 희야에게 붙잡혀 있다.
다리 등장. 둘을 따라간다.

다리	애들아!! 너네 왜 나 피해!!! 나 착해!!
희야	그렇게 생겼는데 어떻게 안 피해!!
다리	너무해!! 나 너네 만나려고 개고생했는데!!!!
희야	뭔 말이야!
다리	길 엄청 헤맸어! 파이프가 얼마나 복잡한지 알아? 나 길치란 말야!

희야   으아아아 말 걸지 마 진짜! 그만 따라오라고!

시오, 끌려가면서도 다리를 힐끔힐끔 쳐다본다.
희야와 시오, 대로로 돌입한다. 빨간불인 신호등.

다리   얘들아아아아!!! 잠깐 멈춰봐! 내 얘기 좀!!!!!!!!!!!!
희야   으아아아아아아아악!!!!!!

희야, 시오를 끌고 무단횡단! 빵빵거리는 자동차들 사이를 아슬아슬
하게 피하는 둘.

시오   빠, 빨간불! 무단횡단!
희야   으아아아!
시오   위험해!!!!! 무, 무단! 빨간불! 자동차!
희야   으아아아아! 몰라 일단 쟤 떼어놔야 돼. 으악!

시오와 희야 다가오는 자동차를 아슬아슬하게 피한다.
다리, 대형 트럭이 지나가는 바람에 멈춘다.
달리는 시오와 희야로부터 멀어지는 다리.

다리   나 너네 꼭 다시 만나러 갈 거야! 기다려!!

시오와 희야, 계속 달리다가 안전한 인도에서 멈춘다.
시오, 거칠게 희야 손을 뿌리친다.

시오   너 미쳤어? 죽을려고 환장했냐고!
희야   (뒤를 쳐다보며) 그래도 따돌렸잖아! 이제 안 따라오지 그 미

친놈? 근데 진짜 죽을 뻔하긴 함;

시오   죽을 거면 혼자 죽어!

희야   너 그래서 할 거야?

시오   뭘!

희야   복수. 다 터뜨리자고 한 거.

시오   할 거면 너 혼자 해! 죽을 거면 너 혼자 죽으라고!

희야   오…. 근데 너 말 놨다 ㅎ 이제 우리 친구야?

시오   미쳤어 진짜!

시오, 씩씩거리며 나간다.

희야, 시오가 나간 쪽을 가만히 본다.

4장. 가족

2년 전 과거.

15살 희야, 하수탱크를 뚫어져라 바라보고 있다.

시은   희야야.

희야   어?

시은   무슨 생각을 그렇게 해?

희야   아니 그냥… 궁금해서.

시은   뭐가?

희야   가족이 있으면 어때?

시은   음…

희야   시은이는 한쪽 다리가 없었습니다. 그런 시은이는 하수처리장 한쪽 구석에 앉아 쓰레기 분류작업을 했어요.

시은   아무도 안 받아줬어. 다리도 이렇다보니 일하다 실수하고 잘리고, 일하다 실수하고 잘리고. 마을 사람들은 나랑 내 동생만 보면 쯧쯧 거리고… 그래서 여기서 일하게 됐어. 여기에 있으면 아무도 못 보니까. 여기엔 재활용도 안 되고, 버려지고 잊혀지는 것들이 가득해. 어때? 같이 일해볼래?

희야   시은이는 저를 사장님께 데리고 가서는 일자리가 있냐고 물어봤습니다.

시은   사장님이 허락해주셨어. 일하는 동안은 A동에서 지내도 된대.

희야   우와… 진짜?

시은   응. 자 이게 네 일이야.

희야   시은이가 건넨 것은 묵직한 뚫어뻥이었어요.

시은   일은 생각보다 힘들 거야. 포기하고 싶을 때도 있을 거야. 가끔은 몸에 똥물이 튀기도 하겠지. 그래도 할래?

희야   (사이) 저는요. 항상 허울 좋은 말만 들어왔어요. 시은이가 건넨 말이 따뜻하진 않았지만. 믿음이 갔어요. 그래서 냅다, 재밌겠다!

시은   그래. 열심히 뚫어봐. 그렇게 저는 낮에는 변기수리공으로 일을 하고, 밤에는 하수처리장에서 지내기 시작했습니다. 그러니까 제가 막힌 변기를 뚫게 되면 그 오물이 시은이가 있는 곳을 향해 흘러가는 원리랄까요? 가끔은 변기에다 이시은!! 하고 소리치면 이시은… 이시은… 이시은… 하고 그 소리가 시은이에게까지 닿을까 궁금했습니다. 그렇게 하수처리장에서 지내면서 시은이와 함께 얘기를 하고, 밥을 먹고, 땀을 흘렸습니다.

시은   어려워. 가족이라는 거

희야   그치? 뭐 있어봤자 별로겠지?

시은　모르겠네.

희야　너 동생이랑 같이 산다고 했나?

시은　응. 이시오. 내 동생.

희야　걔는 몇 살인데?

시은　나랑 동갑. 쌍둥이야.

희야　근데 언니라고 불러?

시은　내가 일찍 나왔으니까.

희야　그럼 나도 언니라고 불러야 돼?

시은　넌 그냥 야라고 불러.

희야　걔는 참 복 받았다. 너 같은 가족도 있구.

시은　아니. 나는 좋은 가족이 되진 못해

희야　도대체 왜?

시은　몸이 이런데. 짐덩이야.

희야　시은아 있잖아 내가 돈 많이 벌어서 너 의족 맞춰줄게.

시은　야 그게 얼마나 비싼 줄 알아?

희야　너 알잖아 나 돈 잘 모으는 거.

시은　너 또 막 훔치…

희야　아아아 알겠는데. 진짜로. 꼭.

시은　그런 거 없어도 돼.

희야　왜? 있으면 편하잖아.

시은　우리 동생이 그랬거든. 새로운 언어가 하나 더 생긴 거 아니냐고. 닷 대시 닷닷 대시… 사실 동생이랑 사이가 많이 안 좋아졌어.

희야　왜?

시은　걔는 자기 때문에 내 다리가 이렇게 된 줄 알거든. 미안하다는 말을 입에 달고 살아.

희야　많이 힘들었겠다 너도…

시은 그런 눈으로 보지 마.

희야 맞잖아 힘든 거. 아닌 척 하기는.

시은 그래도 시오랑 같이 걸을 때면 말을 하지 않아도 얘기하고 있는 것 같아서 좋아.

희야 그런 시은이에겐 한 가지 목표가 있었습니다. 바로바로!

시은 …

희야 바로바로!

시은 …

희야 시은아 뭐해?

시은 있잖아.

희야 응.

시은 나. 복수해볼까.

희야 복수라니?

시은 너 여기, 보여? 이 하수처리장으로 이어지는 파이프들. 다 금이 가있거든. 엄청 녹슬고. 싱크홀이 안 생기는 게 이상할 정도라고. 이대로 가다간 싱크홀 더 커질 걸?

희야 더 커진다고?

시은 응. 어른들이 그랬어. 지반침하. 근데 또 다들 무시하겠지. 원래 그랬듯이.

희야 이 동네는 정말 답이 없네.

시은 다 터뜨릴 거야. 사람들이 감추려는 거, 꽉 막혀있는 거.

희야 어떻게 복수할 건데?

시은 다 뒤집어엎으려고.

희야 어떻게?

시은 리사이클링. 그렇게 정했어.

희야 리… 사이클링?

시은 응. 리사이클링.

작업시작을 알리는 벨소리가 울린다.

희야   자기 자리를 찾아 바쁘게 움직이는 사람들. 바쁘게 작업을
      시작합니다. 저는 항상 일을 나가기 전에 시은이가 자기 자
      리에 앉을 때까지 같이 걸어갑니다. 그런데 오늘따라 사람
      들이 더 긴장한 것처럼 보였어요. 시설 점검 때문에 높은
      어른들이 온다고 했거든요. 시은아 얼른 와!

시은   최대 속도야.

희야   얼른 얼른! 혼나겠다.

시은   최대 최대! 속도라고.

희야   그리고 바쁘게 지나가던 높은 어른들이 툭하고 시은이와
      부딪혔어요.

시은   죄송합니다.

희야   거듭 사과를.

시은   죄송합니다. 정말로 죄송합니다.

희야   거듭거듭.

시은   죄송.

희야   합니다. 어른들이 괜찮다고 합니다. 물론 표정과 몸짓은 괜
      찮지 않았어요. 더러운 것이 묻은 것 마냥 스윽스윽. 냄새가
      나는 것 마냥 코를 스윽스윽. 나중에는요 지들끼리 얘기하
      는데요. 그걸 또 시은이한테 다 들리게.

시은   쟤가 그 친구래. 사고로 다리 잃은 친구. 부산스럽게 뭘 자
      꾸 돌아다녀 돌아다니긴. 운도 없지. 사고만 아니었어도, 저
      렇게 확 다치지만 않았어도.

희야   재개발은 문제 없었을 텐데. 뉴스에도 나오지 않았을 텐데.

시은   괜히 다쳤다고 티내는 거야 뭐야. 적당히 해야지. 적당히.적
      당히. 적당히. 적당히…

희야   시은아.

시은   응?

희야   괜찮아?

시은   응 괜찮아.

희야   아무 일 없다는 듯이 눈을 스윽스윽. 울어도 돼.

시은   나는 쓰레기 분류작업을 하는 사람이야.

희야   그치.

시은   재활용이 가능한 것과 불가능 한 것을 골라내는 사람이야.

희야   그치.

시은   그런데 사람들은 나도 쓰레기인 것처럼 대해.

희야   봤어.

시은   그래도 얘네는. 분류라도 되잖아. 자기들끼리 끼리끼리 분류라도 되잖아. 그리고 재활용도 되잖아. 새로 태어날 수 있잖아. 그러니까 나는 이쪽. 재활용이 안 되는 축에 속하는 거지. 그치?

희야   시은이는 이 날 이후로 꿈을 꾸기 시작했습니다.

시은   어제 꿈에, 잃어버린 다리가 나왔어.

희야   그랬구나.

시은   그 다리를 따라가면 싱크홀이 나와.

희야   그랬구나.

시은   그 구멍이 나한테 말을 걸어. 다 터뜨려달라고. 찾아달라고. 알려주라고. 사람들한테.

희야   시은아.

시은   희야야. 나 복수할 거야.

희야   분명 그랬는데. 꼭 복수할 거라고 그랬는데. 5월 5일. 시은이는 구멍 속으로 빠져버렸습니다.

희야, 변기에 대고 얘기한다.

희야　야 이시은. 나보고 가족이라며! 이렇게 혼자 두는 게 어딨어. 복수하겠다며! 내가 얼마든지 같이 해줄 수 있었는데! 나 아직도 변기수리공으로 일해. 냄새나고 겁나 힘들어. 그래도, 그래도 이렇게 소리치면 너한테 닿을까 싶어서. 네가 말해줬잖아. 모든 구멍과 구멍은 연결되어 있다고. 내가 꼭 이시오 정신 차리게 만들게! 좀만 기다려!!

현재, 시오와 희야의 이야기.
하수처리장. 일하고 있는 시오와 그 옆을 알쩡거리는 다리.

다리　기다렷! 기다렷! 기다렷! 시은이가 일했던 곳에서 일하는 거야? 대단하다 너.
시오　…
다리　너 왜 나 자꾸 나 무시해? 너 나 보이잖아. 들리잖아!
시오　…
다리　이시오. 너 자꾸 나 무시할 거야? 나 헛것 아니라니까!

시오, 무시하고 계속해서 일한다.

시오　…
다리　희야. 어떤 애인지 안 궁금해?
시오　…
다리　내가 어떻게 여기로 왔는지 궁금하지 않아?
시오　…
다리　걔 맨날 싱크홀 앞에 앉아있더라. 꼭 누가 밀어주길 바라

는 것처럼. 있잖아 그 싱크홀 더 커질 수도 있대. 지반침
하!!!!!! 희야가 계속 거기 앉아있다가 빠지기라도 하면 어
쩌지~~ 아 참! 시은이 복수 안 할 거야? 시오야 시오야 시
오야.

시오 제발 좀 조용히해!!!!!!!!!!!!!!!!!!!!!!!

사이.

다리 오… 말했다!

시오 그놈의 복수 복수 복수!!!! 살아서는 다들 우리만 보면 마
음이 불편하다고! 죽어서는 재개발 한답시고 계속 나 들들
볶고! 그래서 나 혼자서 쥐 죽은 듯이 살겠다는데 다들 뭐
가 그리 불만인데! 이젠 나 혼자란 말이야!

다리 희야가 있잖…

시오 걔 왜! 걔 미친놈이야! 걔 때문에 차에 치여 죽을 뻔 했어!

다리 아니 그래도 우선 내 말부터…

시오 너도! 난 너도 싫어! 너도 미친놈이야! 아니 놈은 아니지!
미친 다리야!!

다리 왜 나한…

시오 싫어! 짜증나!! 더러워 징그러워 우엑!!!

시오 떠나간다.

다리 저거 왜 저러는 걸까요.

시오와 희야의 모습이 보인다. 각자 무대 위에서 점을 찍으며 걷는
다. 시오, 희야가 앉아있는 곳으로 향한다.

걷는다. 집으로 가려했는데 자꾸만 싱크홀 쪽으로 향한다.

시오   아——————

다리   (메아리처럼) 걔 맨날 싱크홀 앞에 앉아있더라. 꼭 누가 밀어
        주길 바라는 것처럼. 있잖아 그 싱크홀 더 커질 수도 있대.
        지반침하!!!!!!

시오   아——————이——————

        희야, 계속 거기 앉아 있다가 빠지기라도 하면 어쩌지~~

시오   아——————이——————씨! 다리의 메아리가 자꾸만 내 다리
        를 움직입니다. 아 진짜 가기 싫은데. 진짜 안희야 미친놈이
        라니까요? 걔 때문에 죽을 뻔 했어요. 죽는 게 세상에서 제
        일 싫어. 근데, 근데요.

다리   희야, 계속 거기 앉아있다가 빠지기라도 하면 어쩌지~~

시오   일단 죽으면 안 되니까. 그쵸?

        시오, 싱크홀로 향한다.

다리   여기. 두 아이가 있습니다.
        한 녀석은 소리만 지를 줄 알고
        한 녀석은 꾹꾹 참고만 삽니다.
        각자의 점을 찍고 선을 그어
        두 아이가 그 날의 기억에 도착합니다.
        둘의 간격은 정확히 다섯 발자국.

        시오, 어느 샌가 희야의 뒤에 서 있다. 시오, 한참을 머뭇거린다.

다리	한 발자국 두 발자국 세 발자국.
희야	시은아. 거긴 어때.
다리	네 발자국. 다섯 발자국. 두 아이가 곧 이야기를 해나갈 겁니다. 저요? 저는요. 굉장히 삐졌습니다. 고로 퇴장. 쳇.
희야	내가 그날. 너한테. 너한테 그렇게 얘기하는 게…
시오	야.
희야	오, 왔네? 안 올 줄 알았는데
시오	안 오려고 했어. 언니 떠난 이후로 한 번도 온 적 없거든.
희야	왜?
시오	무서워서.
희야	겁쟁이네 완전.
시오	그래 나 겁쟁이다… 그러니까… (싱크홀을 바라보며) 좀 떨어져서 얘기하면 안 될까 우리?
희야	그러자 그래.

희야가 시오에게 다가온다. 그때, 희야가 발을 떼는 곳마다 땅이 꺼진다.

희야	어?

쿠궁

희야	어??

쿠구궁

희야	어? 어? 어? 어??

쿠구구구구궁!

희야가 시오 쪽에 완전 붙는다.

희야	어라?
시오	어라라?
희야	이러면 안 되는데.
시오	지반침하!!!!!!

멍하니 서로 쳐다보다 함께 주저앉아 버리는 시오와 희야.

희야	시은아 너 말이 사실이었어!!!
시오	지반침하!!!!
희야	죽을 뻔했다고!!
시오	지반침하!!!!!
희야	정신차려 이것아.
시오	아야.
희야	아니 일단. 살려줘서 감사합니다.
시오	별 말씀을..
희야	넌 근데 여기 왜 왔냐.
시오	이 싱크홀 더 커진다길래… 걱정돼서…
희야	누가 그래?
시오	다리가. 오늘 변기에서 튀어나온 거.
희야	뭐???
시오	그거 우리 언니 다리야.
희야	시은이 다리라고?

중얼중얼 혼자 생각하는 희야.

시오, 머뭇거린다.

시오   저기.

희야   왜.

시오   우리 언니에 대해서 아는 게 있어? 내가 언니랑 말을 별로 못 나눴거든. 언니 다리 다치고 난 이후로. (사이) 오늘 우리가 본 그 다리. 너는 진짜라고 생각해?

희야   말도 하고 막 움직였잖아.

시오   그치.

희야   게다가 너도 나도 봤잖아.

시오   그치.

희야   그럼 존재하는 거지. 실제로.

시오   넌 어떻게 그렇게 쉽게 믿어?

희야   그러면 안 돼?

시오   아니. 그냥…

희야   그냥?

시오   나만 본 게 아니라서. 다행이라고 생각했어.

시오에게 다가가는 희야. 어깨동무를 한다.

희야   시은. 시오.. 그리고 다리. 시은이는 작년에 싱크홀 속으로 떨어졌어.

시오   그치.

희야   그리고 오늘. 너와 내가 다리를 봤어.

시오   그치.

희야   그 다리는 파이프를 통해서 변기를 뚫고 나왔고!

시오   그치.

희야	시은이가 그랬어. 모든 파이프는 연결되어있다고. 그리고 그 파이프는 하수처리장으로 통한다고. 내 생각엔.. 시은이가 보낸 게 아닐까?
시오	언니가?
희야	응. 너랑 나한테. 우리한테…
시오	근데 왜 2년 만에 나타난 거지?
희야	말해주고 싶은 게 있는 걸지도 몰라. 어쩌면 시은이가 전하고 싶은 말을 대신 하러 온 걸 수도 있잖아!
시오	좀 평범하게 꿈속에 나타나서 말해주면 어디가 덧나? 웬 이상한.
희야	네가 그랬다며. 시은이는 새로운 존재가 된 거라고. 다른 방식으로 말하는. 왜 그… 모…
시오	모스부호. 언니가 그거까지 말해줬어?
희야	응. 그 말이 좋았대. 말없이 걸어도 연결되어있는 것 같아서.
시오	다행이다… 난 언니가 나를 미워하는 줄 알았어.
희야	너 그래서 할 거야?
시오	뭐를?
희야	다 터뜨리자고 한 거. 복수.
시오	왜 자꾸 복수 복수 그래? 너 이 마을 출신도 아니라며.
희야	시은이가. 시은이가 하고 싶어했어.
시오	언니가? 언니가 복수를-
희야	복수를! 그래서 내가 대신 해주고 싶었는데 너도 같이 하면 좋잖아. 넌-너는-시은이의-
시오	언니의?
희야	가족이니까.

사이.

시오   그 복수라는 거. 계획이 뭔데?

그때, 마을 방송이 흘러나온다.

'아아- 주민 여러분들께 알려드립니다. 다음달 5일에 치러질
우리 마을 재개발 심사에 관해…'

희야   저봐! 재개발 다시 진행시키려고 다들 난리야.
시오   2년 전에 중단된…
희야   그래! 5월 5일 재개발 승인 심사날. 그날 모든 걸 터뜨리는
거야.
시오   그러니까 뭐를.
희야   네가 하고 싶었던 말, 너랑 시은이가 겪었던 일들을 다 적
어서 그날 학교 게시판에 붙이는 거지. 선.언.문!! 그게 첫
번째 그리고!
시오   그리고?
희야   동네 전체를 터뜨리는 거야! 마을의 모든 구멍마다 오물이
튀어나오게! 어때?
시오   저 나는…
희야   오케이! 그럼 파이프 전문가를 찾으러 학교로!!
시오   학교로?!
희야   가자!!
시오   나 난 싫은데!!

시오를 끌고 달리는 희야. 무대를 한 바퀴 크게 돈다. 조명변화와 짧

은 박자감 있는 음악.

시오   으아아아아!!!

희야   이야아아아!!!

시오   아아아아아!!!!!

희야   학교 도착!!

시오   크엑.

희야   저녁에 오니까 확실히 좀 으스스하긴 하네.

시오   이러다 문제 생기면 어떡해? 나 가고 싶어.

희야   쫄기는. 그리고 어차피 너 문제아잖아.

시오   누가 그러는데.

희야   다들 그러는데.

시오   …

희야   장난이야. 그러니까 잘못해서 들키기 전에 얼른 그 다리 녀
      석 찾자!

시오   난 싫다니…

희야   다리야~

시오   지 멋대로네.

희야   뭐?

시오   다리야..

희야   다리야~ 다리야~ 다리야!!!!!!!!! 얘가 어딜 간 거지. 단단
      히 삐진 것 같은데.

시오   … 따라와 봐.

희야   어디 가?

시오   다리 처음 만난 장소. 3층 화장실.

희야   엥?

시오   … 거기 있을 것 같아. 뭔가 느낌이 그래.

희야   엥? 그렇게 멍청할 리가.

시오   다 왔다.

학교괴담처럼 똑똑똑. 다리, 화장실 칸 안에 숨어있다.

희야   똑똑똑..

시오   여기가 아니네…

희야   똑똑똑…

시오   여기도 아니네…

희야   여긴가?

시오   여긴가 봐…

희야   똑똑똑…

변기 커버를 여는 게 무서워 희야에게 부탁하는 시오.

시오   너가 좀. 열어주라.

희야   쫄기는! 야! 애가 무슨 바보천치도 아니고 삐진 주제에 우
          리가 못 찾을 데에 숨어있겠지. 여기 있겠냐.

변기 커버를 여는 희야. 변기 속에 신생아처럼 누워있는 다리.

희야   크엑!! 너 여기서 뭐하냐?

다리   뭐가.

희야   뭐가. 그렇게 삐진 건데.

다리   몰라.

희야   몰라?

시오   몰라줘서. 미안해.

사이.

다리 그리고.

시오 자꾸 피해다녀서. 미안해.

다리 그리고!

시오 징그럽다고 더럽다고 해서 미안해. 우리 언니 다린데…

희야 야 그건 좀…

다리 그리고!!!!!

시오 의심해서 미안해. 뭐든 다. 그… 파이프 얘기든… 언니 얘기든… 너 얘기면 뭐든. 일단 다 들어볼 테니까.

사이. 다리 주섬주섬 변기에서 나온다. 폼을 단정히 한다.

다리 나 결심했어. 너네한테 너무 매달리지 않기로. 따지고 보니 그렇잖아? 급한 건 너네들일 텐데. 흥.

희야 너 시은이가 보낸 거야?

시오 언니가 해주고 싶은 이야기가 뭐야?

희야 언제부터 우리를 알고 있었던 거야?

시오 넌 언제 태어난 거야?

다리 잠시. (사이) 한 번에 하나씩.

희야 나 먼저!! 너 시은이가 보낸 거야?

다리 아니.

시오 언니가 해주고 싶은 이야기가 뭐야?

다리 몰라.

희야 언제부터 우리를 알고 있었던 거야?

다리 언젠가부터.

시오 넌 언제 태어난 거야?

다리   언젠가.

희야   (다리의 멱살을 잡으며) 아니 근데 이 친구가?

다리   ㅎ

희야   너 도대체 정체가 뭐야???!!!

다리, 숨을 크게 들이쉬더니 곧바로 무릎을 꿇는다.

다리   나도 몰라! 난 아는 게 없어! 어느 날 태어났어! 시은이가 날 보고 싶어해서! 그리고 맨날! 맨날맨날맨날맨날 파이프 속에서만 지내면서 이 사람 얘기, 저 사람 얘기 누가 이혼 했고 누가 결혼했고 누가 연금을 탔고 누가 퇴사를 했고 누구랑 누가 싸웠고! 맨날… 듣기만 했단 말이야.

희야   그럼…

시오   그냥 심심했다는 거네.

다리   맞아. 그리고 외로웠어.

희야   그럼 왜 진작 나오지 않은 거야?

다리   다른 사람들 눈에는 내가 안 보여. 너네한테만 내가 보이는 거야. 참으로 소중한 녀석들!

희야   장난질이냐!!

다리   그러니까!!

희야   그러니까?

시오   그러니까.

다리   나 좀 데리고 가주라. 응? 제발 응??

희야, 시오를 잠시 빼내더니 다리를 등지고 귓속말을 한다.

희야   어쩔까.

시오   뭐를.

희야   저 녀석 말이야.

시오   난 너도 어쩔지를 모르겠는데.

희야   아잇!! 거 참. 저 녀석 별거 없어보여도 파이프 속은 속속들이 알고 있을 텐데. 데리고 다니면 뭐라도 도움이 되지 않겠어?!

다리   인원은 늘수록 좋지!!

시/희   조용!!

희야   자. 어쩔래?

시오   음… 아… 어…

희야   야 우선. 너네 집 가서 마저 얘기하자. 나 너무 배고프다.

다리   좋다!! 가자!!

희야   가자!!

시오   하…

출발하는 다리와 시오.

1년 전. 시은과 희야.

시은   희야야.

희야   응!

시은   준비됐어?

희야   물론이지. 해보자!

시은   복수.

희야   복수!를 다짐하고 저와 시은이는 매일같이 쓰레기를 모았어요. 그래서 그 리사이클링이라는 게 정확히 뭔데?

시은   여기에 모이는 것들이 뭐지?

희야   재활용도 안 되고 버려지고 잊혀지는 쓰레기들이지

시은　그걸 재사용해서 마을의 모든 구멍을 막는 거야. 근데 내가 모든 변기를 막으러 다닐 순 없잖아. 워낙 느리니까.

희야　내가 너 업고 다니면 되지!

시은　더 확실한 게 있어.

희야　뭔데?

시은　이 하수처리장을 막는 거야.

모든　오물이 흘러들어오고 나가는 이 하수처리장을 막는 거지!

희야　그렇게 우리는.

시은　티가 나면 안 돼. 숨죽인 채 해야 돼. 아무도 모르게.

희야　아무도 모르게. 변기수리공 일을 하면서 쓰레기를 모으고.

시은　나는 하수처리장 안에서 쓰레기를 모을게.

희야　각자가 모은 쓰레기를 한데 모아.

시은　수문 밑에다가 버리자. 쓰레기가 모이고 모여서 오물이 통하는 통로를 막아줄 거야. 그럼…

희야　뺑!! 하고 터진다라… 그런데 혹시 더 빠른 방법은 없어?

시은　저 레버. 저걸 내리면 수문이 닫혀. 그럼 여길 거치는 모든 파이프가 막히는 거지.

희야　잘됐네! 얼른 내리자.

시은　그건 어려워.

희야　왜?

시은　너무 오랫동안 작동을 안 해서 망가졌다고 들었어. 저 수문도, 레버도 수명을 다한 거야. 매일같이 쓰레기가 어마어마하게 나오니까 닫힐 일이 없는 거지. 사용될 일이 없는 거지. 그러니까 오래 걸리더라도 확실하게 하자.

희야　그렇구나. 너 참 똑똑하다. 근데 들키면 어쩌지.

시은　어차피 여기 아무도 안 와. 그래도 한 번에 너무 많이 버리면 들통날 수도 있으니까 차근차근 버리자.

희야 그렇게 한 달.

시은 오늘은 쓰레기가 좀 적어.

희야 두 달.

시은 오늘은 쓰레기가 좀 많아.

희야 세 달. 네 달. 겨울이다.

시은 금방이네.

희야 그러게 금방이네. 이시은 나 다녀올게!

눈보라 소리 들려온다.

희야 그날은 거세게 눈보라가 밀려왔어요! 춥진 않았냐구요? 아니요! 시원했어요! 다 잘될 것 같았어요! 우리 계획도 복수도 전부 다!! 시은이도 조금씩. 아주 조금씩이지만 웃기 시작했어요! 내가 농담 치면 농담 받고, 그렇게 좋아지기 시작했어요!
떵동! 변기 수리하러 왔습니다! 영차영차! 하루이틀만 더 버리면 전부 다 끝날 거예요. 분명 그럴 거라고 생각했어요. 시은아! 나 다녀왔어.

눈보라 소리 서서히 가라앉는다. 사이.

희야 픽.

시은 죄송합니다.

희야 픽. 픽.

시은 죄송합니다.

희야 픽. 픽. 픽. 시은이가. 맞고 있었어요. 뺨을. 배를. 한쪽만 남은 다리를.

시은 죄송합니다. 죄송합니다. 죄송합니다. 죄송합니다.

희야 시은아. 시은아. 괜찮아. 내 뒤로 와. 이게 무슨 짓이에요? 사람이 할 짓이에요?

시은 죄송합니다.

희야 퍽하고. 나도 맞았어요. 시은이 온 몸에 푸른 멍들이 생겼어요. 지워지지 않을 것 같았어요.

시은 희야야. 다 끝났어. 미안.

희야 뭐가 끝나. 괜찮아. 일어나.

시은 우리가 버린 쓰레기들. 사람들이 와서 다 치우고 갔어.

희야 수문 너머로 정화된 물이 막힘없이 흘러나갔습니다.

시은 아 - 이거 때문에 막혔던 거구나 하면서 싹 다 치우고 갔어.

희야 다시 버리면 돼.

시은 그러면 또 다 치워버릴 거야.

희야 그러면 또 다시 버리면 돼.

시은 소용없어.

풍덩하는 소리와 함께 시은은 물속으로 들어간다.

희야 그리고 시은이가 흘러나가는 물속으로 몸을 던졌어요. 나도 들어갔어요. 데리고 나왔어요. 그리고. 그리고. 제가요 시은이를. 시은이를요. 퍽하고. 때렸어요. 정신차리라고. 제발 이러지 말라고. 시은아.

시오 어?

희야 엥?

시오 나 불렀어?

희야 아니. 안 불렀는데.

다리 흠…

희야	뭐.
다리	뭐 나쁜 기억이라도 떠올랐나봐?
시오	우리 집 여기야.
다리	오케이!! 도차…ㄱ?

수많은 낙서와 비방으로 가득 차있는 담벼락.

다리	나가… 주… 경… 쓰레게… 허허…
희야	많이도 적어놨네.
시오	비켜봐 지울 것 좀 가져오게.
다리	밥도 지어놔!

집으로 들어가는 시오.

희야	쟨 이걸 보고도 참을 수 있나? 아니 사람을 죽였어, 누굴 죽도록 괴롭혔어? 에휴… 답답하다 답답해…
다리	난 너도 만만치 않게 답답한데.
희야	이 자식이.
다리	아야.
희야	야.
다리	응.
희야	너 파이프에서 이 소리 저 소리 다 들었다고 했지.
다리	그치.
희야	그럼… 혹시 민식이라는 애 들어봤어?
다리	어… 오! 아니.
희야	그렇구나.
다리	그게 누군데.

희야　있어. 뭐… 친구라고 해도 되려나.

밥솥이 취사를 시작하는 소리 들려온다.
걸레를 갖고 나오는 시오.

시오　무슨 얘기하고 있었어?

다리　쟤 남자친구 있었대.

희야　(걸레를 던지며) 죽는다.

다리　미안.

시오　남자친구?

희야　아니. 민식이라는 친구. 남친 아니고. 언제부터 이랬어? 이
　　　　　낙서들.

시오　언니 다리 다치고 나서부터. 재개발 때문이었겠지.

희야　줘봐.

시오　왜.

희야　같이 지우게. 줘봐 얼른. 야 다리. 다리!

다리　어어!!

희야　낙서 그만하고 빨리 와서 지워.

다리　응…

시오　언니가 사라지고 나서 이 마을은 사람 죽은 적 없다는 듯
　　　　　이 행동했어. 그런데 담벼락에 몰래 적더라. 떠나라고. 나
　　　　　가라고.

다리　혼자 지우느라 힘들었겠네

시오　그냥 지우면 돼. 괜찮아.

희야　넌 어떻게 그래?

시오　뭐가?

희야　어떻게 그렇게 꾹꾹 다 참고 사냐고.

시오 달라지는 게 없을 테니까.

희야 왜 그렇게 생각하는데?

시오 너는 이 동네에 온 지 얼마 안돼서 모르겠지만 이 동네는 바뀔 일 없어. 이 동네 보육원에서 엄청 맞고 자랐거든. 그때도 다들 모르는 척하고. 우리 언니 다리가 잘리고, 심지어 거기 빠졌는데도 그대로였어. 선언문을 써도, 오물이 터져도 그대로일 거야.

희야 그러니까 하자는 거잖아. 안 바뀐다면 난리라도 치는 게 낫지.

시오 힘 빠져. 이렇게 사는 것도 힘든데

희야 그렇게 사니까 힘이 빠지는 거지!

시오 그럼 너는 어떻게 그렇게 맨날 큰소리 내고 화만 내면서 사는데?

희야 나라고 원래 이랬는 줄 알아? 나도 너처럼 찐따였어.

시오 뭐? 찐따?

희야 난 가족도 없었거든. 근데 시은이 만나고 많이 바뀐 거지. 일하면서 돈 벌고, 웃고 떠들고.

시오 우리 언니랑 많이 친했나봐. 언니가 무슨 얘기 해줬어? 혹시. 뛰어내리기 전에 다른 얘기는 없었어?

희야 (사이) 꿈. 꿈을 꿨대. 다리가 매일 같이 찾아온다고. 구멍 속에서 다리가 자기를 부르는 것 같다고. 너 때문에 시은이가 얼마나 힘들어했는데. 다리 내가 시은이를 부른 게 아니라 시은이가 떨어질 때 마음속으로 나를 불렀어. 그래서 결국 여기에 도착했는데 엇갈린 것 같아. 나는 여기로, 시은이는 아마도…

시/희 아마도?

다리 다른 곳으로.

시오 다른 곳이라니?

다리 구멍 건너편으로.

시오 진짜야? 그럼 언니 거기 살아있어?

다리 나도 정확히 몰라. 한번도 안 가봐서. 근데 소문으로는 그렇다고 하던데?

희야 에이 뭐야! 너도 결국 우리랑 같은 소문 들은 거잖아! 뭐 대단한 거라도 밝혀지는 줄 알았네.

시오 그럼 왜 나랑 희야를 찾아 온 건데?

다리 내가 할 수 있는 게 그것밖에 없었어. 그리고 끼고 싶었단 말이야.

희야 도대체 뭐를…?

다리 복수!!! 몽땅 터뜨리는 거! 이 마을이 숨기고 있는 게 엄청 많거든!

시오 그게 뭔데?

다리 이건… 진짜 비밀인데. 싱크홀 생기기 훨씬 전부터 나쁜 어른들은 알고 있었어. 바닥이 자꾸 갈라지고 울퉁불퉁해진다고. 그런데 웬걸? 재개발은 해야겠네?! 그러고선. 별일 없을 거라고. 승인 내주면 배관공사부터 새로 하겠다고 말하고 다녔어!

희야 알면서도 아무것도 안 한 거지 결국엔.

시오 …

다리 그런데 이제 그 싱크홀이 점점 커진다? 이건 정말 큰일이지. 이러다 온 마을이 구멍에 빠지겠어! 야~ 그럼 우리 다 같이 시은이랑 손잡고 구멍 건너편에서 막 파티하고 너무 재밌겠다 그치!!! 쿠하하하하!! 하하… 하… 뭐야 이거 분위기가 왜이래. 또 나야? (희야를 툭 건드리며) 야.

희야 하지 마.

다리	흥. (시오를 툭 건들며) 야.
시오	하지 마.
다리	흥.

다리, 벽에 조그마하게 낙서를 하기 시작한다.

희야	야 너 뭐해.
다리	뭐가. 어차피 한 가득이구만. 티도 안 나는구만. 다 됐다. '시은아. 보고싶어.' ㅎ.
희야	빨리 지워라.
시오	괜찮아. 냅둬.
희야	흥.
다리	야 너 뭐해.
희야	뭐가. 괜찮다잖아. 난 겁나 크게 써야지. '시은아. 보! 고! 싶! 어!!!!!'

다리와 희야 서로 쓰려고 경쟁한다. 시오 벌떡 일어난다. 침묵. 시오 둘 사이로 걸어간다. 이내 시오도 담벼락에 문장을 남긴다.

시오	'언니. 미안해.'
다/희	우우우~~~
시오	'언니. 보고싶어.'
다/희	오오오~~~
시오	'언니. 사…' (랑해-모스부호)
희야	그게 뭐야? 성불하라 그런 거야?
시오	아니. 사 - 랑 - 해. 라는 뜻. 예전에 언니한테 알려준 적이 있거든. 위로해주고 싶어서. 언니는 나한테 특별한 사람이

니까. 특별하게 생각했으면 좋겠어서.

다리 오오 나도나도!! 사 – 랑 – 해!

희야 난 더 크게 할 거야! 사!!! 랑!!! 해!!!

다리 엘 오 브이 이 사랑해!

희야 사랑해! 사랑해!!

희야, 실수로 걸레를 시오에게 던진다. 사이. 시오 걸레를 주워 희야
에게 다시 던진다.

시오, 희야, 다리 셋이 함께 어우러지며 낙서를 하기도, 걸레를 던지
며 놀기도 한다.

취사가 완료된 소리가 들려온다.

시오 밥 다 됐다. 들어가자.

희야 실례합니다!

다리 스팸은 없어?

시오 저기 상이나 좀 펴줘

다리 스팸 보고 싶은데…

희야 젓가락 숟가락은?

시오 다섯 번째 칸

다리 김치는 쉰 거니?

희야 닥쳐 제발!

시오 먹지도 못하면서 뭔 투정은 그렇게 부려.

다리 대리만족. 맛있는 거 먹는 거 보면 나도 막 배부른 것 같달까.

시오 먹자 얼른.

희야 그 전에! 이시오. 너 그래서 할 거야?

시오 뭐를?

희야 복수.

시오	하면, 어떻게 되는데?
희야	난장판. 이 동네는 오물로 뒤덮일 거야
다리	그렇게 되면 재개발 승인도 못 받을 거구.
희야	무엇보다, 조금이라도 후련하겠지. 토해내면 아주 조금은 편해질 거야.
다리	밥은?

시오, 희야가 건네는 종이를 받는다.

시오	뭐부터 적어야 할지 모르겠어.
희야	왜?
시오	끔찍했거든. 말할 수 없을 만큼.
희야	그럼 아주 작은 것부터 써봐.
시오	아주 작은 것부터…?
희야	응. 떠올리기 힘들면 학교에서 겪었던 일부터?
시오	음… (적기 시작하며) 애들이 매일 내 의자를 뺏어감.
희야	뭐?
다리	이시오 쟤. 의자 매일 뺏겨. 그때 화장실에서 울고 있었을 때에도 의자 없어서 숨은 거!
희야	선생님은 몰라?
시오	(적으며) 선생님은 아무 말도 하지 않음.
희야	뭐?
다리	만우절에는 책상까지 훔쳐갔어. 선생님은 웃어넘기고.
희야	어떻게 그래?
다리	내 말이 그 말이야~ 밥은?
희야	야 이시오.
시오	왜?

희야 몽땅 다 적을 수 있겠어? 학교부터 마을까지.

시오 … 응. 적어볼게.

희야 야! 다리! 너도 붙어서 같이 적어.

다리 나? 나도?

희야 혼자보단 둘! 둘보단 셋이 같이 쓰는 게 더 빠르겠지!!

다리 오케이!!! 그런데 밥은 안 먹어?

희야 아 지금 그게 중요해!

밥상을 치우는 희야. 다같이 써내려간다.

시오 아이들이 내 책상에 낙서를 함.

다리 (적으며) 의자를 매일 다른 곳에 숨김. 화단, 운동장, 옥상.

시오 야 다리, 글씨 좀 또박또박 적어봐

다리 맨날 나한테만 뭐라 그래 맨날…

희야 만우절에는 책상까지 훔쳐감 선생님은 웃어넘김.

셋이 선언문을 쓰다가 한 명씩 잠든다. 혼자 잠들지 않고 계속 적는 시오.

시오 애들이 언니 목발을 뺏어감… 어른들이 집 담벼락에 낙서를 함… 제목… 선언문.

시오, 선언문을 다 적고 눕는다.

시오 애들아. 자니?

사이.

시오	그래. 한번 해보자. 복수.
다/희	(속삭이듯) 오케이. 접수.
다리	그래서 우리 이제 밥 먹으면 안 돼?
희야	그래 그걸 깜빡했네
시오	얼른 다시 차리자.
다리	우리 내일부턴 복수에 전념하는 거야!
시/희	응!
다리	싸우지도 말고!
시/희	응!
다리	좋아 그럼!
다같이	잘! 먹겠습니다!

암전. 시간은 다음 날. 시오의 기억 속 선생님의 목소리가 들려온다.

선생님(녹음) 선생님도 너한테 지금 이러고 싶어서 이러는 게 아니야. 알지? 근데 요즘 같은 시기에는 다들 예민해서 (선언문을 가리키며) 이런 작은 것도 위험하다고. 너한테도. 이 시기만 무사히 넘어가면 선생님이 해결해줄게. 그때까지만. 응?

5장. 선언문

현재. 장소는 학교. 학교 종소리.

희야	이시오 잠시만.
시오	미안 혼자 있고 싶어.
희야	다시 하자. 다시 써서 붙이자.

시오   싫어.

희야   하자니까.

시오   싫다고. 붙이면 뭐해. 붙여도 다시 떼버릴 텐데. 소용없어.
너도 봤잖아. 방금.

희야   정신차려. (사이) 나는. 나는 너 절대 포기 안 해.

다리   (박수 짝) 급박한 상황전개. 하교시간 시오와 희야의 말다툼!
낮에 무슨 일이 있었냐면요!

학교 종소리.

다리   선언문을 작성한 시오! 들뜬 등굣길!

시오   어김없이 제 의자는 또 사라져있습니다. 애들은 아랑곳 하
지 않고 다음 수업을 준비합니다. 결국 저는 교실 뒤편에
서서 수업을 듣습니다.

선생님   어 안녕~ 자 오늘 지리 수업도 한 번 지리게 배워볼까?

시오, 무엇인가 열심히 적고 있다.

선생님   우리나라의 반대편에는 무슨 나라가 있을까? 아는 사람?

시오   보통의 선생님들은 서 있는 저를 그냥 무시하고 수업을 했
겠지만 지지리도 눈치가 없는 지리 선생님은.

선생님   거기 필기하고 있는 친구?

시오, 무언가를 열심히 적느라 듣지 못한다.

선생님   거기 서 있는 친구!

시오   네?

선생님   친구가 한 번 답해볼까?

시오   아…

선생님   필기하고 있던 거 아니야?

선생님이 시오에게 다가와 시오의 수첩을 가져간다.

선생님   선언문? (선언문을 급히 숨기며) 친구 잠깐만 밖으로 나와볼까?
어어. 그 나머지 애들은 자습하고 있어라

복도. 시오와 선생님 서 있다.

선생님   너 이게 뭐니?

시오   …

선생님   못 읽겠어? 네가 적어놓고?

선생님이 시오의 선언문을 길게 펼친 채로 읽어나가기 시작한다.

선생님   자 선언문! 나 이시오는 선언합니다. 아이들이 내 책상에
낙서를 함. 아이들이 의자를 숨김. 선생님은 아무 말도 하지
않음. 이젠 옥상이 아닌 화단에 의자를 숨김. 화단이 아닌
운동장에 의자를 숨김. 의자에 낙서가 점점 늘어감. 4월 1
일 만우절 기념으로 책상까지 훔쳐감. 선생님은 웃어 넘김.
자 다음으로…

희야   지나가는 학생들의 시선들과 교실 창밖으로 힐끔힐끔 바라
보는 시선들이 시오에게 쿡쿡 꽂힙니다.

선생님   동네 아이들이 우리 언니 걸음걸이를 따라함. 목발을 자꾸
뺏어감. 어른들이 언니가 보일 때면 아이들 눈을 가림. 마을

주민들이 우리 집에 쓰레기를 던짐. 집 담벼락에 페인트를 부음. 내가 언니를 싱크홀 속으로 밀었다고 함. 담임 선생님이 나에게 전학을 권유함.

선생님이 선언문의 절반을 찢어 품속에 넣는다.

선생님(녹음)/다리 선생님도 너한테 지금 이러고 싶어서 이러는 게 아니야. 알지? 근데 요즘 같은 시기에는 다들 예민해서 (선언문을 가리키며) 이런 작은 것도 위험하다고. 너한테도. 이 시기만 무사히 넘어가면 선생님이 해결해줄게. 그때까지만. 응?

선생님이 시오의 선언문을 가져가려고 한다. 뺏기지 않으려고 버티는 시오.
그러다 선언문이 찢기고 한숨을 쉬고 가는 선생님.
그때, 희야가 시오에게 찾아온다. 희야가 찢어진 선언문을 함께 줍는다.
희야, 시오에게 다가간다.

희야 이시오 잠시만.
시오 미안 혼자 있고 싶어.
희야 다시 하자. 다시 써서 붙이자.
시오 싫어. 붙이면 뭐해. 붙여도 다시 떼버릴 텐데. 소용없어. 너도 봤잖아. 방금.
희야 정신차려. (사이) 나는. 나는 너 절대 포기 안 해
시오 왜? 왜 포기를 안 해?
희야 이번에는 분명 성공할 테니까.
시오 이번에는…

희야	시오야. 미안해. 근데 믿어줘.
다리	야 그냥 냅둬. 혼자 있고 싶대잖아.
희야	(다리 입을 막으며) 넌 그 입 좀!!
다리	믄늘 느흔트믄 므르그 흐!!
시오	가자.
다리	어디로?
시오	어디긴. 계속 해야지. 복수.

6장. 리사이클링

학교 종소리. 음악 in

다리	5월 5일까지
시오	3주 전. 그래서 계획이 뭔데?
다리	다 터뜨리기로 했잖아. 다 터지려면?
희야	막아야겠지! 마을의 모든 구멍을. 마을의 모든 변기를!
시오	어떻게 막으려고?
희야	리사이클링.
다/시	리사이클링…?
희야	애들이 먹다 남긴 잔반, 하수처리장에 밀려들어오는 쓰레기들을 모아서 다시 변기에 버리는 거야. 하수처리장에 들어오는 쓰레기들 있지?
시오	그치. 누가 버려서 배수관을 막는 것들.
다리	물티슈랑 기저귀랑 속옷 등등…
희야	그 이물질들을 리사이클링 하는 거지!
다리	좋다!! 좋다!!!! 느낌이 좋아!!

희야   재활용도 안 되고, 버려지고 감추려는 것들만 모이니까. 그 걸 우리가 리사이클링 해주자고. 슬프지 않게. 그리고 그게 꽉꽉 막히면.

다같이 터지는 거야…!

학교 종소리.

시오   항상 혼자 서서 수업을 듣는다고 느꼈는데

다리   이시오. 너 양말에 또 빵꾸났다.

시오   이 시간이 더 이상 길게 느껴지지 않습니다. 점심시간이 언제 오려나.

희야   발가락만 보던 시오는 이제 가끔 고개를 듭니다.

학교 종소리.

다리   자 5월 5일까지 2주 전!

희야   우선 점심시간마다 아이들이 먹다 남긴 잔반을 모아서.

다리   학교 변기에 버린다.

시오   변기만 막는다고 이게 될까?

희야   내가 저번에 말해줬던 거 기억나?

시오   어떤 거?!

희야   우리 동네 배수관은 다 연결되어 있다고. 너 모든 게 꽉꽉 막히면 어떻게 되는지 알아?

다리   역류! 역류!

희야   역류! 저번에 다리 튀어나왔을 때처럼. 하나만 잘 막혀도 성공이야. 동네의 모든 구멍마다 토하게 만드는 거지!!

시오   야 다리! 너 거기 잘 좀 해봐!!

다리   나도 최선을 다하고 있다고!

하수처리장 알림 소리.

다리   5월 5일까지 일주일 전. 학교가 끝나고 시오는 하수처리장으로 일을 하러 가고!

희야   우리는 시오가 하수처리장에서 가져온 쓰레기들을 모아.

시오   밤마다 동네 구석구석을 돌면서.

다리   오물 투척!!!

희야   다리 너 거기 꽉꽉 밟아!

시오   동네의 모든 구멍마다! 병원 변기, 학교 변기. 그리고 싱크홀까지.

희야   5월 5일까지 5일 전.

다리   이러다가 5월 5일에 이 싱크홀까지 토하는 거 아니야?

시오   그게 진짜로 가능할까? 이 싱크홀은 다 집어삼킨다며. 사람도 물건도 실종된다며.

희야   야 근데 거꾸로 생각해봐라? 모든 구멍과 구멍은 연결되어있으니까 여기로 떨어지면 다른 곳으로 나오는 거지. 실종이 아니라!

시오   실종이 아니라고?

다리   안희야! 너 지금 대단해! 킵고잉 킵고잉!!

희야   왜 그때 얘가 말해줬잖아

다리   시은이는 다른 곳으로 도착했다고!

희야   그러니까 예를 들면… 그렇지! 너 지구 반대편에 있는 나라가 어딘지 알아?

다리   정답! 남아메리카의 우루과이!

시오   오…~ 너네 똑똑하다

희야	운이 좋으면 여기 구멍으로 떨어졌을 때 우루과이의 다른 구멍으로 도착할 수 있는 거 아냐?
시오	그럼 얘는?
다리	나는 논외야. 인간이 아니니까! 나는 그냥 싱크홀 속에서 계속 기다리고 있었어.
시오	그럼, 그 소문이 진짜라고?
희야	기억도 다 잃고 지구 반대편에 도착하는 거지.

시오, 희야, 다리가 싱크홀 쪽으로 다가간다.

시오	나는 이 싱크홀을 볼 때마다 기분이 이상해.
다리	왜?
시오	살아있는 것 같지 않아? 이 구멍이. 꿈틀꿈틀.
희야	살아있는 모든 것들은 다 토하니까 우리가 한 번 확인해보면 되지.
다리	5월 5일까지
시/희	하루 전!
시오	그래서 내일 어떻게 되는 거야?
다리	내가 듣기론 재개발 심사 회의는 12시에 시작한다고 들었어. 그리고 승인 확정나면 다같이 모여서 축하식한다는데?
희야	생생정보통이 따로 없네
다리	(우쭐해하며) 에이… 무슨~ 어찌됐건 축하식 맞춰서 오물을 터뜨리면 최적이지 않을까? 사람들이 제일 신나 있을 때!
희야	오케이! 접수
시오	정확히 어떻게 하면 터지는 거야? 마을 변기는 막을 만큼 다 막았는데.
희야	방법이 있지. 내일 알려줄게.

다리	만약에 실패하면 어떡해? 대비책은 마련해둬야 하는 거 아니야? 우리 중 누가 잡혀가거나, 우리가 갈라지거나, 아니면 아침에 몸이 너무 안 좋다거나, 배탈이 난다거나, 갑자기…
희야	그러면! 우리가 갈라져도 다시 모이는 곳을 정해두자! 어때?
다리	좋다! 그럼 어디에서 만날까?
시오	여기. 이 싱크홀 앞에서 만나자. 어떻게든 도착해서 기다리고 있는 거야.
다리	음… 그럼 터뜨리고 나선?
희야	응?
다리	다 터뜨리고 나서 뭐할 거냐구.
시오	그건 생각을 안 해봤네.
희야	그러게… 나두…
다리	항상 다음이 있어야지! 음하하!! 어떠냐 나의 기습 질문!!
희야	음… 그러면 생일축하파티 어때?
다리	생일축하파티? 희야 생일 언젠데?
희야	몰라?
시오	몰라?
희야	난 내가 태어난 날을 모르거든.
다리	주… 주 뭐더라 그거 있잖아. 주민번호. 생일.
희야	보육원에서 정해준 생일이야. 우리 보육원에서는 신고를 한번에 몰아서 했거든?
시오	왜?
희야	애들 들어올 때마다 가는 건 귀찮아서 그랬나보지? 그래서 나랑 같이 들어온 8명은 주민번호 생일 똑같애.
다리	와오.
희야	그래서 내가 생일 정해서 너네랑 같이 파티하고 싶어.

시오	언제로 정하고 싶은데?
희야	아직 몰라. 하고 싶은 날 없어.
시오	음!
희야	다리 너는 뭐하고 싶은데?
다리	그럼 나도! 나도 생일 만들어서 파티 할래.
시오	올해 생일은 행복했으면 좋겠다.
희야	분명 행복할 거야.
다리	분명히!
시오	분명히.
다같이	흐.
시오	드디어 내일이네.
희야	우선 12시에 모인다고 했지? 마을 밖 사람들.
다리	응응. 마을 회관으로 다 같이 모인대.
시오	축하식은?
다리	회의 끝나고 2시에!
시오	몇 시에 어디서 만날까?
희야	그럼 우선 12시에 하수처리장 앞에서 모이자.
다리	응 알겠어!
희야	준비 됐지?
다리	응!
희야	뭐가 됐든.
시오	응! 준비됐어.
희야	그럼 내일 보자.
시오	내일 봐 애들아.

떠나가는 시오.

희야	다리야
다리	왜?
희야	나 부탁이 있어.
다리	뭔데 불안하게.
희야	내일 너네 둘이 먼저 가있어. 나는 뒤따라갈게.
다리	왜? 바로 안 오고?
희야	우리 첫 번째 계획. 선언문. 그것만 읽고 하수처리장으로 갈게. 기다려주라.
다리	시오는 알고 있어?
희야	시오한테는 말하지 말아줘. 걱정할 테니까. 너랑 나만의 비밀로 하자.
다리	비밀…?!!!
희야	응 비밀!
다리	오케이!! 꼭 지킬게!! 늦지 않게 올 거지?
희야	당연하지!
다리	그럼 내일 보자.
희야	그래! 내일 봐

조명 체인지. 1년 전 희야와 시은.

시은	그때 왜 나 꺼냈어?
희야	어?
시은	물속에서 왜 꺼냈냐고. 그냥 죽게 내버려두지.
희야	너 무슨 말을 그렇게 해.
시은	왜, 또 때리게?
희야	야. 너…
시은	있잖아 내가 다리만 있었더라면 이렇게 되진 않았을 텐데.

이미 복수는 하고도 남았겠지. 아니다. 다리가 있었다면 복수를 할 일도 없었겠지. 학교도 다니면서 시오랑 행복하게 살 수 있었을 텐데.

희야 우리 떠나자. 응? 나가면 이것보다 훨 나을 거야. 더이상 여기서 일 안 해도 되고.

시은 그럴 리가 없잖아.

희야 뭐?

시은 여기서 나간다고 더 나아질 리가 없다고. 이런 몸으로 뭘 어떻게 해. 어떻게 나아져.

희야 야 적당히 해.

시은 너도 내가 적당히 했으면 좋겠지?

희야 아니 그런 말이…

시은 너도 똑같아.

희야 야 이시은.

시은 그 구멍 속에 들어가 볼까봐.

희야 뭐?

시은 꿈처럼. 그 구멍 속으로 가면 내 다리를 찾을지도 몰라.

희야 너 죽겠다는 거야 지금?

시은 아니.

희야 네 동생은 어쩌고.

시은 너 있잖아.

희야 그럼 나는.

사이.

희야 그럼 나는?

시은 …

희야	죽든 말든 니 알아서 해. 복수니 뭐니. 네 꿈 같은 거 더 이상 듣고 싶지도 않으니까 너 알아서 하라고.

사이.

시은	미안.
희야	얼른 가서 쉬어. 피곤하다.
시은	희야야.
희야	응.
시은	아니야. 내일 보자.
희야	그래. 내일 봐.

암전.

7장. 5월 5일

조명 밝아진다.
시오와 다리, 하수처리장.

그때, 마을 방송이 흘러나온다.

'아아— 주민 여러분들께 알려드립니다. 곧 재개발 심사를 위한 주민 대표회의가 진행될 예정입니다. 다시 한번 말씀드리겠습니다.'

다리	다들 마을 회관으로 모이는 중인가 보다.
시오	이제 좀만 있으면 다 끝이네. 근데 너 왜 이렇게 떨어??

다리	몰라. 두근거리기도 하고 무섭기도 하네. 넌?
시오	나도. 근데 얘는 왜 안 와? 무슨 일 생긴 거 아니겠지?
다리	그렇게 30분,
시오	이렇게 연락 없이 늦을 애가 아닌데…
다리	1시간이 지나고.
시오	우리 희야 찾으러 가자. 응? 희야한테 뭔 일 생긴 거면 어떡하냐구!
다리	지금 가면 희야랑 엇갈릴 수도 아닐 수도.
시오	어쩌면 좋지??
다리	여기서 기다리면 곧 올 수도 아닐 수도.
시오	너 오늘 상태가 왜 그래?
다리	그게 사실…
시오	(망원경으로 살피며) 야, 저기 봐.
다리	건물에 들어갔던 어른들이 화색을 띠고 나옵니다.
시오	재개발 승인. 받은 걸까?
다리	응. 그래 보이네...

그때, 마을 방송이 흘러나온다.

'아아— 주민 여러분들께 알려드립니다. 곧 축하 행사가 진행될 예정입니다.
다시 한번 말씀드리겠습니다..'

시오	얘 진짜 오는 거 맞아??
다리	좀만 더 기다려보자. 응?
시오	넌 걱정도 안돼?
다리	아니 그게 아니라…

시오	그게 아니라 뭐!!
다리	분명 늦지 않고 온다고 그랬는데…
시오	너 뭐 알고 있는 거 있어?
다리	아니 희야가…
시오	희야가?
다리	그…
시오	그…?
다리	말하지 말라고 했는데!!!
시오	야!!!!!!! 너 말 안할래?
다리	비밀이라고 했단 말이야!!
	나 비밀은 처음인데!!
시오	너 말 안하면 죽는다??
다리	죽긴 싫은데!!!!
시오	넌 어차피 사람도 아니잖아!
다리	맞네! 그 있잖아… 희야가 선언문…

그때, 마을 방송이 울린다.

'축하 행사가 곧 시작되오니 참석자 분들은 속히 행사장으로… 이시 오!!!'

희야	아이씨 이거 안 돼!!
시오	안희야?
다리	난 비밀 지켰다!
희야	시오야!! 다리야!! 내 말 들리지! 듣고 있을 거라 믿어! 시 오야! 내가 너한테 말 못해준 게 있어! 얼굴 보고 말하고 싶 었는데 진짜 겁쟁이는 나라서! 네가 나 미워할까봐 그래서

다신 안 본다고 할까봐 도저히 그럴 용기가 안 났어!! 아이씨 이거 안 놔? 시오야 미안해. 내가 조금 더 신경 썼더라면, 내가 시은이 옆에 붙어 있었더라면! 시은이 그렇게 되지 않았을 거야. 미안해!!

시오　재 뭐하는 거야?

다리　선언문!!! 선언문만 읽고 여기로 온다고 했어!!!!

희야　아이씨 어디 손을 대!! 어쭈 막아! 막아?!

시오　위험한 거 아니야??

희야　그리고 제 친구가 다 하지 못한 말이 있는데요! 자 선언문! 나 이시오는 선언합니다! 아이들이 매일 의자를 숨김. 선생님은 아무 말도 하지 않음. 만우절에는 책상까지 훔쳐감. 선생님은 웃어 넘김. 아아 막지 말라고요!!!
선생님이 전학 가라고 함. 우리 언니 걸음걸이 따라함. 목발도 뺏음. 어른들은 애들 눈을 가림. 집에 쓰레기를 던짐. 담벼락에 페인트를 부음. 내가 언니를 싱크홀 속으로 밀었다고 함.
뭐? 아니거든요? 내가 다 봤어 그날!! 밀긴 누가 밀어! 그리고 시은이가 누구 때문에 그렇게 됐는데! 끄아아아!!

다리　희야 지금 잡혀간 거 맞지?

시오　보면 몰라??

다리　큰났다!!!!!!!!

시오　…

다리　희야 어떡해?

시오　…

다리　어떡하냐구!

시오　…

희야　재개발이니 뭐니! 그만 게 그렇게 중요해서 싱크홀 생길 거

알면서 다 무시하고! 시은이 다리 다치고 보일 때마다 쯧쯧
거리고! 쓸데없는 말하고 원치도 않는 동정하고!!
이 마을 사장님들! 시은이 받아주지도 않고! 그래서 열다
섯 살짜리 여자애가 어디서 일을 했는지 알아요? 하수처리
장!! 시오야-!!!!!!!!!!!!!!

사이.

희야   할 수 있어. 잘 도망쳐서 잘 기다리고 있을게. 약속할게.

끊기는 방송.

다리   시오야…
시오   이시은도 안희야도 왜 멋대로 해? 내가 만만해? 내가 언제
        그렇게 해달라고 했어?
다리   좀 그렇긴 해.
시오   너도 마찬가지야! 넌 왜 말을 안해??!
다리   미안! 이제 어쩔 생각이야?!
시오   어쩌긴. 여길 엉망진창으로 만들고 희야 구하러 가야지.
다리   그렇지! 그런데 어떻게?
시오   내가 여기서 하루이틀을 일하냐? 그리고 안희야가 맨날 입
        에 달고 살았던 말 있잖아. 모든 구멍과 구멍은 연결되어
        있다고.
다리   하나라도 제대로 막히면. 모든 구멍들이 토하게 될 거라고.
        그래서? 이미 동네의 모든 변기는 다 막았잖아! 남은 건.
시오   여기. 하수처리장은 생기고 나서 한 번도 막힌 적이 없어.
        그런데 웃긴 건 저기, 보여?

시오, 레버가 있는 곳을 가리킨다.

다리   저게 뭐야?

시오   레버 손잡이.

다리   레버?

시오   한 번도 막힌 적 없는 하수처리장의 거대한 수문. 저 레버
          를 내리면

다리   수문이 닫히고!

시오   오갈 데 없는 오물은 점점 쌓이겠지. 그러면 하수처리장
          까지.

다리   꽉 막히는 거구나! 그렇게 되면 그동안 우리가 막아놨던 동
          네의 모든 변기,

시오   동네의 모든 구멍에서 터지겠지.

다리   이시오! 할 수 있겠어?

시오   해봐야지. 믿으니까.

시/다 가자. 다 죽었어.

시오와 다리, 함께 레버를 내리기 시작한다.
시오 점프하며 손잡이를 잡으려고 애쓴다.

다리   이시오 화이팅
          이시오 화이팅
          영차! 영차! 영차! 영차!

시오   야!! 말만 하지 말고 너도 좀 도와!

다리   오케이! 나 올려줘!

시오   뭐? 네가 날 올려야지!

다리   오케이! 올라타!

시오와 다리, 끙끙거린다.

시오	다리! 더 올려봐!!
다리	시오야! 이거 안 되겠는데!! 우리 어떡해?!
시오	안되겠다! 다리! 가자!
다리	어디로?
시오	수문으로.
다리	뭐?
시오	직접 닫자고.
다리	저 무거운 걸 우리가 어떻게 닫아!
시오	뭐라도 해봐야지!
다리	되겠어? 진짜로?
시오	나도 몰라. 그래도!
다리	그래도!
시오	다리!! 수문으로!!
다리	수문으로!!

시오와 다리, 수문에 붙는다. 방류되는 물살을 맞으며 있는 힘껏 수
문을 민다.

시오	다리야!! 밀어!!
다리	밀어!!!
시오	밀어!
다리	밀어!!
다같이	밀어!!!!

다리와 시오, 거대한 수문을 막는데 성공한다.

마을 곳곳에서 배수관들이 터지기 시작한다. 아수라장이 된 마을을 바라보는 셋.

시은 너 여기, 보여? 이 하수처리장으로 이어지는 파이프들. 다 금이 가있거든. 엄청 녹슬고.

다리, 시오, 희야 서로를 만나러 달려간다.

시은 나는 다 터뜨릴 거야. 사람들이 감추려는 거, 꽉 막혀있는 거. 다 뒤집어 엎을 거야. 다 토해낼 거야. 시원하게. 리사이클링. 망가지고 부서지고 쓸모없는 것들이 다시 숨 쉴 수 있게. 세상 밖으로 나와서 살아있다고 말할 수 있게. 그렇게 슬프지 않게.

시오, 다리 희야. 싱크홀 앞에서 만난다. 둘 천천히 서로에게 걸어간다.

시오 안희야.
희야 봤어.
시오 나도 봤어.
희야 어땠어?
시오 시원하던데.
희야 맞아.
다리 완전 쑥대밭이 됐네!
희야 너가 해냈어!
시오 우리가 해냈어!
다리 멋지다 이 자식들!!!!!!

부둥켜안는 셋. 그때, 땅이 흔들리는 소리가 들려온다.

다리   어라

시오   어라라

희야   어라라라

싱크홀 주변의 땅이 무너진다.

다같이   지반침하!!!!!!!!!!!!

그때, 희야가 발을 헛디딘다. 구멍에 떨어질 뻔한 희야를 잡는 시오.

시오   야 안희야!!! 꽉 잡아!!!!!

희야   시오야!

시오   너 놓지마!!!! 너 진짜로 놓으면 안돼!!

희야   이러다 너까지 빠져

시오   다리야!! 우리 좀 잡아줘!

희야   시오야.

시오   너 손에 힘 빼지 마!!

희야   시오야.

시오   제발. 제발. 희야야 제발.

희야   시오야 나는 네가 앞만 보고 뛰었으면 좋겠어.

시오   같이 하는 게 아니면 의미 없어!

시오, 양손으로 희야를 잡는다.

희야, 시오, 다리 함께 구멍 속으로 빠진다.

8장. 구멍 속 이야기

구멍 속으로 떨어진 시오와 희야와 다리. 셋이 함께 오물 속으로 가
라앉고 있다.

시오　다리야 이게 뭐야?

다리　물속.

희야　진짜?

다리　오물 속.

희야　우웨엑

다리　덕분에 죽지 않고 이렇게 헤엄칠 수 있잖아.

시오　너 수영 잘 한다.

다리　에이… 무슨.

희야　근데 있잖아

시오　응?

희야　뭔가 점점 빨라지고 있는 것 같지 않아??

다리　진짜 미치겠네에에!!!!

　　　　유속이 빨라진다!!!

희야　애들아아아아아----

　　　　갈라지는 셋. 뽀글뽀글… 시오, 정신줄을 놓는다.

시은　안녕?

시오　안녕.

시은　무슨 생각해?

시오	우리, 버려진 거야?
시은	그런 셈이지.
시오	넌 누구야?
시은	너보다 몇 분 일찍 나왔으니까 언니지.

사이.

시오	언니. 언니. (눈을 뜨며) 언니.
시은	응. 시오야.
시오	나까지 빠져 버릴까봐 무서웠어. 그래서 먼저 놔버렸어.
시은	괜찮아.
시오	그때로 돌아가면 꼭 놓지 않을게.
시은	괜찮아.
시오	그때로 돌아가면 꼭 놓지 않을게.
시은	괜찮아.
시오	그때로 돌아가면 꼭 놓지 않을게.
시은	시오야.
시오	응?
시은	여기서 나가면 죄책감 같은 거 갖지 말고 살아.
시오	어려워
시은	그게 언니 꿈이야. 달리기도, 돈 많이 버는 것도 아니고 네가 살아서 끝까지 울어도 보고 웃어도 보고. 끝까지 달리고 끝까지 숨 쉬는 거. 그거면 돼.
시오	그거면 돼?
시은	응. 그거면 돼.
시오	언니 근데 있잖아.
시은	응.

시오   우리 여기서 나갈 수 있을까?

시은   나가야지! 살려면! 애들아!!! 그만 놀고 여기로 와.

다리   (배영을 하며) 시은아!!!

희야   보고 싶었어!

시은   기다리고 있었어!

다리, 희야, 시오와 시은이를 향해서 간다. 부둥켜안는 넷.

시은   패밀리 총집합이네!!

다같이   그러네!!

실컷 웃는 넷.
웅웅 울리는 소리.

시은   자 이제 올라갈 시간이야!

시오   언니는 어디로 갈 거야!

시은   구멍 건너편으로!

다리   우루과이로!

시은   오물로 통로가 꽉 막혀있었는데 이젠 헤엄쳐서 갈 수 있어!

희야   다리 너는?

다리   나도 시은이 따라서 우루과이로 가야지!

시오   그럼 다시 못 만나려나 우리.

다리   지구는 둥그니까. 언젠가는 한 점에서 만날 거야.

시오   나도 같이 가면 안돼?

시은   안돼. 너랑 희야는 저어기로. 나가야지. 헤엄쳐야지!
            기억나? 발이 땅에 닿지 않아도 물에 뜨려면

다리   몸에 힘을 풀고!

시오	몸에 힘을 풀고!
시은	동작이나 호흡 같은 건 중요하지 않아. 그렇게 하나씩.
희야	하나씩.
시은	천천히 휘저으면서! 다리!
다리	응! 준비완료!
시은	안희야!
희야	응!
시은	이시오!
시오	응!!
시은	우리가 있는 힘껏 밀어줄게!
다리	막혀있던 오물과 함께!
시은	저 구멍 밖으로!
희/시	우리 꼭 다시 만나.

시오와 희야, 헤엄치기 시작한다..

| 시오 | 나왔다! 살았다! |

암전.

9장. 에필로그

들려오는 앰뷸런스 소리. 곳곳에서 분주하게 오가는 사람들과 말소리.

아니 이게 무슨 일이래! / 애들이 빠졌다구요??? / 마을이 쑥대밭이 됐어!!! / 아우 무슨 냄새야? / 그래서 애들은 건

져냈대요?

시오와 희야, 그 속에서 담요를 덮고 따뜻한 차를 손에 쥐고 있다.

시오   오… 사람들 우리 피해다닌다.
희야   (냄새를 맡으며) 냄새가 그렇게 심한가?
시/희   (열심히 킁킁킁킁킁 하다가 크크크크)

사이.

희야   야야 시오야.
시오   응?
희야   나 생일로 정하고 싶은 날 생겼다?
시오   언제로 정했는데?
희야   아니 얘는; 질문에 낭만이 없어; '희야야 너는 생일이 언제
       니?'라고 물어봐!
시오   …
희야   빨리!
시오   희야야 너는 생일이 언제니?
희야   나 5월 5일!
시오   오 나랑 똑같네.
희야   그러게!

희야, 시오 플라스틱 컵의 차를 호로록.

시오   너 케이크 무슨 맛 좋아해?
희야   나 케이크 안 먹어 봤는데.

시오   그래? 그럼 오늘 케이크 사가자. 생일파티 해야 되니까.

희야   그래! 너는 케이크 무슨 맛 좋아하는데?

시오   몰라. 나도 케이크 먹어본 적 없어.

희야   그냥 비싼 거 사자 다른 거보다 두 배로 비싼 거

시오   그래. 큰 걸로 사자 두 배로 큰 걸로. 두 명이니까.

희야   그래.

호로록.

시오   이제 어떻게 되려나?

희야   그러게… 근데 계속 이렇게 있고 싶다.

시오   왜?

희야   (은박 담요를 두르며) 이거 꽤 따뜻하네.

시오   그러게. 엄청 따뜻하다.

희야와 시오 서로 기댄다.

싱크홀 건너편에서 누군가 신호를 보내듯 빛이 반짝인다.

폭죽소리.

막.

아주 곤란한 희망 :
Agony

극작 : 전은빈

이야기

폐건물의 뒷마당에는 미켈란젤로가 산다.

등장인물

최명순 : 70대. 미켈란젤로의 환생?
김사강 : 30대 초반.
고아선 : 40대.
진은혜 : 40대.
장성찬 : 30대.
창 : 누군가를 바라본다.

- 이 극에서 배역의 실제 연령보다 중요한 것은 '인물이 어떤 시점에 묶여있는가'의 문제이다. 억압된 과거는 종종 현재보다 강력하게 작용한다.
- 무대 위 공간은 여러 시공간을 넘나들며, 때때로 동시에 존재하기도 한다.
- 상기된 배역 외에 등장하는 인물은 이름에 붙은 숫자에 해당하는 인물이 연기한다. 만약 숫자가 붙어있지 않다면 창 역할의 배우가 연기한다.
- 볼드체로 표시된 대사는 동시에 발화하는 것을 의미한다.

0장.

사위가 어둡다.
누군가 노래를 흥얼거리며 무대 위를 정돈한다. 문득 시선이 느껴져
뒤돌아본다.
창, 자신을 바라보는 객석의 사람들에게 말을 건넨다.

창   빨리 오셨네요? 아직 정리가 덜 됐는데…

창, 더 분주하게 무대를 정돈한다.

창   어차피 다시 흐트러지겠지만 기억만큼 배치가 중요한 것도
없거든요. (소품을 이리저리 돌리며) 이쪽이랑 이쪽은 너무 다
르잖아요?
제 이름은 창, 입니다. 모두의 마음속에 있으면서, 이곳과
저곳을 연결하고 또 의미를 부여합니다. 노래하고 춤추고
색을 칠하고, 꽁꽁 닫혔다가도 빛 한줄기에 속절없이 열립
니다. 많은 것을 보여주고 그만큼 숨기겠죠. 나는 또 기다리
고, 외치고, 인사를 건넬 것입니다.
(무대 정리를 얼추 끝내고) 이제 모든 것이 시작됩니다. 처음은
이렇게 열겠습니다.
"어둠 속에서 누군가의 목소리가 들려온다."

암전.

1장

어둠 속에서 누군가의 목소리가 마이크를 타고 흐른다.

사강 하루하루를 치열하게 살았습니다. 오늘은 그 순간들이 첫 보상을 받는 날입니다.

의례적인 박수. 스포트라이트, 꽃다발을 든 사강을 향한다.

사강 '젊음'. 참 독특한 단어입니다. 젊은이들은 과거를 바탕으로 미래를 평가받죠. 이 '젊은 기자상'도 제 미래, 그러니까 가능성에 주신 상이라고 생각합니다. 문득 이 상보다 먼저 '가능성'이 얼마나 중요한지 알려주신 분이 떠오르네요.
아버지는 말씀하셨습니다. "너 자신을 알라." 화가를 꿈꾸던 소년의 인생을 바꾼 말입니다. 주제 파악을 하라는 거죠. 소년은 그림을 사랑했지만, 그림은 소년을 사랑하지 않았거든요. 현실을 겸허히 인정한 소년은 정반대, 그러니까 잘하는 것에 눈을 돌렸습니다. 아름다운 그림보다는 적나라한 사진을 택했죠. (꽃다발을 흔들며) 그 결과가 바로 이겁니다. 하늘에 계시… 지 않은 아버지께 이 영광을 돌립니다.
생각해 보면 아버지의 인용은 이번 일에서도 큰 도움이 되었습니다. 나의 무지를, 나아가 세상의 무지를 밝히는 게 기자의 일이니까요. 그렇게 세상에 드러난 사실이 가장 힘이 있다고 믿습니다. 앞으로도 모든 사실에 앞장서는 기자가 되겠습니다. 감사합니다.

한 번 더 박수, 그리고 셔터 소리.

사강, 여유롭게 인사하며 회장을 빠져나온다. 갑자기 울리는
전화벨.

사강   네, 김사강입니다. 아 부장님. 네, 방금 받았습니다. (웃으며) 감사합니다. 항의 전화요? 저한테도 오긴 하는데… 뭐, 보험 사기는 보험 사기죠. 약자라고 동정심으로 봐주고 그러면 기자가 있을 이유가 없지 않습니까. 네, 그쵸. 네. 아… 특집 기사요? 아 당연히 제가 해야죠. 진정성 있는… 네, 확인했습니다. 좋은 하루 되십쇼.

전화를 끊고, 뻐근한 몸을 푸는 사강. 문득 손에 쥔 꽃다발을 바라본다.

사강   이건 증거입니다. 꿈보다 현실이, 희극보다 비극이, 미담보다 범죄가 세상을 살아가기 위해 더 중요하다는 증거. 제 길이 옳다는 증거요.

꽃다발의 사진을 한 장 찍는다.

사강   이제 할 일은 다음 스텝을 밟는 겁니다. 더 확실하게, 더 높게, 세상이 주목할 기획으로, 젊은 기자상에서 '젊음'이 빠지도록!

사강, 미련 없이 꽃다발을 던져버리고 자리를 뜨려고 한다. 그때, 멀찍이서 담배를 피우던 한 여자가 꽃다발을 줍는다.

아선   꽃 싫어하세요? 되게 미련 없이 버리시네.
사강   아, 실용적인 걸 좋아하는 편이라서요.

아선   저도요. 단지 쓰레기 무단투기가 기자의 신뢰도에 별로 좋진 않을 것 같아서요.

사강   저를 아는 눈치시네요.

아선   아까 식장에 저도 있었거든요. 인상적인 소감이라 기억하고 있어요.

사강   (웃으며) 감사합니다. 이거 실례했네요. 혹시 어디 소속이신지…

아선   아, 전 기자는 아니고. 축하하러요. 제가 참여한 기사가 상을 받았거든요.

아선, 명함을 내민다. 사강 수첩에 명함을 끼운다.

아선   고아선이에요. 정신과 전문의. (농담하듯) 언제나 힘든 분께는 활짝 열려있답니다.

사강   담배 피우시네요. 의사의 신뢰도에 별로 좋지 않을 것 같은데.

아선   환자들한테도 적절한 스트레스 해소로는 나쁘지 않다고 해요. 암 전문이 아니라 다행이죠?

사강   뭐… (수첩을 넘기며) "참전 군인 폐쇄병동 장기 수용 실태, 전쟁의 그늘"… 이거 참여하셨죠?

아선   그걸 다 메모하셨어요?

사강   직업병이죠.

아선   저 강박증도 잘 봐요. 거기 적을 만한 것도 잘 보고요. 사이즈는… 특집도 될 만한 걸로.

사강   들으셨습니까?

아선   아, 고의는 아니었어요. 들리길래 어쩔 수 없이. 음, 제가 일 하나 드릴까요? 사과의 의미예요.

사강 저랑 오늘 처음 보셨잖아요. 뭘 믿고…

아선 수상 소감이 인상 깊어서요.

아선이 사강에게 사진 한 장을 보여준다.

사강 흑백 사진이네요.

아선 80년대에 찍힌 거니까, 지금 70대세요. 그리고 이보다 전부터 시작된 아주 길고 독특한 히스토리를 지닌 환자죠.

사강 독특하다면…

아선 동네에서는 미친년으로 유명해요. 보호자 없고, 치료는 거부하고. 정식으로 내원하진 않았지만, 조현병으로 진단했어요.

사강 진료를 안 했는데 진단을요?

아선 PTSD가 악화되어 발병한 케이스예요. 저는 그 과정을 다 봤고요. 지금이야 좀 잠잠한데, 약물 없이 얼마나 버틸지는 모르죠.

사강 잘은 모르지만… 그 정도면 강제 입원이 필요한 상황 아닌가요?

아선 저도 그러고 싶은데… 감금에 대한 트라우마가 극심해서요.

사강 감금이요?

아선 국가 폭력 피해자예요, 이 사람. 부랑인 청소 정책에 휩쓸렸다 수용소에 갔고… 폭력, 감금, 강제 노동. 조현병 발병과 반드시 상관관계가 있을 거예요. 최근에 관련 사건이 재판 중인데. 딱 시의성 있는 주제죠?

사강 (수첩에 정리하며) '한국판 홀로코스트'… 들어본 적 있는 이야기네요.

아선 진술할 능력이 없는 사람은 더 파고들 여지가 있죠.

사강 제목은 "여전히 어둠 속에 갇힌 사람들"…로 가면 될 것 같네요. 근데, 선생님과 큰 관련이 없는 일 같은데, 상당히 적극적이시네요. 따로 원하시는 게 있으십니까?

아선   아무것도요. 그냥, 어떤 삶이 지독하게 안타까울 뿐이에요.

2장

세월을 정통으로 맞은 듯한 건물 하나가 초라하게 서 있다.

사강   폐건물?

사강, 조심스럽게 문으로 보이는 것에 다가간다. 두드릴까 말까, 고민한다.

사강   저기-

명순   (쩌렁쩌렁하게) 요 쥐새끼 같은 놈!

사강   으악!

벌컥 문이 열리고, 명순이 거대한 액자를 휘두를 듯 쥐고 뛰쳐나온다.

명순   언놈이 보내서 온 거냐! 브라만테? 아니면 라파엘로?

사강   아니…

명순   다빈치냐!

문에서 다급하게 창이 뒤쫓아 나온다.

창   여기서 잠깐! 여기 이 '할머니'의 이름은 최명순. 나이에 맞지 않게 아주 쌩쌩하고, 눈동자는 기이할 정도로 에너지가 넘친다. 빛난다! 이상하다. 세월을 이기는 무언가가 존재한다. 노인이지만, 노인이 아닌 것 같다. 하지만 분명히, 오랫동안 기억을 기워 온 사람이다. 아주 힘이 넘치고, 아주 이상해도, 아주 오래된 사람.

명순   (치고 들어오며) 뭐가 됐든, 이 미켈란젤로 부오나로티의 작업을 방해한다면 교황이라도 용서 못 해!

창   그리고, 자기를 미켈란젤로라고 주장하는 그 소문의 미친 년, 맞다.

사강   … 제대로 찾아왔네.

명순   뭐라 씨부렁대? 당장 꺼져 쥐새끼놈!

사강   저는 쥐새끼가 아니라 기자인데요.

명순   지랄, 귀 잡순 놈이겠지. 꺼지라는 소리 안 들리냐?

사강   일단 안에서 이야기를…

명순   여긴 위대한 미켈란젤로의 신성한 공간이다. 외부인은 절대 안 들여!

명순, 손에 든 액자를 휘두르며 쫓아온다. 사강, 필사적으로 도망친다.

창   사강의 머릿속에 적색 경고등이 울린다! 젊은 기자상에 걸맞은 냉철한 판단력과 재치로 생각할 때, 이 사람이 자기를 미켈란젤로라고 믿는다면-

사강, 갑자기 뒤돌아 무릎을 꿇는다.

사강   제자!

명순 … 뭐?

사강 제자로 받아주세요! 그러니까, 미켈란젤로 님의, 제자로…

창 냉철은 개뿔.

명순 (갑자기 누그러져서) 음 제자… 신입 받을 때가 되긴 했지. (위아래로 훑어보다) 샌님 같이 생겨먹었는데… 원래 제자는 아주 아주 선별해서 받지만!

사강 받지만?

명순 여기까지 찾아온 정성이 갸륵해서 특별히! 받아주마. 아주 가문의 영광인 줄 알아!

사강 예에… 감사… 합니다?

명순 들어와!

세 사람, 문을 넘어간다. 천천히 명순의 공간이 드러난다.

창 명순의 폐건물은 도심 속 정글 같다. 반쯤 떨어져 나간 문, 덩그러니 놓인 소파, 콘크리트 벽을 굽이굽이 지나, 뒷마당에 도달한다. 뒤편에는 파란색 중형 트럭 하나가 뜬금없이 놓여있다. 짐칸에는 초상화, 바다 사진, 입시 미술 수채화와 고양인지 호랑인지 모를 동양화, 연필 낙서, 전단지, 옥색 청자의 파편과 스테인리스 컵 등! 알록달록한 잡동사니 무덤이 침입자를 경계하듯 서 있다.

사강 그 앞에 빼곡히 선 사람들. 모두 이 잡동사니들로 만든 사람들입니다. 조각들은 특이하게도 모두 머리가 없습니다. 그 기묘한 광경에 홀린 듯이…

셔터 소리. 사강은 미술품의 무덤과 조각상을 찍는다.

명순	야야야, 비켜! 깨트릴라.
사강	(놀라며) 아, 네!… 근데 이거 다 할머니가 만드신 거예요?
명순	할머니?
사강	어, 어머님?
명순	어머니임?
사강	그럼…
명순	스승님!
사강	아, 네에. (쥐어짜듯) 스승… 님… 이 만드신 거예요?
명순	당연하지. 하나하나 이고 지고 모아와서 한 땀 한 땀 만든 거야.
사강	열정이 대단하시네요. 음… 폐품 재활용 예술을 통해 환경 문제에 대한 경고를 하는 작품인가요? 머리가 없는 것도, 위태로움을 상징한다고 해석하면 될까요?
명순	(황당하다는 듯) 뭔 귀신 씻나락 까먹는 소리를…
사강	네?
명순	나, 미켈란젤로 하면 뭐야?
사강	뭐요…?
명순	대표작!
사강	어… 피에타나 다비드요…
명순	그래, 대리석 조각! 그게 나의 상징이지. 근데 여기 대리석이 어딨어. 건물 벽 뜯을 것도 아니고. 그래서 내가 이렇게 환생한 것처럼, 내 작품도 새로운 옷을 입은 거지. 뭐, 대가리만 없는 건… 완벽하지 않으면 완성할 가치가 없으니까 그런거고.
사강	어… (말을 고르다) 중간에 나온 그 환생이라는 말씀을… 자세히 해주실 수 있나요?
명순	그건 마치, 하나의 탄생설화 같은 이야기란다… 찬바람이

매섭던 어느 날 깨달았지. 나, 오랫동안 최명순이라는 여인으로 살아왔지만, 사실 내 전생은 위대한 조각가 미켈란젤로 부오나로티임을! 피에타와 다비드를 넘어서는 새로운 명작을 남기기 위해 새로운 육체를 입었음을 깨우쳤단 말이다.

사강 (떨떠름하게) 아 예… 그러면, 몇 가지 질문이…

명순 (자르듯이) 알아먹었으면 네 선배들을 소개해 주마. 앞에 봐봐.

사강 이 고양이… 들이요?

고양이 먕!

명순 네가 열한 번째다. 뭐해, 인사 안 하고.

사강 (얼결에) 아, 안녕…?

명순 말이 짧다?

사강 하세요?

명순 그게 다야? 쯧, 젊은 게 시들시들하긴. 참, 나머지는 영역 순찰하러 갔으니 다음에 보면 꼭 인사하고. (고양이들에게) 거 모자란 놈이지만 잘 챙겨줘라.

고양이 냐앙!

사강 이 황당한 선배들을 모시게 된 것처럼, 취재는 난관에 봉착했습니다.

사강, 수첩을 넘기며 조사한 것들을 떠올려 본다. 창, 사강의 수첩을 뺏어 들고 읽는다.

창 첫 번째 시도?

사강 저기… 할머니.

명순 (노려보며) 할머니.

사강　아, 스승님.

창　두 번째 시도!

사강　그럼, 가장 기억에 남는 일이-

명순　때는 서기 1499년. 나는 위대한 작품, 피에타를 완성했어. 하지만 사람들은 그 아름다움을 찬미하면서도, 그게 내 손으로 탄생했다는 사실을 믿지 않았어! 그날 밤 몰래 성전에 숨어들어 마리아 님의 옷깃에 서명을 새겼지! 하하, 나도 참 젊었다니까. 주님은 하늘에 서명을 남기지 않으셨거늘…

창　세 번째, 네 번째.

사강　그전에는 뭘-

명순　쓰잘데 없는 거나 궁금해 하니까-

사강　(장단 맞추듯) 위-대하신 분이니까, 하나하나 다 배워야죠.

명순　음… 세상을 더 아름답게 가꾸는 일을 했지.

사강　예? 뭐 벽화… 같은 거요?

명순　청소.

창　열, 스물하나, 서른. 만나고 실패하고.

사강　그러니까, 위대한 미켈란젤로이신 스승님께서는 어쩌다 이곳에 살게 되신…

명순　(무시하고) 열한 번째 제자야.

사강　… 저요?

명순　여기 빵이 3개가 있지?

사강　네.

명순　너 여기 있는 빵을 저어기, 화방에 가서 물감 3개하고도 참

치캔 2개, 포도 주스 4개로 바꿔 오거라.

사강　네?

명순　어서!

사강　화방이… 여긴가?

사강, 이동한다. 사강, 한 바퀴쯤 빙 둘러 화방에 도착한다. 문에 무언가 쓰여있다.

창　영업 종료. 진복순 여사 별세. 지금까지 사랑 화방을 찾아주신 여러분께 감사합니다.

사강, 약간 당황한다. 잠깐 묵례 후 다시 돌아간다. 명순의 집 앞에 무언가를 잔뜩 든 한 여자가 서 있다. 두 사람, 눈이 마주친다.

은혜　길 잃으셨어요?

사강　네?

은혜　여기 폐건물이에요. 상가 건물은 언덕 아래로 가세요.

사강　아, 여기 사시는 분 때문에 온 겁니다.

은혜　명순 할머니요?

사강　네, 어쩌다 보니 심부름꾼 비슷한 처지라서요. 실례지만 선생님께서는…

은혜　예전에 여기 이웃 살던 사람이에요. (사강을 훑어보며) 이 동네 분은 아니신 것 같은데…

사강　아, 소개를 좀 받고 왔습니다.

은혜　소개요? 미쳤다고 소문 난 할머니를?

사강　할머니를 오래 아셨나 봐요.

은혜	짧지는 않죠. 근데 그런 게 왜 궁금하신지…
사강	아, 저는 기자 일을 하는 사람입니다. (명함을 내밀며) 인터뷰 부탁드릴 수 있을까요? 이번에 특집으로-
은혜	가세요, 그냥. 괜히 아픈 사람 들쑤시지 말고.
사강	예?
은혜	여기 아니어도 카메라 들이댈 곳 많잖아요.
사강	그건 기자가 판단할 일이죠.
은혜	여기 사유지예요. 자꾸 이러시면 경찰 부를 거예요.
사강	아니, 제가 뭘 했다고 경찰을, 취재권 보장 모르세요? 인터뷰만 좀 하자는 건데,
은혜	누군가의 침묵을 존중하는 것도 미덕이에요.
사강	그 말이 원해서 다문 입이 아닐 때도 적용되나요?
은혜	할머니께서… 정말로 그럴 상황이 아니시거든요.
사강	알고 있습니다. 설명도 듣고 왔고요.
은혜	누구한테요?
사강	의사요.
은혜	의사… 누구요?
사강	취재원 보호는,
은혜	말 안 해주시면 저도 안 비켜요.
사강	고아선 씨라고,

은혜, 잠시 고민하다 명함을 흘끗 본다.

은혜	알겠어요. 그럼 도와드릴게요.
사강	갑자기요?
은혜	네, 의사도 김사강 씨를… 이유가 있으니 골랐으리라 믿어요. 여긴 처음 온 거예요?

사강   아, 아뇨. 사실 할머니 심부름을 다녀오는 길입니다. 가게가 닫아서 실패했지만요.

은혜   그게 화방이면 다행히도 제가 있네요. 문 닫는 김에 몽땅 챙겨왔거든요. 일단 할머니 뵈러 갈까요?

두 사람, 명순의 뒷마당으로 자리를 옮긴다. 명순, 은혜와 눈이 마주친다.

은혜   저 왔어요.

명순   넌 또 뭐야. 쥐새끼가 또 들어오다니!

은혜   참치랑 먹을 거, 물감 이것저것 챙겨왔어요.

명순   두 번은 용서 안 하지, 이 미켈란젤로 부오나로티의 명예를 걸고!

은혜   여기 둘게요.

명순, 휘두를 것을 찾는다. 사강이 다급하게 막아선다. 은혜, 당황하지 않고 물러선다.

사강   스승님!

명순   너! 물감 만들어오냐? 아니 그게 중요한 게 아니지. 얼른 저 쥐새끼 잡는 거 도와라.

사강   제가 데리고 온 분이에요!

명순   뭐? 새 제자야?

사강   어…

사강, 은혜를 흘끗 본다.

사강   그건 아니고… 어, 여기를 견학, 하고 싶대서요. 손님이에요 손님.

명순   음?

명순, 이리저리 돌아보며 은혜를 관찰한다. 은혜, 웃어 보이지만 무시당한다.

명순   너보다 더 비리비리하네. 비리비리비리.

명순, 은혜에게 흥미를 잃는다.

사강   (은혜에게 속삭이며) 못 알아보시는데요?

은혜   매번 그러세요. 잊어버리고 싶은 것에 제가 포함인가 봐요.

사강   근데 매번이라면… 자주 오시는 편이신가요?

은혜   아뇨, 저도 생업이 있어서요. 오늘은 화방 정리하느라 온 거예요. 보다시피 대화에는 도움이 안 될 것 같고… 제가 모아둔 자료가 있는데, 그거라도 드릴게요.

사강   자료를 모으셨어요?

은혜   실패하는 인간의 실존. 그게 제 연구 주제라서요. 예전에 저 나름 수집한 것들이 있어요.

사강   아, 감사합니다. 혹시 정확히 무슨 일을 하시는지.

은혜   대학에서 연구하고 애들 가르치고, 뭐 그런 일 해요.

사이.

은혜   근데 저는… 여전히 이야기만큼 이야기하지 않는 마음도 중요하다고 생각해요. 아주 멀리 돌아가더라도, 그걸 존중

해야 하는 거죠. 기사보다 소설이, 소설보다 시가 더 강력하다는 그런 믿음이에요.

사강   전…

은혜   세상을 향해 침묵하며 투쟁하는 사람들이 있어요. 질문보다는 온몸으로 끌어안는 온기가 필요한 사람들이요. 아, 말이 길어졌네요. 이따 수업이 있어서 먼저 가볼게요. 부디 할머니를 존중해 주세요.

은혜, 자리를 뜬다. 명순의 뒷마당으로 돌아온 사강. 명순을 바라본다.

사강   존중. 미켈란젤로의 세계 안에 두는 것이 과연 할머니를 존중하는 일일까요? 침묵은 회피일 뿐, 표현이야말로 용기가 필요한 일이죠. 기자로서 저는…

사강, 명순을 찍는다.

사강   저, 스승님.

명순   왜.

사강   궁금한 게 있습니다. 이젠 솔직히 대답해 주실 때도 된 것 같아서요. (사이) 왜 이렇게 살게 되신 거예요?

명순   뭔 소리야. 말했잖아. 찬바람이 부는 날, 내가 환생-

사강   그건 사실이 아니잖아요. 제가 궁금한 건, 왜 그곳에 들어갔는지 같은 거예요.

명순, 흠칫 놀란다. 불안해 보인다.

사강   떠오르는 게 있으시면 무엇이든 좋으니 이야기 해주세요.

명순	…
사강	그곳에서 있었던 일이나, 나오고 난 뒤의 삶 같은 것도 괜찮아요.

명순, 세상이 어지럽고 이명이 들리는 듯하다. 자신의 몸을 문지르며 빠르게 무언가를 중얼거린다. 사강, 듣지 못하고 답답한 마음에 다가간다.

사강	이거 다 최명순 씨를 위한 일이에요. 세상에 알려야죠. 강제 수용소가 얼마나–
명순	놔!

명순, 마구잡이로 발버둥친다. 사강이 당황하며 놓아주자 발버둥 치다 주변 조각상을 부숴버린다.

명순	꺼져, 꺼지라고. 당장 나가!
사강	진정하세요!

사강, 명순에게 다가서려 하지만 명순, 웅크려 무언가를 계속 중얼거린다. 창, 사강을 가로막고 명순은 뒤로 도망친다. 창, 명순을 달래준다. 주춤하던 사강은 #전화벨 소리에 일단 전화를 받는다.

아선	최명순 환자는 좀 어때요?
사강	여전히 미켈란젤로 얘기 중이세요.
아선	참… 대하기 곤란하게 만들어요. 그죠?
사강	그것보단, 갑자기 발작 같은 반응을 하셨거든요. 이거 괜찮으신 건가요?

아선　역시 호전되지 않은 거죠?

사강　이런 상태면 인터뷰는 어려울 수도 있겠는데요.

아선　뭐, 좀 더 우회적인 방법을 사용해 볼 수 있겠죠. 망상을 지나치게 긍정하지 않는 선에서요. 하지만 언제까지 현실을 피하고만 살 수는 없는 법이니까. 끝까지 잘 부탁드려요.

사강　… 계속해도 되는 게 맞나요?

아선　하셔야죠. 앞으로도 잘 부탁드려요.

아선, 사강이 뭐라 말할 새 없이 전화를 끊어버린다. 명순, 뒷마당으로 돌아온다. 명순, 한참 멍하니 앉아 있다가 노래를 흥얼거린다. 퍼뜩 일어나서 부산스럽게 돌아다닌다. 사강, 그 모습을 관찰하듯 바라보다 조심스럽게 명순에게 다가간다.

명순　뭐야? 이거 왜 이래?

사강　어… 기억 안 나세요?

명순　됐어, 흔한 일이야. 또 나를 질투한 놈이 몰래 한 일이겠지. 뻔해. 라파엘로 그놈의 추종자가 틀림없어! 너는 이거 안 지키고 뭐 했어? 제자라고 받았더니 하는 일이라곤 없으면서 이래서야… 에잉, 쓸모없는 놈.

사강　그게, 제가 잘하는 일은 이게 아니라서요.

명순　뭐, 청소라도 좀 할 줄 아냐?

사강　아뇨, 취재요.

명순　취재?

사강　쉽게 말해서, 모두에게 할머니, 아니 스승님의 이야기를 들려주는 거죠.

명순　네가 콘디비였구나!

사강　네?

명순	이 스승의 역사를 남기고 싶어서 너도 환생한 거냐? 아 진 즉 말했어야지!
사강	아니, 콘디비가 뭐야…?
명순	맞아 아니야?
사강	아니 그, 맞습니다.
명순	맞지? 얼른얼른 적어. 나의 위대함을 세상 모두가 알도록!
사강	(사이) 그럼 이렇게 된 김에… 스승님의 그 위대한 이야기를 직접 들려주실래요?
명순	그래, 아주아주 위대하고 멋진 이야기가 있지.

사강, 슬쩍 카메라를 들고 영상을 찍으려 한다.

명순	근데 싫어.
사강	네?
명순	네가 온 마음으로 스승님의 위대함에 감탄하고 받아 적어야지. 내가 다 얘기하면 뭔 재미야.
사강	아니, 재미가 중요한 게 아니죠. 제가 알아서 잘 적을 테니까,
명순	에잇, 그렇게 궁금하면 네가 먼저 말해.
사강	얘기가 왜 그렇게,
명순	오는 게 있어야 가는 것도 있지.

명순, 카메라를 뺏어 들고 사강에게 들이민다. 사강, 당황한다.

사강	그거 비싼 거예요!
명순	유난 떨지 말고 지껄여 봐.
사강	뭘요…

명순 나한테 쫑알대던 거. 나고, 자라고, 왜 지금 꼴인지? 아, 아니면 환생 이야기?

사강 … 평범하게 살았어요. 적당한 가정에서 태어나 적당히 모범적으로, 사회가 권장하는 순서에 따라 자연스럽게…

명순 그럼 왜 제자가 되겠다고 찾아왔는데?

사강 그건… 음, 예전에는 그림에 꿈이 있었거든요.

명순 그래? 흐음…

사강, 왜인지 신난 것 같은 명순을 보며 불안해한다.

명순 하자!

사강 인터뷰요?

명순 수업!

사강 네?

명순 영광인 줄 알아.

명순은 말릴 틈도 없이 이젤, 스케치북, 물감을 와르르 쏟아놓는다.
낡은 카세트테이프를 켠다.
#음악 소리.

명순 첫 번째 수업! 예술가가 되기 위해 가장 중요한 건?

사강 갑자기요?

명순 자신만의 아름다움을 발견하는 것!

사강 이것도 그, 미켈란젤로의 얘기인가요?

명순 가슴 속에 있는 아름다움을 깨워야, 그걸 표현할 수 있는 거지. 눈을 감고, 음악을 느껴봐. 어떤 풍경이 보이지?

사강 깜깜한데요…

명순 쯧, 아둔하긴. 쉬운 예시를 들어주마.

명순, 곁에 있던 고양이를 품에 안는다. 고양이가 작게 운다.

명순 이 녀석은 한쪽 눈이 안 보여. 하지만 나랑 만날 때까지 뒷 골목이라는 무시무시한 세상을 견뎠지. 암만 정상이 아니라고 괴롭혀도, 이 녀석의 세상은 자기만의 방식으로 아름다운 거야. 다비드상을 본 적 있나?

사강 … 실제로는 없죠.

명순 떼잉, 스승님 작품은 찾아다녀야지! 다비드도 겉만 보면 안 돼. 거기엔 피렌체인의 선하고 이상적인 마음이 있다고. 그 마음이 흘러나와 아름다움을 만드는 거지. 이렇게 나, 미켈란젤로의 미학에는 보이는 것과 보이지 않는 것이 모두 중요하다는 말씀!

명순, 춤추듯 움직인다.

명순 별은 이미 네 안에 잠들어 있어. 그걸 깨우려면 많은 밤을 헤매야 할 뿐.

사강 …

명순 예술가는 평생을 여행하는 거야. 다시 태어난 나는, 지금도 헤매는 중이지.

사강, 이것도 인터뷰 감이다 싶은 마음에 다급히 기자 수첩을 편다. 그러나 여러 번 망설인다. 망설임 끝에 아무것도 적지 못한다.

3장

음악 소리. 이어진다. 사강은 은혜와 만나 자료를 건네받는다. 무대 어딘가에 걸터앉는다. 아선의 병원으로 전환된다. 아선, 차트를 읽는다.

아선 외상 후 스트레스 장애에서 조현병이 발병한 케이스. 오랫동안 무기력, 피해망상, 현실과의 단절, 언어의 와해 등 전형적인 증상을 보였다. 최근 자신을 미켈란젤로라고 주장하는 강한 망상장애 추가. 얼핏 호전된 것처럼 보이지만 정신으로부터 완전히 도피하고 있다고 판단, 현실을 반드시 직면시킬 것.

아선, 계속 차트를 넘기며 살핀다. 성찬, 다리를 절뚝이며 들어온다.

아선 여기 앉으세요. 요즘 기분은 어떠세요?
성찬 거기서 거기죠.
아선 새로 바꾼 약은 괜찮으시고요?
성찬 똑같이 하루 종일 졸리네요.
아선 (무언가를 적으며) 음, 용량을 한 번 더 조절해 볼게요. 약물 치료의 경우,
성찬 그…
아선 네?
성찬 (귀를 연신 문지르며) 노래 좀 끌게요.
아선 아, 물론이죠. 불편하신 건 언제든 말씀해 주세요.

성찬, 고개만 끄덕인다. 라디오를 끄지만 성찬은 지속적으로 귀를 만

진다.

아선　　음, 이어서 말하자면, 약물 치료는 경과를 지켜보며 투여량
　　　　을 조절하는 게 자연스러운 일이니까 너무 걱정하진 마시
　　　　고… 다만, 신경안정제 특성상 어쩔 수 없이 집중력 저하나
　　　　졸음 같은 부작용이 있어요.
성찬　　네.

성찬, 계속 다리를 의식한 움직임을 보인다.

아선　　성찬 씨가 다리를 계속 의식하는 것 같아 보이거든요.
성찬　　아뇨.
아선　　그럼 어떻게 다치신 건지 들려줄 수 있나요?
성찬　　(시선을 피하며) … 침대에서 떨어져서요.
아선　　그런 것치고 많이 불편해 보이는데… (차트를 넘기다) 처음에
　　　　암흑공포증을 치료하려고 내원하셨죠?
성찬　　불 못 끄고 자는 거, 여기 오면 고쳐준다고 해서요.
아선　　네, 저희 천천히 치료 진행하기로 했었죠. 혹시 다친 게 그
　　　　거랑 관련 있으신 건가요?
성찬　　글쎄요.
아선　　저한테 뭐든 숨기시면 치료하는 데 어려움이 생길 수밖에
　　　　없어요.
성찬　　… 약 먹으면 괜찮아진다면서요.
아선　　조급하실 필요 없단 얘기도 했었죠.
성찬　　빨리 나아야 해요. 절대 들키면 안 돼요… 쫓겨날 거예요.
아선　　뭐를 들키면요?
성찬　　… 무서워하는 이유요.

아선 왜 그렇게 생각하세요?

성찬 장현이도 그랬어요.

아선, 차트를 내려놓고 성찬을 바라본다. 성찬, 시선을 피한다.

아선 성찬 씨. 솔직하게 말해주지 않으면 저는 도울 수 없어요.

사이. 성찬은 한참 말을 고른다. 명순, 조각상을 닦는다. 사강, 자료를 넘겨보고 있다가 소리 내서 읽는다. 은혜, 곁에서 자료 안의 무언가를 가리킨다. 아선, 성찬을 응시한다.

성찬 거기에 있었던 거요.

아선 거기요?

성찬 … 시설이요.

사강 1975년 내무부 훈령 제410호 '부랑인의 신고, 단속, 수용, 보호와 귀향 조치 및 사후 관리에 관한 업무지침'이 내려진다.

성찬 그때 경찰 새끼들이 거지랑 고아랑, 아니 그냥 눈에 보이는 것들은 싹 다 집어넣었는데,

사강 경찰관은 수상한 거동을 합리적으로 판단하여 조속히 경찰 관서, 병원 기타 구호 기관 등에 보호하는 조치를 취하여야 한다.

성찬 거짓말로 자백했어요. 나도 모르는 내 죄를 알고 있었나 봐요.

사강 걸인 및 부랑인 일부는 노동의 능력이 있음에도 이를 태만할뿐더러 왕왕히 범죄행위를 감행하므로 경찰에 예방적 감시를 요하는 것이다.

성찬 그렇게 들어간 거예요. 근데, 그건 내 잘못이 아니잖아요. 거기서 살려고 맞고, 때리고, 때리고 또 맞고. 불공평하잖아요. 정말 내 잘못이 아닌데. 들키면 안 된다는 게. 온몸에 피가 흐르고 터질 것처럼 부풀어서 죽지 않은 게 신기할 정도인데, 아니 엄청나게 많이 죽었겠죠. 내가 몇 번이나 죽은 것처럼.

선생님. 저, 뭔가를 땅에 묻었어요. 너무 깜깜해서 아무것도 보이지 않는 밤에, 뻣뻣한 털이 손가락에… (사이) 불만 못 끄는 게 아니고요. 침대에서 떨어질 것 같아서 몸도 묶어두거든요. (사이) 이것도 약 먹으면 괜찮아져요?

긴 사이.

아선 기분이 어떠세요?

성찬 이상해요… 이런 게 도움이 될까요. 맨날 떠올리지 않으려고 애썼거든요. 다 잊어버리고 새로 살아야 잘 사는 거잖아요.

아선 약을 먹거나 잊는 게 답은 아니에요. 고통의 기억을 다뤄내야 하는 거죠. 스스로 말하고, 들어주고, 격려해 주는 단계는 아주 도움이 돼요.

아선, 성찬에게 녹음기를 건넨다.

아선 과제를 드릴게요. 사건과 관련된 기억을 여기 녹음하는 거예요. 누군가한테 말을 걸어도 되고, 그때 당시를 생생하게 그려도 좋고. 그리고 반복해서 들어보는 거죠. 반복하고 반복해서 다뤄낼 수 있도록.

아선, 퇴장한다. 성찬, 녹음기를 빤히 바라본다.

성찬, 녹음기에 아주 작게 중얼거린다.

나는 짐승이었다. 개. 개만도 못한 존재였다. 경찰에게 끌려갔다.
죄짓지 않았다. 하지만 벌을 받는다. 벌. 매달린다. 거꾸로. 빈틈없이
겹쳐진다. 전염된다…

녹음기를 귀에 대고 들어본다. 다시 녹음을 하고 듣는 행위를 반복한
다. 멀리서부터 #기계적인 목소리가 어둠, 암흑, 밤 등 단어들을
읊는다. 성찬, 귀를 기울이며 견뎌내려고 애쓴다. 성찬의 귀에만
서서히 #기이한 소리가 들린다.

조명이 조금씩 어두워진다. 다시 #기계적인 목소리가 어둠, 암흑,
밤 등 단어들을 읊는다. #기이한 소리가 커지며 단어가 변질된다.
밤, 노동, 폭력, 죽음, 죽음, 다시 어둠, 탈출, 호명, … 무대의 반대편
공간이 밝혀지며 명순이 보인다. 성찬이 고개를 돌리는 순간
#이명 소리가 이어지며 명순의 기억 속으로 들어간다.

명순   나는 짐승이었다. 개. 개만도 못한 존재였다.

#목소리   명랑사회 건설 위해 부랑아를 선도하자!

명순   부랑아. 부랑아. 부랑, 아. 떠돌이, 개, 라는 뜻이다. 깨끗한
도시에는 떠돌이 개가 없다. 깨끗한 도시를 위해 치워야 한
다. 가둬야 한다.

창   기억이 재생된다.

명순   1975년. 잡혀들어갔다. 끌려갔다. 그곳은 성이었다. 거대한
성. 드높은 성벽. 격리된 왕국. 이곳에 시민은 없다. 일하고,
맞고, 일하고, 맞고, 다시 죽을 만큼 맞고, 때리고, 죽고,

창   계속 재생된다.

명순   나는 1523번이다. 1523번째 짐승이라는 뜻이다. 모두 그
렇다. 눈을 감는다. 깜깜하다. 소리가 들린다. 욕설, 비명, 철

과 철, 살과 살. 귀를 막아도 들린다. 갑갑하다. 머릿속에 울린다. 강제로 그 틈에 떨어진다.

창　기억은 부딪힌다.

명순　1976년. 차렷. 열중쉬어. 차렷, 열중쉬어. 눈을 뜬다. 빡빡 밀린 머리. 꼬챙이처럼 마른 몸들. 빼곡하다. 다 똑같다. 구분되지 않는다. 누가 누군지, 내가 누군지. 잊어간다.

창　기억은 부푼다.

명순　1977년. 소리가 반복된다. 매일매일. 익숙해진다. 아니, 새겨진다. 욕설, 비명, 철과 철, 살과 살. 사실 조금도 능숙해지지 않았다. 두렵고 두렵고 두렵다. 차라리 죽고 싶다. 아니, 사실 살고 싶다. 생각하지 않는다. 생각할 수 없다.

창　도망친다.

명순　도망친다. 실패한다. 도망친다. 실패한다. 반복되는 실패. 또다시 도망친다. 손잡고 도망친다. 달린다. 달리고, 달린다. 쫓긴다. 쫓기다, 놓친다. 손을 놓아버린다. 어느새 혼자. 모든 것을 등진다. 등지고 달린다. 두고서 달린다. 마침내 빠져나온다.

창　기억은 되감긴다.

명순　다시 75년, 돌아온다. 반복되는 철과 철, 살과 살. 사람과 짐승. 버틴다. 빌고, 빌고, 빈다. 잘못했다고 빈다. 잘못했나? 중요하지 않다. 본능처럼 행동한다. 머리가 사라지고 몸만 남는다. 반응한다. 반복, 반복, 75, 76, 77, 다시 75, 76, 77…

창　기억의 재생, 충돌, 반복. 곪아간다. 부푼다. 부풀어 오른다. 자꾸만 부피를 키운다.

명순　반복되는 기억. 시간. 몸. 돌이킬 수도, 도망칠 수도 없이…

다시 #이명소리, 모든 것이 고요해지고 명순 멍하니 되뇐다.

명순   살아있는 얼굴에는 햇살이 비친다. 죽은 것들은 그늘로 간다. 나는 살아서 그늘에 왔다. 어디로 갔을까. 나의 목소리, 나의 얼굴은. 어디로 갔을까. 어둠 속의 나의 것들은. 들리지 않아 사라진 것들. 나는 그늘에 왔다. 살아서 그늘에 왔다. 밤은 죽은 개. 내 발목을 문 유령들. 절뚝이며 걷는다. 다리를 끌며 걷는다. 상처에 해가 드리운다. 상처가 썩는다. 썩어 문드러진다. 자꾸자꾸 부푸는 나의 몸. 나의 고름. 지독한 시체의 냄새. 언제까지고, 반복될 나의 기억들. 이 견고한 감옥에서, 도망칠 수 없다.

명순, 새를 바라본다.

창   새가, 날아간다.

명순, 노래를 중얼거리기 시작한다.

저 새를 보고 바다를 보고
떠나는 그림자 보았나
거센 파도 묵묵히 건너고
외로워도 날아간다

더 깊은 밤 오기 전에
내게도 날개를 주렴
사무치고 사무쳐도
날아가도록

허나 바람만 쌓이고

홀로 남은 모래성

나는 왜

나는 왜…

사강, 명순에 대한 기사를 쓰고 있다. 기사를 소리 내서 읽어본다.

사강 최명순 씨는 전쟁통에 태어났다. 매일 폭탄이 터지는 곳에서 비명 대신 울음소리를 내며 자란 아이였다. 누군지 모를 부모도 없이 살아남기 위해 뭐든 했다. 인생이 꼬이기 시작한 건 고아원에서 내쫓긴 후부터였다. 정권이 바뀌며 시작된 대대적인 거리 청소에서 부랑인은 사회악이자 척결의 대상이었다. 경찰의 단속에 의해 강제 수용소에 들어가 있던 것은 3년. 하지만 그 시간은 최명순이라는 사람의 과거, 현재, 미래까지 뒤틀어 버리기엔 충분한 시간이었다…

사강, 기사에서 눈을 뗀다.

사강 서론밖에 없구만… 말이 통해야 인터뷰를 하던 말던 하는데.

은혜, 자연스럽게 담배를 꺼내 문다. 사강에게 권한다.

사강 저는 안 펴서요.
은혜 아, 그럼 저도 물고만 있을게요. 요즘 많이 줄였는데 옛날 생각나니까 못 참겠네.

사이.

은혜	소송이라는 소설 알아요? 카프카 건데.
사강	… 아뇨.
은혜	난해하거든요. 근데 세계적이에요. 이유가 뭘까요?
사강	뜬금없이 소설 얘기가 왜…
은혜	"'개 같다!' 그가 말했다. 치욕은 그보다 더 오래 살아남을 것 같았다." 이게 마지막 문장이에요. 주인공은 끝없이 실패하고, 또 실패하고. 소설도 미완결이거든요. 그 미완결성이 서사를 무한하게 만들어요. 끝나지 않는 실패. 벤야민은 카프카의 텍스트를 실패자의 텍스트로, 삶을 서술하는 프로젝트를 더 이상 완수할 수 없는 작가의 텍스트로 읽자고 했어요. 실패가 실존인 삶. (사이) 기사 때문에 고민하는 거죠?
사강	뭐, 그렇죠.
은혜	말을 안 해주면 읽어내면 되죠. 이해할 수 없는 언어 뒤의 삶을. 저도 카프카랑 인터뷰하고 논문을 쓰진 않았는데요, 뭐.
사강	이건 문학이 아니라 기사에요. 사실에 따라 엄밀하게 써야죠.
은혜	뭐 어때요, 상상이란 말이 싫으면 추론이라고 하죠. 논리적 정합성에 따르는. 일종의 공감일 수도 있겠고.
사강	그런 기사는 공정하지도 정당하지도 않죠. 사건에 대해서만 다루려면 기획 자체가 엎어질 거예요.
은혜	왜 이 기획을 포기하지 않는 건데요?
사강	그건…
은혜	좀 더 귀 기울여봐요. 할머니가 정말 아무것도 말하지 않고 있을까요. 저한테는… 한없이 사무치는 비명으로 들려요. 너무 무거워서 폐허가 되어버린, 조각난 언어로요.
사강	… 궁금하긴 하네요. 최명순 씨의 눈으로 본 세상은 어떤 모습일지. 정말로, 단지 조현병 망상에 빠져있을 뿐이라고

할 수 있는 걸까요? 그게 아니라면…

사강, 명순의 조각상을 바라본다. 명순, 그 옆에 앉아 있다. 노래를 흥얼거린다.

4장

사강, 아선의 병원으로 향한다.

아선 저한테 물어보고 싶은 게 있다고 하셨죠?

사강 (사이) 고아선 씨에 대해 좀 알아보고 왔어요.

아선 … 저에 대해?

사강 무척 평판이 좋으시던데요. 트라우마 치료 관련으로 논문도 주기적으로 내시고. 참사 피해자 심리 치료 지원도 연계하시고. 친절, 인내, 정확성… 대단히 사명감 넘치고 실력 있다는 평가네요.

아선 좋은 말씀 감사합니다. 다만… 저 칭찬해 주러 굳이 여기까지 오실 분은 아닌 것 같은데.

사강 그렇게까지 하시는 이유가 뭐죠?

아선 사명감이요. 히포크라테스 선서를 한 의료인으로서,

사강 제 눈에는 지나칠 정도인데요. 이거야말로 어떤 트라우마 혹은 집착처럼 느껴질 정도예요.

아선 저를 상담하려 드실 필요 없어 보이는데.

사강 그렇다면 왜 최명순 씨한테만 다른 거죠?

아선 무슨 말이 하고 싶으세요?

사강 누가 봐도 최명순 씨는 위태롭습니다. 인터뷰 시도가 자칫

하면 트라우마를 건드리기 너무 쉬운 상황이죠. 누구보다 잘 아시면서 왜 그분을 소개해 주셨나요?

아선 … 최명순 씨를 위한 일이었어요. 정확한 조현병 진단과 처방을 위해 데이터가 필요했고,

사강 그게 제일 이상해요. 진료를 보지 않고 진단하는 게 말이 안 되잖아요. 애초에 조현병 증상 중 일치하는 것이 망상밖에 없는데, 최명순 씨는 전형적인 피해망상이 아니라, 자신을 미켈란젤로라는 믿음을 지니고 있죠. PTSD에 의한 망상장애가 더 어울리는 진단 아닙니까?

아선 의사는 저예요. 치료는 제 몫이니, 김사강 씨는 기자다운 일을 하시는 게 어때요?

사강 기자다운 일이요…

사이. 두 사람, 서로를 바라본다. #문 두드리는 소리.

아선 진료 시간이라서요. 용건 끝나셨으면 나가주세요.

사강 … 나중에 다시 뵙죠.

사강 퇴장하고 성찬 들어온다.

아선 여기 앉으세요. 앞 순서가 좀 늦어졌네요.

성찬, 아선의 앞에 앉는다.

아선 요즘 기분은 어떠세요?

성찬 똑같아요.

아선 약 용량을 조절하고 달라진 점이 있으세요?

성찬   전보다는 나은데… 다시 악몽을 꿔요. 너무 자주 깨서 힘들어요.

아선   (무언가 기록하며) 저녁 약 복용량을 좀 늘려드릴게요. (조심스럽게) 혹시 어떤 꿈인지 물어봐도 될까요?

성찬   … 친구가 나와요.

아선   어떤 친구인가요?

성찬   장현이요. 장현이는, 거기서 기도하는 법을 배웠어요. 하늘에서 누군가가 자기를 지켜보고 있다고. 이 모든 시련은 강해지기 위해 내려진 거라고. 언젠가, 죽어서라도 구원받을 거라고 믿었어요. 우리 모두 하나님의 사람이래요.

명순   1979년. 살고 싶어서 결혼했다. 나와 같은 기억에 묶였던 사람이었다. 서로를 이해했다. 이해한다고 믿었다. 딸이 생겼다. 사랑의 결실. 예쁜 딸.

성찬   개는 몰랐던 거예요. 하나님은 개새끼를 구하지 않는다는 거.

명순, 간절히 기도한다. 빠르게, 반복적으로 기도문을 중얼거린다. 무언가 쓰러지며 명순 앞에 눕는다. 시신이다.

성찬   시체를 확인하는 법을 배웠어요. 죽은 냄새를 맡는 개가 되었어요. 눈을 뒤집어보고, 코에 손을 대보고, 가슴에 귀를 대요. 한참을 들어도 쿵쿵, 그 소리가 들리지 않으면 죽은 거죠.

명순   1990년. 남편이 죽었다. 달리는 차에 뛰어들었다. 나를 보면 그 기억이 되살아난다고 했다.

성찬   자주 보진 않았어요. 사람들이랑 섞이려고 애쓰기 시작한 후부터는. 우리는 서로의 가장 개 같았던 순간인 거잖아요. 얼굴을 보면 자꾸 떠오르거든요. 그래서 개가 잘 살기를 바랬는데.

명순   거울을 보는 것 같다. 그 말에 함께라서 견뎌냈던 시간들이, 따갑지 않던 햇살들이 산산조각 난다. 그늘이 다시 나를 덮친다.

성찬   가슴팍에 귀를 대고, 한참을 대고 있다 아무 소리가 들리지 않는 걸 알았을 때. 내 안에서 뭔가가 끓어올랐어요. 아주 뜨거운 무언가.

명순   시체 냄새가 난다. 썩어버린 나의 냄새.

성찬   우리는… 평범하게조차 살 수 없는 걸까.

아선, 명순. 눈이 마주친다. 두 사람, 과거의 시간 속에 있다.

명순   나의 분신. 나의 그림자. 나의 거울. 조각. 파편. 증오하는 나의 피. 새까만 피. 견딜 수 없는.

창   기억은 재생된다.

명순   네가 아주 아기일 적으로.

창   기억은 부딪힌다.

명순   행복했던 그때로.

창   기억은 부푼다.

명순   함께했던 그때로.

창   기억은 되감긴다. 외면한다. 도망친다. 어긋난다.

명순   아가, 우리 아가.

아선   나 여기 있다고. 제발 나 좀 봐 엄마.

명순, 노래한다. 아기를 안고 노래한다. 아선, 명순을 쫓아가려 하지만 창에게 가로막힌다.

창	기억이 재생된다.

과거의 은혜, 들어온다.

은혜	한 대 필래?
아선	… 뭐?
은혜	우리집 말만 화방이지 별거 다 있어. 뻥땅 좀 쳤지. 할매한텐 비밀이다.
아선	언제부터 장래 희망이 양아치가 된 건진 모르겠지만, 나 끌어들이지 말고 혼자 해.
은혜	야 내 꿈 소설가거든? 어릴 적부터 지금까지 쭉?
아선	그러던지.
은혜	너 카프카라고 알기나 하냐?
아선	내가 왜 알아야 해.
은혜	들어봐. "누군가 요제프 K.를 모함했음이 틀림없다. 그는 아무런 나쁜 짓도 하지 않았는데도 어느 날 아침 체포되었기 때문이다."
아선	그래서 뭐 어쩌라고.
은혜	와, 이과는 이래서 안 돼. 저 문장에 담긴 뜻을 생각해 보라고. 삶의 굴레란 게 다 그렇다는 거야. 나쁜 짓을 하지 않았는데도 체포를 당해버린 요제프. 무고하게 태어나버려 고통받는 우리. 똑 닮았지?
아선	…
은혜	… 너무 자책하거나 고민할 필요 없다고. 어머니 발작 증세 같은 건 네가 통제할 수 있는 게 아니잖아.
아선	자책 같은 거 안 해. 엄마는… 제정신이 아니니까. 아파서 그런 거니까.

시간, 다시 현재로 돌아온다. 아선, 홀로 남아 중얼거린다.

아선   제정신이 아니다. 외상 후 스트레스 장애에서 조현병이 발병한 케이스. 오랫동안 무기력, 피해망상, 현실과의 단절, 언어의 와해, 발작, 발작, 거부. 얼핏 호전된 것 같지만 다 거짓이다. 현실에서 도피한다. 정신으로부터 도피한다. 완전한 도피. 현실을 반드시 직면시킬 것.

5장

아선, 명순의 뒷마당으로 향한다.

창   돌아간다. 낡은 동네로. 은행잎이 떨어진 언덕, 허름한 구멍가게, 신호등 없는 횡단보도. 먼발치에서만 바라보던 것들. 변하지 않은 것들이 자꾸만 눈에 들어온다.

아선, 창에게 연습하듯 말을 건넨다.

아선   요즘도 큰 소리에 놀라 도망치나요?
창   …
아선   아직도 밤마다 악몽도 계속 꾸고요?
창   …
아선   당신은 치료가 필요한 환자예요.
창   …
아선   이해해요. 아니, 이해하고 싶어요. 행복할 수 없던 거였잖아. 그치?

창, 아무 대답이 없다. 마침내 도착한 뒷마당. 명순, 사강, 은혜, 함께 있다.

명순 이리 오너라.

사강 네, 네.

명순 (무시하고) 어허, 스승님 가는 길을 반딱반딱 닦아놔야지!

은혜 저 자꾸 모른 척하실 거예요?

명순 예의를 갖춰라, 나는 위대한 조각가 미켈란젤로 님이시다!

명순, 조각상을 정성스레 다듬는다. 아선은 멀찍이서 바라본다.

창 바라본다. 알록달록한 물감들. 가득 찬 조각상. 지독히 낯설 어진 집을 바라본다. 웃는 얼굴이다. 한 번도 그려본 적 없 는, 웃는 얼굴. 유년에 새겨진 눈물이 떠오른다. 서로를 끝 내 견디지 못했던 순간들이 떠오른다. 치밀어 오른다.

아선 행복해?

아선과 명순의 눈이 마주친다.

아선 나는 이렇게 고통스러운데, 엄마는 날 버리고 행복해?

명순 …

아선 엄마 아파서 그런 거잖아. 아파야 하잖아. 어떻게 그렇게 웃 을 수 있어?

명순 … 아냐.

창 단단한 껍질에 금이 간다. 견고한 요새가 신기루처럼 사라진다. 기억이, 현실이, 파도처럼 덮친다.

명순   나는…

창   기억이 재생된다.

명순   나는 무엇일까.

명순, 과거의 기억 속으로 간다. 어린 아선이 명순을 바라본다.

명순   그림자. 내 온몸을 휘감은 것들. 짓눌린 채로 발버둥 치는 몸. 자꾸자꾸 부풀어 오르는 상처들. 모든 것은 엉켜있다.

창   90, 75, 80, 98, 78, 기억이 어긋난다. 하루. 이틀.

과거 아선   엄마.

명순   도망쳐야 해.

창   1975, 75, 기억이 부푼다. 2년. 3년.

과거 아선   엄마.

명순   아가, 우리 아가 어딨어.

창   80, 81,

과거 아선   나 여기 있잖아, 엄마.

창   계속. 기억이 터질 듯 부푼다.

과거 아선   나도 지친다고.

명순   90, 75, 80, 98, 78,

과거 아선   부탁이니까 제발, 정상적으로 굴어. 멀쩡한 척이라도 하라고 좀!

명순   놔!

아선, 어린아이에서 어느새 20대의 모습. 명순, 아선을 알아보지 못하고 뿌리친다. 아선, 내동댕이쳐진다.

창	기억이 덮쳐온다.
과거 아선	엄마는 완전히 미쳤어.
명순	욕설, 비명, 철과 철, 살과 살.
과거 아선	더는 못해.
명순	욕설, 비명, 철과 철, 살과 살.
과거 아선	엄마, 안녕. 정말, 안녕.

아선, 명순으로부터 도망친다. 명순, 오랫동안 홀로 무기력하게 누워 있다.

창	시간이 흐른다.
명순	어느 곳에 있는 걸까. 벌을 받는 걸까. 기억하지 못하는, 용서받지 못할 죄가 있어서 사는 내내 벌을 받고 있는 걸까.
창	시간이 흐른다.
명순	모두 어디로 갔을까. 나의 몸. 나의 악취. 시체 냄새. 도망치고 싶어도 도망치게 만들 뿐.
창	시간이 하염없이 흐른다.
명순	기억이 온통 그늘진다. 새까맣게. 아주 까만 시간이 흐른다. 죽은 시간들. 내가 수백 번 깨지고 죽는 시간들.
창	깨진 창 너머로 햇살이 쏟아진다.
명순	내가 죽어도 하늘은 여전히 아무 일 없다.

해가 점점 저물 듯 세상이 어두워진다. 그때 갑자기 들리는 #문 두드리는 소리. 명순, 무기력하게 누워있다. 은혜, 명순을 조심스럽게 챙겨준다.

과거 은혜	시간이 자꾸 가요.

명순   …

과거은혜   아선이도 간 지 한참인데. 무기력하게만 있을 순 없잖아요.

명순   …

과거은혜   계속 누워계시고 싶으세요?

명순   …

은혜, 한참 묵묵히 도와준다. 명순의 몸을 조심스럽게 닦아준다.

은혜   나무 같아요. 바싹 마른 나무. 뭐라도 먹어야 힘이 나지 않겠어요?

은혜, 명순을 일으키려 하지만 명순, 무기력하다.

은혜   음…햇살이라도 좀 받으실래요?

은혜, 창문을 연다. 햇살이 열린 창 너머로 들이친다. 명순, 무기력하다.

은혜   저는 시가 좋아요. 힘들 때 저를 멀리 데려다주거든요. 말뿐이라도, 아주 멀리 갈 수 있게 해주는 그런 말이잖아요.

은혜, 다시 명순의 팔다리를 닦아준다.

은혜   오직 목표만 존재한다. 길은 없다. 우리가 길이라 부르는 것은 망설임이다.

명순, 은혜를 살짝 바라본다.

은혜 숲이 달빛 속에서 숨 쉬면, 곧 모여들어, 작고, 붐빈다. 나무들은 높이 솟아올라, 곧 흩어지고, 모두 미끄러져 내려다가, 키 낮은 덤불이 된다, 더욱 작아진다, 희미한, 멀리 떨어진 빛이 된다.

창 희미한, 멀리 떨어진 빛.

은혜, 자리를 뜬다. 명순, 멍하니 햇살을 바라본다.

창 햇살. 그늘에 섞여 든 빛.

명순 살아서 온 그늘. 내가 죽어버린 그늘에. 곪은 것을 터트린, 바늘 같은 햇살이.

명순, 힘겹게 한 발짝 내딛자, 세상이 환해진다.

창 시간이, 흐른다.

명순 살아야 한다.

창 나아가야 한다.

명순 나아가야 해. 살아서…

명순, 한 발짝 더 나아간다. 사람들이 존재하는 공간이다. 명순, 화들짝 놀라 물러선다.

창 시간이 앞으로, 흐른다.

명순, 누군가와 부딪힌다. 화들짝 놀라 도망친다. 하지만 다시 앞으로 나선다.

창   한 발짝, 한 발짝.

명순, 다시 누군가와 부딪힌다. 무언가 말하려다 꾸벅 고개만 숙인다.

창   한 발짝.

다시 부딪힌다. 겨우 작은 목소리로 말한다.

명순   죄송합니다.
창   또 한 발짝.

공간, 미술관이 된다. 창, 사람들 틈에 섞인다.

명순   … 일을 소개받았다. 미술관 청소. 마음에 드는 일이다. 더러운 것들, 없는 것이 어울리는 것들을 밀어낸다. 닦아낸다. 누구도 나를 보지 않지만, 나는 바라본다. 그늘에서 바라본다. 행복한 얼굴들을 바라본다.

명순, 열심히 쓸고 닦는다.

#목소리 아,아. 금일부터 미켈란젤로 기획전 전시 준비가 있을 예정입니다. 미화 인원들은 특히 신경 써서 준비 부탁드립니다.

명순   미게, 미젤? 미켈. 어려운 발음이다. 그치만 어쩐지 외우고 싶어진다. 미젤, 미켈란젤로. 미켈란젤로. 미켈란젤로.

순간, 빛이 번뜩이듯 지나간다.

명순   마주쳤다. 엄청나게 거대한, 돌. 하얀 돌. 그렇게 크고 새하
        얀 사람은 처음이었다. 빛으로 빚은 것처럼. 누워있는데도
        어마어마한… 그날 밤에 이상하게 심장이 쿵쾅대고, 자꾸
        그 돌이 어른어른, 눈 감아도 어른거려서.

        명순, 안절부절못하듯 배회한다.

명순   결국 꼴딱 새버린 밤. 한 번만, 따악 한 번만 더 보면 알 거
        같아서.

        명순, 전시회장에 조심스럽게 들어선다.

명순   전시회장은 처음인데… 고요하면서도 뭔가 꽉 찬 것 같은
        공기. 그 숨 막히지 않는 공기에. 더 용기 내서,

        전시회장의 끝, 거대한 조각상이 서 있다.

명순   내 키의 세 배쯤. 거대하고, 거대하고, 또 새하얀 인간이 나
        를 내려다보는데, 마치 개미가 된 느낌이었어. 둘러보면, 개
        미 옆에 개미 옆에 개미. 너도나도 다 거기서 거기인, 조그
        마한 기분. 매일, 일하지 않는 시간마다 다비드에게 갔어.
        정말 매일매일. 중독된 것 마냥 하루라도 빼먹으면 불안해
        서 미칠 것 같았거든. 그래서 하루, 이틀, 계속, 계속…

        조각상에 정신없이 빠져든 명순에게 누군가 다가온다.

도슨트   저기…

명순 예? 나, 나요?

도슨트 미켈란젤로 좋아하세요?

명순 (당황하다) 아니 나 같은 늙은이가 뭐어… 알고 보나.

도슨트 그런 것치고는 매번 해설까지 들으시잖아요. 해설은 초반에는 다들 집중하다가도 금세 흩어지는데, 항상 끝까지 계시던데요?

명순 나는 그냥… 이유는 몰라요. 그냥 자꾸만 오게 되네. 특히 저, 다비드가 참…

도슨트 음… 할머니.

명순 응?

도슨트 저는 무교지만, 미켈란젤로의 작품을 볼 때마다 경건해져요. 인간이야말로 신의 자손이라고 외치는 듯한 그 이상적이고, 압도적인 아름다움!
할머니도 그런 위대함을 느끼신 거 아닐까요? (사이) 아, 그건 그렇고. 이거 받으세요.

명순 으잉? 이건…

도슨트 녹음기에요. 제 해설 녹음한 건데, 듣고 싶으시면 이 버튼 눌러서 언제든지 다시 들으시면 돼요.

명순 녹음?

도슨트 책을 드릴까, 하다가 매번 해설문은 지나치시길래 녹음해왔어요. 이 전시 해설, 오늘이 마지막이거든요.

명순 그런데 이런 걸 왜 나 같은…

도슨트 고마워서요. 이렇게 열정 넘치는 관람객을 보는 건 엄청 귀한 경험이거든요. 덕분에 일하는 동안 너무너무 즐거웠어요. 그러니까 이건 할머니의 마음이, 할머니께 주는 선물이라고 생각해 주세요.

명순 내가 나한테요?

도슨트 아, 덕분에 진로도 결정했어요. 열심히 하고 싶어서 더 공부
하다, 갑자기 필이 딱! 꽂혀서 유학까지 준비한 거 있죠?

명순 유학? 어디 먼 나라로 가는가?

도슨트 이탈리아요. 미켈란젤로가 살았던 곳으로. 나중에 놀러 오
세요. 관광시켜 드릴게요.

명순 늙은이가 무슨… 말도 안 통하는 나라에 무서워서 어떻게 가.

도슨트 에이, 세 마디만 할 줄 알면 돼요. Ciao(챠오), Grazie(그라찌
에), Mi scusi(미 스꾸지). 안녕하세요, 고마워요, 미안해요 라
는 뜻인데, 이것만 할 줄 알면 어느 나라든 갈 수 있거든요!
다 사람 사는 데잖아요. 그러니까, 언젠간 꼭 다시 봐요!

도슨트가 떠나고, 명순은 멍하니 자리에 남아있다.

명순 Ciao(챠오), Grazie(그라찌에), Mi scusi(미 스꾸지). 안녕하세
요, 고마워요, 미안해요. (사이) 고마워요. 고마워서요. 출구
너머로 보이는 다비드상의 다리. 이제는 눈을 감아도 떠오
르는 그 조각상이. 전시는 끝났지만, 난 여전히 그 시간에
남아서. 이름조차 모르는 사람이 건네주고 간 녹음기와 세
가지 인사. 그것들만 끊임없이, 끊임없이…

#녹음본이 계속해서 반복된다. 반복되고 겹친다. 조금씩 더듬거리며
따라가던 명순은 마침내, 완벽하게 문장을 발화한다.

#N 성 베드로 성당에 건축가로 참여하며 미켈란젤로는 생의
마지막까지, 예술가로서 자신의 운명을 개척했습니다.
명순, #N 그건 위대한 예술적 성취이기도 했지만, 한 인간
으로서 스스로에 대한 구원이었습니다.

창	알지 못했던 것들이 머릿속에 새겨지고, 반복되는 문장들이 명순의 문장이 된다. 까만 도화지에 미켈란젤로가 그려진다. 그 순간, 명순의 몸에 미켈란젤로의 심장이 올라탄다.

창	미켈란젤로는 가장 위대한 의지를 가진 사람이다.
명순	미켈란젤로는 가장 위대한 의지를 가진 사람이다.
창	미켈란젤로는
명순	미켈란젤로는
창	미켈란젤로는
명순	나는
창	나는
명순,창	가장 위대한 의지를 가진 사람이다.

창	힘찬 심장 박동에 맞춰, 굽었던 허리가 서서히 펴진다. 불안하게 떨고 있던 시선은 더 이상 땅을 향하지 않는다. 허벅지 근육에 힘이 들어간다. 단단하게 땅을 딛고 선다. 그때 비로소 최명순은 하나의 완벽한 인간을 발명한다. 누구에게도 꺾이지 않는, 위대한 의지를 가진 인간을.

명순	그렇게, 살아낸 거야.

명순, 문득 고개를 든다. 하늘을 본다.

명순	그래, 그랬을 뿐인데.
창	하늘은 파랗다.
명순	전쟁터에서 누군가의 부모, 형제가 죽어가도, 흠씬 두들겨 맞아 몸을 일으킬 수조차 없어도, 죽은 시체들이 팔려 가도,

　　　　남편이 죽어도, 딸이 떠나도, 내가 죽어도. 나의 세상이, 그
　　　　렇게 몇 번이고 무너져도,
창　　하늘은 무심히 파랗다.
명순　… 맑구나.

　　　　조명이 다시 바뀌며, 현실로 돌아온다.

창　　기이할 정도로 빛나던 삶의 에너지가, 연기처럼 흩어진다.

　　　　명순의 등이 천천히 굽는다.

창　　기억들이, 모여든다. 어느새, 명순은 나이보다 더 늙고 힘없
　　　　어 보인다. 멈춰있던 세월이 순식간에 지나간 것처럼.

　　　　명순과 아선, 눈이 마주친다.

명순　딸, 내 딸…
창　　그 활시위를 당긴 건, 바로…
명순　아선아.

　　　　아선, 도망친다.

창　　도망친다. 이유도 모르고 도망친다.

　　　　아선, 돌부리에 걸려 넘어진다. 은혜, 따라 나온다. 아선을 일으켜주
　　　　려 하지만 거절당한다.

은혜	괜찮아?
아선	…

사이. 아선, 멍하다. 넋두리하듯 이야기한다.

아선	엄마가 나를 불렀어.
은혜	…
아선	아선아, 불렀어. 부르는 순간 온몸이 아플 정도로 무서웠어. 너무 공허해서. 엄마가 나를 알아보면 나도 벗어날 수 있을 것 같았는데. 이 지독한 굴레에서, 고통에서. 하지만, 오히려 엄마는… 낯설더라. 그런 얼굴 처음 봤어. 웃을 수 있구나. 있었는데. 내가 깨트렸어. 또 내가 다 망친 거야. 우리는 서로의 불행인 거야.
은혜	아닌 거 알잖아.
아선	오지 말았어야 했어. 그냥 환자로 됐다면… 망상이든 뭐든 행복한 채로 됐다면… 조금만 상처 주고 싶을 뿐이었는데. 이젠 진짜… 좋은 사람이 되고 싶었는데.
은혜	하면 되지. 좋은 사람.
아선	난, 이미…

은혜, 아선에게 무언가를 준다. 크레파스로 그린 그림 속 두 사람이 꼭 끌어안고 있다.

은혜	계속 갖고 계셨어. 기다리고 있었던 거야.
아선	…
은혜	외면하지 않으면 돼. 잊지 않으면 돼. 희미한 빛을.

은혜, 아선의 손을 잡아준다. 아선, 성찬을 떠올린다.

6장

다시 뒷마당. 모두가 떠난 자리. 명순은 눈앞에 있는 조각들을 바라보다 느린 발걸음으로 가장 가까운 조각상 앞에 선다.

명순   (헛웃음 지으며) 용케 믿었네. 이런 것들을 만들면서.

조각상을 천천히, 반복해서 쓰다듬는다.

명순   부질없는 짓이었어.

파편들로 이루어진 조각상을 하나하나 해체한다.

명순   누군가 버린 것들. 나를 닮은 것들. 부서지고, 쓸쓸한.
창   거울이다. 나를 비추는 거울. 시간과 기억이 켜켜이 쌓인 내
       모습.
명순   마음속에 조각상을 만들던 시간이 흘러간다.
       누군가의 눈물을, 나의 눈물과 함께 다듬던 시간들은, 수없
       이 쌓아간 그 마음들은, 정말로 누구의 것이었을까…

명순, 조각상을 한참 매만진다. 얼마인지 모를 시간이 흐른 뒤. 사강은 조심스럽게 문을 열고 들어온다.

사강   … 스승님.

명순 이제 그렇게 안 불러도 돼요.

사강 아… 네, 할머니.

사이.

명순 미안해요.

사강 네?

명순 말려들게 해서요. 나, 또… 아선이한테.

사강 … 아니에요. 저야말로, 할머니 생각은 안 하고 무작정 캐물었으니까요.

명순 늙은이 장단 맞춰주느라 힘들었죠?

사강 그래도 분명 즐거웠던 순간이 있었어요.

명순 아선이는, 괜찮을까요?

사강 아마도요.

사이.

사강 앞으로도 여기 계시나요?

명순 떠나야지. 어딘지는 모르지만, 여기서는 너무 오랫동안 헤맸으니까.

사강 (주저하다) 그림은요?

명순 글쎄… 이젠 어떤 의미일지…

사강 … 저는 좋았어요.

명순 뭐가요?

사강 이 머리만 없는 조각들이요.

명순 위로해 주는 거예요?

사강 진심이에요. 미켈란젤로가 아니더라도, 이미 한 사람의 예술가시잖아요. 그러니까… 응원할게요. 할머니의 삶도, 예술도.

명순, 문득 손에 든 거울을 본다. 자신의 얼굴을 본다.

창 거울을 본다. 늙어버린 얼굴. 이제야 시간이 똑바로 흐르는 얼굴을 본다. 살아있는 얼굴을 본다.

명순 언제나 변하지 않았던 것. 그건, 내가 살아있다는 사실. 그 단 한 가지뿐. 그렇다면…

사이.

명순 나, 이탈리아에 가야겠어.

사강 이탈리아요?

명순 진짜 미켈란젤로의 작품을 볼 거예요. 그리고… 다시 그려야지. 무엇이든.

사강 … 혼자서 괜찮으시겠어요?

명순 누가 그러던데, Ciao(챠오), Grazie(그라찌에), Mi scusi(미 스꾸지) 이 세 마디 할 줄 알면 된다더라. 아주 달라 보여도, 다 똑같은, 사람 사는 곳이니까.

사이. 명순 떠나려 한다.

명순 안녕, 미안해요, 고마워요.

#셔터 소리. 명순의 뒷모습이 카메라에 담긴다. 뒤돌아보지 않는다.

사강 그렇게 할머니는 떠났습니다. 처음 만났을 때와 달리 굽은 허리를 지고. 물끄러미, 그림자처럼 매달린 삶의 무게가 담긴 사진을 바라봅니다. (사이) 어쩌면 할머니에게 가장 필요한 일이 제 손에 있을지도 모릅니다. 이제야, 기사를 마무리할 수 있을 것 같은 기분이 듭니다.

에필로그

서서히 사위가 어두워진다. 햇살, 창과 명순만 비추고 있다. 창, 명순에게 조각을 건넨다. 마주 웃는다.

창 하늘을 올려다봅니다. 마치 그것이 커다란 캔버스인 것처럼. 하늘에 무언가를 그리듯, 그렇게 오랫동안.

명순 완벽하지 않아도, 다시 한번.

명순, 조각을 들어 올린다. 서서히 어두워진다.
막.

제브라존 Zebra Zone

극작 : 안유리

주요 인물

구여운   여/26살. 신규 간호사. 고된 삶 속에서도 름을 떠올리며 굳
              세게 살아간다.

도령귀   (양달선) 여/?살. 횡단보도 지박령. 눈이 맑아 활짝 웃을 때
              가장 섬뜩해 보인다.

양범   (양호남) 남/30살. 여운의 간호사 선배. 성격도 옷차림도 튀
              는 면이 없다.

구름   남/26살. 름의 유일한 식구. 서글서글하다. 생전 수선 일을
              했다.

천리통   남/?살. 강아지 귀신. 군악대 흉내가 취미다. 사람을 무척 좋
              아한다.

아이   여/6살. 눈이 크고 호기심 가득하다. 공놀이를 좋아하며 꽤
              나 고집스럽다.

그외 인물

꽃감관, 어머니, 아저씨, 마을이장, 횟집 딸, 힙한 대학생, 남친, 여
친, 무당, 일본군, 달선 딸, 하르방을 배우들이 1인 다역으로 소화
한다.

때와 곳

2024년, 1940년대, 1920년대 제주를 넘나든다. 일부 장면은 서울을
배경으로 한다.

무대

짙은 회색 아스팔트 위 횡단보도 교차로. 횡단보도의 한쪽 끝은 하늘
로 상승한다. 무대는 종종 횡단보도 외의 장소로 사용된다.

"인생 꼬인 걸 축하해!"

0장. 프롤로그

1949년, 서천 꽃밭.

꽃감관 등장.

달선 등장. 서천 꽃밭을 향해 세 걸음 내딛더니 멈춰 선다.

결심한 듯 무대 중앙에 양반다리로 앉는다.

꽃감관　지금이 건널 수 있는 마지막 기회다.

달선　기다릴 거우다.

꽃감관　건너라 명했다. 계속 머물렀다간 영원히 떠나지 못할 것이다.

달선　경해도 기다릴 거우다.

꽃감관　생전 쌓은 덕을 하늘에서 기억하고 가엾게 여겨 서천 꽃밭을 건널 은혜를 베풀었거늘, 이 꽃감관의 호의를 감히 거절하는 것이냐?

달선　(웃는다) 제 생애를 알멍 그리 억울하게 죽게 됐는디 제가 이리 직접 나서지 않을 수 있겠수꽈?

꽃감관　뭐라 지껄이느냐! 이 미천한 것이 끝내 이 꽃감관을 노하게 하는구나. 그래, 네 뜻대로 평생 그 자리서 기다리고 또 기다리게 해주마. 기억은 시간에 파묻혀 흐려질 것이니 그날까지, 지박령이 되는 벌에 처한다!

달선　예, 참 고맙수다! (침 뱉는다)

달선에게 저주가 내려진다. 무대 위 서천 꽃밭이 걷히고 아스팔트 바닥이 드러난다.

달선, 공간을 벗어나려 하지만 튕겨져 돌아온다.

"같이 놀래!" "야나기 타루센." "그깟 약속이 뭐라고." 등 환청이 들

리더니

달선, 두통을 느낀다.

파란불이 켜진다. 행인들 등장. 우산을 펴고 길을 건넌다.

달선, 행인들 속에서 혼란을 느끼다 퇴장. 행인들, 각기 다른 방향으로 퇴장.

1장. 남을 여 구름 운

2013년 서울의 한 횡단보도.

15살 여운, 헐떡이며 등장. 맨발에 누더기 차림, 머리는 헝클어져 있고 눈에는 멍이 시퍼렇다. 쫓아오는 이가 아무도 없음을 확인하고 숨을 고른다.

여운의 머리 위 가로등이 깜빡거린다.

여운   내가 겨우 네 살이었을 때, 엄마 튼 살 보고 무심코 뱉은 말 기억나? '엄마 배에 줄무늬가 있네? 엄마 얼룩말 같다.' (짧은 헛웃음) 이때부터였지? 십 년이 훌쩍 넘도록 내가 엄마한테 쳐 맞았어도 '엄마는 너를 낳고 배에 줄이 생겼지만 엄마는 얼룩말이어도 괜찮아.' 딱 이 한마디에 마음이 좀 녹았을지도 몰라. 근데 그게 뭐가 어렵다고 결국 못 듣네. 엄마 인생 위로 내가 번질 때 얼마나 치가 떨려서 그랬어? 그럴 거면 낳지 말지. 바란 대로 내가 직접 지워 줄게, 엄마의 얼룩.

름, 실뜨기 하며 횡단보도에 느긋하게 등장.

여운, 차가 쌩쌩 달리는 도로로 천천히 걷는다.

름	저기요, 아직 빨간불이에요. 저기요, 저기요!
여운	왜 끼어들고 난리야.

여운, 름의 손을 뿌리치고 다시 도로로 향한다.

름	야!

여운, 다시 차도로 뛰어들자 름, 여운을 인도로 세게 밀친다. 여운,
바닥에 나뒹군다.

| 름 | 미안! 아니지. 내가 왜 미안해? 네가 무작정 뛰어드니까 식
겁했잖아! 너 진짜 뭐 하는 애냐? (사이) 어휴, 속 터져. 왜 말
이 없어! |
|---|---|

여운, 울음을 터뜨린다.

름	갈 데는 있냐?

여운의 배에서 꼬르륵 소리가 울려 퍼진다. 여운, 당황한다.

름	밥 때 됐다. 밥이나 먹자.

신호등에 초록불이 켜진다.
름, 횡단보도를 건넌다. 여운, 뒤따른다.

름	난 구름이야. 성은 구, 이름은 름. 너는?
여운	이름보단 '애'라고 더 자주 불렸어.

름	애? 참나, 그런 이름이 어딨 –
여운	'애' 하면 5초 안에 달려가야 해. 그렇게만 부르더라, 이름을 입에 올리기도 싫었나봐.
름	… 밥이나 먹자.

사이.

름	이름 지어줄까? 내가 구 씨니까 너도 구 씨 할래? 이름은… 여운 어떠냐?
여운	여운?
름	남을 여 구름 운. 너는 그냥 구름 말고, 바람이 몰아쳐도 꿋꿋이 그 자리에 남아 있는 구름. 앞으로 그리 살라고.
여운	…
름	싫음 말고.
여운	그게 아니라…! (사이) 나쁘지 않네. 구-여운.

름, 주머니에서 실을 꺼내 여운의 손에 쥐여 준다.

름	이거 쥐고 있어.
여운	이게 뭔데?
름	명주실. 돌잡이 때 쓰는 거. 이름도 새로 생겼겠다, 애들 돌잡이 하듯이 네 명줄을 길게 다잡아 보라고. 으휴, 내가 한동안은 너 때문에 꽤나 불안하게 생겼다.
여운	왜?
름	응?
여운	네가… 왜 불안하냐고.
름	뭘 물어, 그냥 살았으면 하는 거지.

사이. 4년이 흘러 2017년, 여운과 름은 19살이 된다.

여운 식구! 한 지붕 아래 끼니를 함께 하는 사람. 낳은 사람도 끊은 인연을 초면인 네가 잡아줬다. (사이) 동이 틀 때 집을 나섰다가 야자를 끝내고 와도!

름 왔냐?

여운 구름은 여전히 그 자리. 아기자기한 인형들이 반겨주면 너가 일을 일찍 끝낸 날이었어. 치아로 출생신고 도장이 꽝 찍힌 녀석들이었지?

름 (치아로 실밥을 끊는다) 짠! 어때?

여운 … 고라니?

름 뭐래. 말이거든? 무려 제주도 백마.

여운 툭하면 제주도 타령이더라? 그리고 무슨 말이 이렇게 허접하게 생겼냐?

름 낭만 없는 새끼. 너가 이 말이 돼서 해안가를 따라 있는 힘껏 뛰노는 상상을 해봐. 바다는 어쩜 저렇게 맑고 파랗지? 유채꽃은 병아리처럼 샛노랗고, 노을은 엄청 붉다! 아~ 제주도 가고 싶다, 얼마나 좋을까?!

여운 우리 가볼 수 있겠지?

름 뭐, 언젠가는 그러지 않을까? (사이) 거 가방에 달고 다녀라.

여운 이걸?!

름 그 가방 너무 시커멓기만 하고 재미없어.

름, 여운의 가방에 백마 인형을 단다.
여운, 등쌀에 못 이겨 가방을 매 뒤돌아 보인다.

름 봐, 훨씬 낫잖아. 행운을 가져다주는 Horse! 이 몸을 찾는

사람이 너무 많으니 부득이한 상황에서 나를 대신해 줄 걸
정인형이자 용맹한 수호신인 거지~?

여운   생김새만 봐선 저주 인형으로 소문나겠는데.

름   그럼 갖다 버리든가!

여운   치. 나 뭐할까?

름   옷이나 개.

여운, 름 옆에 앉아 옷을 갠다.

여운   계절이

름   한 벌~ 두 벌~

여운   바뀌고 또다시

름   세 벌~ 네 벌~

여운   흘러갈 무렵, 대뜸… 찾아왔다.

름   나의

여운   식구의

여운/름   병.

2장. 남겨지다

여운이 근무 중인 병원. 여운, 전화 받고- 차트를 정리하고 수액을
챙기는 업무를 반복한다.
다른 한편, 름의 병실.
름, 얼굴을 찌푸리며 숨을 짧게 끊어 쉰다. 그 속에는 신음이 섞여
있다.

여운 찻길의 점선처럼, 잘만 뻗어가던 름이의 호흡이 뚝뚝 끊긴다.

름 아아악!

름, 두 번째 비명을 내지르지만 천둥번개가 내리쳐 그 소리가 묻힌다.
여운, 화들짝 놀라 하늘을 본다.
여운의 귀에는 금세 수간호사의 목소리가 뒤엉켜 들린다.

여운 찻길의 실선처럼, 넘어선 안 되는 경계. 수간호사는 오늘도 어김없이-

수간호사를 상징하는 배우 1,2,3 등장.
수간호사들, 여운에게 모욕적인 말을 퍼부으며 여운을 궁지로 몬다.
그 사이 범 등장.

범 선생님! 선생님…? 그… NPO 환자 관리 기록 좀 봐주실 수 있을까요?

수간호사들, 범을 빤히 쳐다본다.
범, 애써 미소 지으며 고개 숙여 인사한다.
수간호사는 여운의 가방을 발로 차더니 얼룩말 인형을 밟는다. 수간호사들 퇴장.
범, 크게 한숨 쉰다.

여운 아 선배…! 인사가 너무 늦었네요, 하도 정신없어서… 그… 매번 감사합니다…

범 다 흘려들어요, 여운씨는 잘못한 거 없으니까.

범, 퇴장.

여운, 범의 뒷모습을 힐끗 본다. 터덜터덜 병원을 벗어나며 가방을
맨다.

여운, 무대의 한편에서 다른 한편으로 이동한다.

다른 병원이자 름의 병실에 도착. 름, 바느질 중이다.

름　　왔냐?

름, 여운의 백마 인형이 더럽혀진 것을 발견한다.

여운　아… 쏘리… 얼룩진 줄도 몰랐다. 집 가서 지워볼게.

름　　줘봐.

여운　응?

름　　얼룩말 하자. 줄무늬 좀 그려 볼까~?

름, 볼펜을 들어 과감하게 선을 긋는다.

여운　어어어! 그냥 빨면 되는 걸 왜!

름　　짜식, 그래도 나름 소중하게 생각했나 보다? 내가 어디서
　　　　봤는데 얼룩말이 그렇게 세다며? 웬만한 육식 동물은 뒷다
　　　　리 발차기로 한방에 뻑! (옆구리를 잡으며) 아야야…

여운　제발 조심!

름　　그리고 이 무늬 덕분에 그냥 말들보다 모기에 훨씬 덜 물린
　　　　다던데? 너도 그러면 좋겠다.

여운　뭐, 모기 덜 물리라고?

름　　아니, 남들이 함부로 못 건드리면 좋겠다고. 넌 나만 갈굴
　　　　수 있거든~?

여운	⋯
름	됐고, 나 제주도 가고 싶어.
여운	왜 또 제주도야?
름	(음가를 더해) 바다는 푸르고, 유채꽃은 노랗고, 노을은 붉으니까~!
여운	하여간 애늙은이야.
름	환자복 무늬 보면 백마보다는 얼룩말이 나랑 더 닮은 것 같긴 하다. (탄식) 암튼 나 대신 가주라. 그 얼룩말 인형 바닷가에 놔줘.
여운	직접 가야지 왜 대신 가달래⋯
름	난 나 대신 저 얼룩말이 마음껏 뛰노는 상상이나 하고 있을란다.

름, 피식하고는 여운의 표정을 살핀다. 사이.

여운	나 오늘은 일찍 간다.
름	벌써?
여운	응. 좀 피곤하네.
름	웬일이냐, 뭔 일 있어?
여운	아니⋯
름	이건 어떡하지, 저건 어쩌지 나한테 맨날 다 물어보더니만. 막상 안 그러니까 좀 아쉽다?
여운	쏘리. 내일은 바로 올게.
름	그래 뭐, 알았다. 대신 내일은 해줄 거지? 말동무.

사거리 횡단보도 바닥의 일부는 이내 관 형상이 된다.

름, 자신이 덮고 있던 이불을 관 위로 덮는다. 퇴장.

여운, 멀어져가는 름의 관을 바라본다.

여운 말동무. 그 쉬운 부탁은 하루 사이 영원히 들어줄 수 없는 부탁이 됐다.

름 (목소리) 가라!

여운 가지 말 걸.

름 (목소리) 가!

여운 가지 말 걸.

름 (목소리) 가도 된다니까?

여운 가지 말 걸! 내가 왜 그랬지? 그냥 몇 분만 더 있어줄 수 있었잖아, 왜 그랬어, 왜! 죽지 말라는 너의 부탁에 업혀서 살아가는 내가 그게 뭐가 어렵다고!

름 (목소리) 여운아! 구여운!

여운 (얼룩말 인형이 눈에 들어온다) 난 나를 도저히 용서할 수 없어서… 그날 부로 구름을 띄웠다. (사이) 네 생각에 죽고 싶다가도, 또 네 생각에 살아야겠고… 나 이제 어떡하냐…? 너 따라갈까? 소원만 들어주고 죽을까? 나 정말 모르겠어.

름 (목소리) 나 대신 가주라. 그 얼룩말 인형 바닷가에 놔줘.

여운, 결심한 듯 퇴장.

3장. 빨간불

제주 바다 앞 횡단보도. 신호등을 제외하고는 전부 어둡고 스산하다.
도령귀, 등장. 뒷짐 지고 천천히 걸어 나온다. 갓을 쓴 검은 실루엣.
한 손에는 검은 우산이, 다른 한손에는 강아지 퍼펫이 있다.

도령귀 낙엽 더미 기저에 깔린 잎사귀처럼 죽은 채 발이 묶였습니다. 인간들은 머물기보다는 재빨리 지나치는데 저만 이곳에 닻을 내려 세월을 쌓아가죠. 기다리고 또 기다립니다. 이름은! 도령귀. (사이) 흔히 쓰는 '도령'이 아닌 '도로'에 묶인 '혼'이 귀신이 됐다는 뜻이죠. 기다리고 기다리고 기다리고 또 기다리며 잃어버린 기억을 쫓는 아이러니한 운명. 동이 트면 자연은 너나 할 것 없이 새 시작을 꿈꾸지만! 저에겐 그다지 달갑지 않은 시간입니다.

도령귀, 우산을 펼쳐 햇빛을 피한다.
여운, 제주 바다 앞 횡단보도에 선다.
천리통 빼꼼 등장.

천리통 위험하니 뒤로 물러나 주세요.

여운, 한 발짝 물러선다.

여운 바다다. 구름이 그토록 가고 싶어 했던 제주 바다. (얼룩말 인형을 보며) 이게 나한테 어떤 물건인데 바다에 놔 달래… 건너? 말아? 하씨…

벨소리가 울린다. 범 등장.

범 (한숨) 바빠 죽겠는데 뭐 이런 걸 자꾸 하래… 여보세요?

도령귀와 여운, 동시에 범을 발견한다.

도령귀/여운 어?

여운 범 선배?

범 아버지… 할아버지 돌아가신 지가 언젠데 –

범아버지 (목소리) 네 할아버지가 얼마나 대단한 분인지 몰라?

범 (한 발짝 뒷걸음친다) 알죠. 다 아니까 열심히 기도드리잖아요. 근데 왜 자꾸 묘에다가 물을 한 바가지씩 뿌리래. 오늘만 스무 번을 전화하셨어요!

여운 물을 뿌려…?

범아버지 (목소리) 좋은 기운 물려받을 생각 해야지, 할아버지 복이 불에 홀랑 타 없어지면 네가 책임질 거야? 네가 유일한 핏줄인데 –

범 예, 할아버지를 지킬 수 있는 '유일한 핏줄' 맞죠. 하도 염려하셔서 부적도 여러 장 챙겼습니다, 근데 이걸 언제까지 –

도령귀 (속삭인다) 건너…!

범, 도령귀에 홀려 차가 쌩쌩 달리는 횡단보도 위로 천천히 걸음을 옮긴다.

여운 어어???

도령귀 건너, 건너, 건너, 건너, 건너, 건너!

천리통 위험하니 뒤로 물러나 주세요. 위험하니 뒤로 물러나 주세요. 위험하니 뒤로 물러나 주세요.

여운 아직 빨간불인데… 저기…? 선배!

범, 횡단보도 중앙으로 들어서자
여운, 과감하게 범에게 달려들어 범을 인도 쪽으로 밀친다.
천리통, 겁에 질려 눈을 질끈 감은 채 도망친다.

반동으로 여운이 횡단보도로 엎어지고 범이 쥐고 있던 부적이 허공으로 흩날린다.

사이.

도령귀 너 때문에 다 망했잖아!!!

여운 뭐야…?

도령귀 뭐뭐뭐뭐야? 지금 너 때문에 내 65만 7천 시간이 무용지물이 됐는데 대.단.히. 차분하시네요? 저 부적을 가진 사람을 드디어 찾았는데…!

인도 위에서 정신 차린 범, 주위를 살피더니 황급히 부적을 주워 도망친다.

여운 선배! 범 선배!

도령귀 잘 가, 내 라스트 찬스…

여운 와, 선배 그렇게 안 봤는데 그냥 가버린다고?

도령귀 쟤 눈엔 네가 안 보이니까?

여운 무슨 말도 안 되는!

도령귀, 범이 흘리고 간 부적을 뜨거운 군고구마 만지듯 집게 손으로 들어 여운에게 건넨다.

여운 우으앗 뜨거!!!

도령귀 인생 꼬인 걸 축하해~! 부적에 데인다는 건? 너도 이제 귀신이라는 증거!

여운 제가 귀신이라고요?

도령귀 빙고!

여운, 혼절한다.

도령귀　　그런 수작은 안 통한다.

여운　　…

도령귀　　뭐야, 진짜 기절한 거야?

름 다급하게 등장.

름　　야 정신차려!

여운　　헉! 야 구름아… 이 사람, 아니 귀신 아 몰라! 진짜 뭐 어쩌라는 거야?!

름　　그러게 왜 뛰어들었냐?

여운　　너도 그랬으면서 왜 뭐라 그러냐?

도령귀　　어이, 내 말 듣고 있어? 기억 하나 없이 살지도 죽지도 못하는 게 얼마나 숨 막히는지 네가 알아? 지금도 여기서 한 발짝도 못 나가니 미치고 팔짝 뛰겠다고!

여운　　하 어떡하지? 진짜 평생 이대로 있게 되면 어떡해? 네 소원은 어쩌고?!

름　　방법은 이거뿐이다. 하나, 둘,

여운　　셋!

여운, 바닷가를 향해 달리지만 횡단보도로 다시 튕겨져 돌아온다.
름, 크게 아쉬워하며 퇴장.

여운　　아야…

도령귀　　보기보다 비겁하네? 말은 끝까지 들어야지. 넌 횡단보도에 꽁꽁! 묶인 – 지박령에 꽁꽁! 묶인 – 세미 귀신 같은 거야. 내 허락 없이 넌 아~무 데도 못 가!

여운 딱 저 바다까지만요. 네?

도령귀 내가 왜? 너를 찢어 죽여도 모자랄 판에 굳이? 이제 난 내일 아침까지 서서히 쭈글쭈글 시들어 갈 일만 남았어. 내가 죽기 전에 너부터 죽여줄 생각이야.

여운 저 앞으로 어떻게 되든 상관없거든요? 대신 요 앞에 있는 바다까지만 갔다 오고 다 맞춰 드릴게요, 네?

도령귀 (빵 터진다) 나한테 네가 뭐 중요하겠어, 난 내 기억의 실마리가 아주 많이, 겁나 많이, 존나 많이 필요해. 아까 그 선배인지 뭔지 하는 개도 그 중 하나고!

여운 어떡하지, 어떡하지?

도령귀 기억의 실마리를 한 가닥 한 가닥 수고스럽게 주어다가 두툼한 밧줄처럼 엮어야 내가 죽든지 말든지 하거든?

여운 왜 하필 범 선배한테 꽂힌 거야! 저 귀신 말대로 범 선배를 갖다 팔 수는 없잖아, 날 얼마나 많이 도와주셨는데!

름 일단 돕겠다고 해, 다른 방법이 있겠지!

도령귀 근데 걔가 동이 트기 전에 여기로 다시 올까? 나 같아도! 절대 안 와! 허… 허허허허…!

름 (빼꼼 등장) 생각해! 너 머리 좋잖아!

여운 어떡하지-

름 생각해!

여운 어떡하지-

름 생각해!

여운 잠깐. 나를 이렇게 묶어 뒀단 건… 이게 풀렸을 때 내가 여길 벗어날 수 있다는 건데…? 뭐야, 오늘 하루가 그쪽보다는 나한테 달렸네.

도령귀 어쭈…

여운　진짜 포기하실 거예요?

도령귀　뭐를? 네 인성을?

여운　아니요, 기억인지 실마리인지 얼른 풀어야 한다면서요!

도령귀　오죽 무모한 짓이면 내가 이러겠어? 내일 동이 트면 다 끝이야!

여운　다른 말로, 오늘이 마지막 기회라는 거네요? 75년 동안 여기 짱 박혀 계셨으면서 딱히 진전이 없었다면… 제 존재 자체가 그쪽한테는 오우, 나쁘지 않은 기회겠다 싶어서요.

도령귀　이걸 좋아해야 돼, 말아야 돼.

여운　저는 세미 귀신이라면서요, 저 죽이지 말고 같이 찾자고요, 그쪽 기억의 실마리인지 뭔지 하는 거요. 내일까지 마냥 기다리는 게 더 피 말릴 거라고요. 네?

도령귀　아잇… 뭐… 그렇게까지… 적극적으로…

여운　당신은 죽고, 난 살아야 하니까.

도령귀　(비웃음) 그래 그럼, 해보자. 기억 주워 담는 게 어디 쉬워 보이나 본데 도움 안 되기만 해봐. (노려보며) 네가 시작한 일이다.

여운, 긴장을 풀며 한숨 돌린다.

4장. 횡단보도 지박령

여운, 얼룩말 인형을 바라본다.

여운　제주도 오자마자 이런 일이 다 있냐?

름　근데 너 무모한 거 싫어하잖아. 내 소원이 뭐 중요하다고 이 고생이냐?

여운	오늘만 무모해지지 뭐. 너도 그랬으니까.
도령귀	재밌는 거 보여줄까? (사이) 교양과 품격 그 자체! 별 다섯 개 고오급 유우머를 자랑하는 횡단보도 세계에 오신 것을 환영합니다. 어? 저기 첫 손님이 오시네요!

횡단보도로 마을 이장과 횟집 딸이 들어선다.

마을 이장	아휴, 낮에 먹은 국수가 상해신가? (꾸르륵) 아흑!
횟집 딸	어머 이장님~!
마을 이장	(애써 웃으며) 이이~…
도령귀	가끔 신호가 유난히 기~일게 느껴질 때가 있으시죠? 그거 기분 탓 아닌데.
마을 이장	여기서… 지릴 순 어서…!

적신호의 초수가 0에 다다를 때쯤 몇 번이고 시간이 다시 늘어난다.
마을이장, 신호등을 보며 발을 동동 구른다.

마을 이장	안돼… 안돼… 안돼…! (사이) 아.
횟집 딸	어머!
도령귀	간만에 마을이장이 바뀌겠구나!

횟집 딸, 기겁하며 도망친다. 마을이장, 어정쩡한 자세로 퇴장.
힙한 대학생 등장. 헤드폰을 끼고 리듬 타며 등장. 음악에 굉장히 심취해 있다.
도령귀, 힙합 음악에 맞춰 리듬을 탄다.

여운	… 횡단보도의 질서를 잡으시는 거예요?

도령귀 아니?

여운 아니면 못된 사람들을 벌하는 건가?

도령귀 아니?

여운 그럼 왜 이러시는 건데요…?

도령귀 그냥, 재밌으니까!

힙한 대학생, 춤을 추며 횡단보도를 성큼성큼 건넌다.

도령귀, 힙한 대학생의 발을 건다.

힙한 대학생, 우스꽝스럽게 자빠진다.

도령귀 손님 어쩌죠? 화물트럭이 오는데요? 이러다 대갈통은 아작 나고 척추뼈는 맷돌에 갈리듯 즙이 되겠어요!

힙한 대학생, 기겁하며 벌떡 일어난다. 절뚝거리지만 꽤나 빠르게 퇴장.

도령귀 근데 내가 태생부터 이런 텐션이었을까…? (호통치듯) 아니!!! 정신 줄, 아니 귀신 줄 잡겠다고 이렇게라도 버티는 거야! 지루해서 미치고 펄쩍 뛰다가 생존법으로 택한 게 행인들을 관찰하고, 입이 바짝 마르도록 혼잣말을 거듭하는 거란다? 히히히히!

여운 저는 뭘 어떡하면 되는데요?

도령귀 기억을 전부 찾아야만 비로소 편히 죽을 수 있는데! 문제는… 머릿속이 새하얗단 거야! 여기에 말뚝 박힌 75년 동안 딱 한 가지 기억만 떠올랐거든? 아마 내가 여섯 살이었을 때일 거야. 재연 START.

도령귀, 세 행인들에게 최면을 건다.

행인들, 꼭두각시가 되어 도령귀의 과거 기억을 재현한다.

1922년 제주. 도령귀, 6살의 달선이 된다.

파도가 흩어지고 갈매기가 달선을 비웃듯이 운다.

달선, 털썩 주저앉아 으앙 – 하고 울음을 터뜨린다.

호남, 바닥에 나뒹구는 돌을 가볍게 찬다. 달선의 복숭아뼈에 닿는다.

호남   야. 너 몇 살인데 경허고 이시냐?

달선, 손가락으로 도합 6을 펼쳐 보인다. 하지만 자기가 몇 살인지 헷갈리는 듯 손가락을 접었다 펴기를 반복한다.

달선   근데 너 지금 누나한테 야라고 핸?
호남   너 지금 울고 있네. 울보는 내 누나 아니!
달선   그게 아니라 – (흑) 아방이 –
호남   섬에는 귀신이 많댄. 계속 울면! 귀신이 다 너… 아니 누나 한테 몰려올 거라!
달선   그거 내가 너한테 하던 말 아니?
호남   몰라 몰라 몰라 몰라 몰라! 이제 뚝!

달선, 뚝 그친다. 소심하게 검지손가락을 올려 호남을 따라한다.

호남   어멍이 부를 때 다 뒌.
어머니   (목소리) 밥 다 뒌! 영 와 수저 좀 놔라게!
달선/호남 네에…

달선과 호남, 배시시 웃는다.

호남 울보. 마저 울 거면 밥이나 먹고 울든가. (사이) 재연 끝!

도령귀 안돼, 가지 마, 뒷얘기도 더 알고 싶단 말이야!

도령귀, 벌떡 일어나 호남을 쫓아가려 하지만, 도령귀의 기억을 재현하던 행인들, 퇴장.

도령귀 그날 정말 나는 밥을 먹었을까? 상에는 뭐가 올랐을까? 별 거 안 올랐어도 나한테 식구가 있었단 거잖아… 근데 더는 기억이 안 나.

5장. 휘휘

도령귀, 서럽게 흐느낀다. 여운, 귀를 살짝 막는다.
도령귀의 울음소리에 맞춰 신호등이 깜빡거린다.

여운 이거는 안 풀어주실 거예요? 그래야 뭐라도 하죠!

도령귀 (애교) 이 가여운 영혼을 위해 과감하게 한 몸 불살라 주려나? 당장 뭘 해줄 건데?

여운 그건…

도령귀 그럼 당장 풀어줄 이유가 없네? 기억이 떠오를 때마다 조금씩 조금씩 늘려 주는 쪽으로 고.민.은. 해볼게. 그러다 보면 네가 토끼려다가 뿌잉용용용 하고 튕겨져 돌아왔던 저 바다까지도 거뜬히 닿겠지. 근데 저 건너편에 도대체 뭐가 있길래 그래?

여운 뭘 물어요, 실컷 약 올려놓고.

도령귀 아직 1절밖에 안 했는데? (약 올리는 소리와 표정)

여운	하…
천리통	(끊으며) 휘휘…
도령귀	뭐야? 다들 어디 가?

천리통, 등장. 강아지 귀를 제외하고는 영락없는 군악대의 모습이다.

천리통	휘휘! 제주도 신화 이공본풀이에 등장하는 개, 천-리-통. 천리를 달린다, 천리를 본다 휘휘.
여운	어…?
천리통	주인님을 지켰다. 하지만 주인님은 떠났다. 그러니 이젠 모두를 지킨다! (사이) 근데 개가 어떻게 사람 말을 하는지 궁금하지 않으신가요? 사실 저들 귀에는 (핏대를 세우며) 월월! 월월월! 월월월월월!
도령귀	나 강아지 좋아하는데 (팔을 걷으며) 저건 아니야.
여운	왜요, 귀엽기만 한데요!
천리통	아아, 할 줄 아는 말 하나 있는데요, (신호등 음성처럼) 위험하니 뒤로 물러서 주세요. 위험하니 뒤로 물러서 주세요. 위험하니 -
도령귀	왜 또 여기 와서 난리야, 때문에 사람들이 다 딴 길로 가잖아!
천리통	월! 월월월월월!
도령귀	너 가만 안 둬.
여운	아아! 이런 건 저한테 맡기세요.

여운, 천리통에게 다가간다.

여운	착하지…? 딴 데 가서 놀까?
천리통	휘휘. (절레절레)

도령귀   야 영웅 놀이, 아니 구조견 놀이는 딴 데서 해!

여친과 남친, 횡단보도에 선다.
천리통, 활짝 웃는다.

천리통   월! (헥헥)
여친   우리 밀키- (천리통: 월!) 요 근처에서 떨구지 않았나? (천리통: 월!) 걔 어떻게 됐을까?
남친   바로 뒷차에 뭉개져 뒤졌을 걸? 먹을 거로 이름 지으면 오래 산다던데 다 뻥인 듯. (히히덕 댄다)
여친   버리려던 거지 죽이려던 건 아니잖아~. 우리가 좀 너무했나?
남친   개새끼 가지고 뭘. 몇 분 동안 전력 질주해서 쫓아오던데 그거 좀 재밌지 않았어? 헥헥헥헥 이러던데?
여친   (까르르 웃더니) 맞아 맞아, 진짜 따라잡을 까봐 좀 쫄았다니까?
여운   이런 미친! 천리통 너 듣지 마!
여친   자기야! 나 사진 찍어줘.

여친, 횡단보도 한 편에서 포즈를 취한다. 남친, 사진 찍는다.
천리통, 그들을 해맑게 바라보며 개구호흡한다.

도령귀   야, 저거 네 얘기야?
여친   나 예쁘게 나와?
남친   자기야, 이것 봐.
도령귀   왜 아무것도 안하고 가만히 있는데!
남친   (폰을 내밀며) 내일 이 고양이 데려올까?
여친   봐봐. 너무 귀엽잖아, 인별에 올리기 딱이야!
남친   지금 갈까? 좋아요 좀 뽑히겠는데?

여친   그니까 그니까!

여친과 남친 퇴장.
도령귀, 여친과 남친에게 위협적으로 다가가려 하자
천리통, 도령귀를 막으며 으르렁댄다.

도령귀   너가 저런 머저리들 때문에 뒤졌는데 쟤네는 아직도 뻔뻔
하게 먹고 자고 싸고 숨쉬고 있잖아! 복수해야지, 못하겠으
면 내가 대신해 준다니까?

천리통   …

도령귀, 천리통을 빤히 쳐다본다.
천리통, 다시 휘휘- 휘슬을 불며 사방으로 수신호를 보낸다.

여운   대신 혼내준다는데 왜 그냥 보내, 응?

천리통   (가우뚱) 뭘?

여운   저 사람들이 너한테 한 짓을 생각해봐! 어째 너보다도 우리
가 더 속상해 하는 것 같다?

천리통   휘휘~ (귀를 막는다)

여운   나도 똑같았어, 우리 엄마도 나 버렸다니까? (사이) 근데…
구름이도 내가 복수하길 원했던 것 같진 않다…

도령귀   어우, 답답해.

여운   너를 위해서 기억을 묻어두려는 거구나…

도령귀   뭐하러 그러냐고, 멍청하게.

6장. 남매

'뭐하러 그러냐고, 멍청하게' 라고 말하는 도령귀와 호남의 목소리가
뒤엉킨다.

1936년 제주. 먹구름이 자욱해 더욱 깜깜하고 늦은 밤, 날카롭고 세
찬 빗줄기가 몰아친다. 그 소리를 뚫고 들려오는 달선과 마을 사람들
의 목소리. "호남아! 양호남!"

달선, 호남을 찾듯 주위를 살피다 시선이 한 곳에 꽂힌다. 무대 밖으
로 뛰쳐나간다.

아저씨   달선아 어디 가맨!
어머니   우리 아들 어쩜 좋나– 호남이 없이 못 살아!

달선, 호남을 둘러업고 들어온다. 둘 다 몰골이 만신창이다.

달선   호남아, 양호남! 정신차려보라게!
호남   누나… 왜 그랬어…
달선   살았으니까 됐다.
호남   누나.

적막, 그리고 사이. 호남의 방.

호남   누나까지 죽을 수도 있언!
달선   (피식) 이럴 땐 그냥 고맙댄 하는 거.
호남   내가 아니라 다른 사람이 빠졌어도 뛰어들었을 거 아니? 미
        련하게 그러지 좀 말라게.
달선   (호남을 빤히 보다가) 개문 그대로 두카?

달선, 벌떡 일어나 굳은 표정으로 서 있다 방을 나선다. 다시 거센 빗소리.

호남   야 어디 가맨! 너 이디저디 맨날 도우러 다니기만 하네. 뭐 하러 경해 멍청하게.

달선   멍청하게…

호남   고생한 거 반이라도 돌려받긴 해? 도대체 뭐 벌엉 먹고 살 거!

달선   나가 걱정되는 거, 아니면, 그냥 한심한 거?

사이.

달선   저 밑에 빠진 게 누구였어도 뛰어들었을 거라. 근데 아까 입술 시퍼래진 네 얼굴을 본 순간 확신이 들언. 나가 무모 해서 요절했댄 듣더라도 후회 없겠다고. 근데 내가 틀렸신게, 멍청해서. 관두자게.

호남   … 야… 야!

달선   다른 사람들이 답답하다 혀를 내둘러도 너는 그러면 안 되 지! 무슨 맘으로 사는지 알면서 그따구로 말해, 어?

달선, 이전보다 빠른 걸음으로 호남을 지나친다.
호남, 달선을 앞질러 가로막는다.

호남   약속 하나만 하게.

달선   뭔 약속, 치사한 놈이랑 더는 안 엮일 거. 아들래미만 오냐 오냐 큰 집안에서 나가 뭘 바라크냐?

달선, 호남을 지나치려 하자, 호남이 다시 막는다.

호남   최선을 다하게, 서로.

달선   난 이미 다 핸.

호남   약속하게.

달선   그깟 약속이 뭐. 어차피 핑계로 뒤범벅될 거 아니?

호남   난 못했으니까 약속하자고. 아니, 약속하크라. 맹세하크라. 서로 너무 답답해하지 말고 편지 계속 주고받으면서 최선을 다해보게. 응? 누나한테 무슨 일 생기멍 누나가 그랬듯이 나도 절대 망설이지 않을 크라. 만에 하나 내가 잘못하는 일이 생기믄… 끝까지 용서를 빌 테니까 대신 누나는 기다리기만 해주라게. 아까는 고마웠고… 내가 잘못핸… 내가… 미안핸.

달선   갠디 양호남, 난 용서할 줄 모른다. 기다리고 속아주는 걸 잘할 뿐이야.

한 달 뒤, 제주의 한 항구. 호루라기 소리. 기관차와 녹슨 기계 소리, 일본군들이 호통치거나 대화하는 목소리가 들린다. 마을 사람들, 반복작업 중이다.
달선과 호남, 숨을 헐떡이면서도 서로 눈이 마주치면 금세 미소 짓는다.

달선   식구! 한 지붕 아래 끼니를 고치허는 사람! 같이 수저를 드는 시간보다 삽이나 망치를 드는 시간이 더~ 늘어남지만, 경해도 편지는 계속 오고 -

호남   가고, 또 오고

달선   다시 간다. 연년생 남매! 가방끈 짧은 애 둘이서 글재주 좀 길러보겠다고 편지 주고받은 게 벌써 13년이라.

호남   아무리 친동생이라도 영 헌다고 소문나면 다들 손가락질할

게 뻔했지만,

달선 나가 원체 치밀했어야 말이지. 이 몸이 성격도 좋으니 이곳 저곳 왕래가 잦앙 네놈이랑 어울려도 그러려니 했다지?

일본군1 어이! 시고토 시루요! (사이) 야나기 타루센.

일본군, 달선에게 종이를 건넨다.
달선, 돌다리를 건너다 중간에 서서 종이를 읽는다.

호남 참나, 도로 개통까지 얼마 안 남았다고 겅 닦달할 때는 언제고.

달선 오늘부턴 대뜸 감태를 무더기로 캐랜. 겅해도 편지 쓸 짬은 나서 다행이다이! (웃는다) 이거 아니믄 글 쓸 일이 있기나 해야지. 그리고 편지서만큼은 야나기 뭐시기 말고! 그. 달선이라고 불릴 수 있어서 잘도 좋댄! (사이) 야. 너 괜찮은 거라?

호남 뭘 물어보나? 다 그지 같다게.

달선 언젠간 잠잠해질 거라. 좀만 힘내게.

호남 희망은 사치다.

달선 희망은 만드는 거랜. 야 근데 우리 편지 모아 놓던 자리에다 우리 진돌이가 이만한 똥을 쌌는디—

호남 귀찮게 됐네.

달선 그게 중요한 게 아니라, 삼춘이 냄새난댄 치우다가, 우리 편지 발견핸!

호남 뭐?!?! (사이) 어휴, 누나가 악필이라 천만다행이다게.

달선, 호남의 어깨를 장난스레 밀친다. 둘은 히히덕거린다.

달선 다음부터는 항구 쪽 하르방. 그디다 둘 거이?

달선, 귀가한다.
호남도 뒤따라 발걸음을 옮기는데 무당1 등장.

무당1   (쯧쯧) 불에 바싹 타 죽을 팔자구려.

호남   예?

무당1   이대로 살다간 말년에 불에 타 죽는다고. 인생이 꼬일 대로 꼬여서 발목 잡는데 말년까지 화가 그득하네.

호남   화? 뭡니까? 무사 악담을 경─

무당1   네 팔자가 그런 걸 어쩌겠냐? (호남을 위아래로 훑으며) 그래도 바치면 바칠수록 앞날이 피겠구만. 내킬 때 저─ 오름 쪽 무당집으로 찾아오든가.

무당1, 호남에게 부적을 건네지만 호남이 머뭇거리자 부적을 바닥에 툭 떨어뜨린다. 퇴장.
호남, 무당1의 뒷모습을 바라보다 부적을 줍는다.
달선과 달선 딸, 등장.

달선딸   어멍! 인형 놀이 해줘!

달선   (웃는다) 우리 딸, 먼저 들어가 있어!

달선딸   으응!

호남, 달선 눈치를 보며 부적을 황급히 숨긴다.

달선   식구! 끼니를 함께하는 사람.

호남   각자 식구가 생기니 문장이 짧아진다.

달선   이름보다는 다른 말로 훨씬 자주 불릴 때

달선딸   (목소리) 어멍~!

호남아들	(목소리) 아방~!
달선/호남	으응~!
달선	비로소 가장의 무게가 실감 난다.
호남	그래도 편지서만큼은 여전히 이름으로 불릴 수 있어서 좋다.

하르방 등장.

달선	그러니 편지는 계속 오고 가고,
호남	오고 - 가고,
달선	오고 - 또 가고
호남	오고 - 다시 가고
달선/호남	주고받고 주고받고 주거니 받거니 주거니 받거니 주거니 받거니 주거니 받거니!
하르방	헥!

하르방, 퇴장.

호남	편지를 들켜버리면서 한동안 이상한 소문도 돌았지만!
달선	한때 식구였으니 소문은 금세 일단락됐다.

달선, 이웃집에서 나오는 길에 호남과 마주친다.

달선	아휴, 아니우다게. 다음에도 와야쥬. 나 아니믄 누가 고쳐?
호남	(한숨) 누나 그제, 어제, 오늘, 세 집을 도완. 이 시대에 그게 밥 먹여 줘?
달선	10첩 반상보다 더 배부르다게. 우리 딸램이랑 진돌이랑 놀러 가야지~!

달선, 호남의 부적을 발견한다. 달선, 갸우뚱하며 퇴장.
호남, 화들짝 놀라 손에 든 부적을 뒤늦게 숨긴다. 달선의 뒷모습을
한참 바라본다.

호남　　근데 누나. 희망은 만드는 거랜 했지? 그거 남이 해주기도 해?

무당2,3 등장. 호남에게 다가가 손을 내민다.

무당2　요즘 부적 자주 오네?
호남　　지난번 일은 덕분에 순탄히 흘러갔주게.
무당3　내 말 맞지? 넌 남들을 짓밟고
무당2　짓밟고 그 위로 올라서야 살아남는 팔자야.
무당 3　주변을 품었다간 거지꼴은 못 면한다.
호남　　이번에도 잘 부탁드리우다게.
무당2/3　자, 보자 보자 –
무당2　어이쿠, 아들에 손주까지.
무당3　근데 잘 지켜야겠다.
호남　　지킬 일이 생긴다는 말 마씸…?
무당3　(혀를 끌끌 차며) 밑으로는 전부 외아들인데 타고난 운이나 팔
　　　　자가 이래서야…

호남, 무당3의 손에 돈 주머니를 쥐여 준다.
짤랑짤랑 – 액수를 확인하며 미소 짓고 굿을 펼치는 무당2,3.

무당2/3　부는 태산처럼 쌓이고 굴러들어 오는 액은 전부 떨쳐 낸다!

호남, 부적을 높이 들어 올리며 방언 터지듯 기도에 몰두한다.

도령귀 등장. 무당2,3과 호남, 도령귀 주위를 돌며 굿을 펼친다.

7장. 제브라!

다시 현재, 제주 횡단보도.

도령귀　횡단보도 개, 이름이 범이라 그랬지?

여운　네. 양범이요.

도령귀　양범… 맞아! 나도 양씨였어! 내 이름 생각났거든, 달선이래 양달선. 나도 이상한 귀신 이름 말고 멀쩡한 이름 석 자가 있었다고!

여운　이름 생긴 게 그렇게 좋아요?

도령귀　당연하지! 그걸 질문이라고 해? 도령귀처럼 내가 아니라 다른 사람이 지어준 이름이잖아. 그러고 보니까 넌 이름이 뭐냐?

여운　구-여운이요.

도령귀　구-여운? 이름 재밌다, 구엽지 않은 구여운!

여운　왜요, 전 맘에 쏙 드는데. 남을 여 구름 운… 저도 제대로 된 이름이 생겼을 때 내심 날아갈듯 좋았던 것 같긴 하네요. 새로 태어난 것 같았거든요.

도령귀　너가 지은 거야?

여운　친구가요. 제가 더 오래 버티고 더 오래 살았음 했대요.

흰 공이 횡단보도로 굴러들어 오고 아이, 공을 있는 힘껏 튀긴다.
도령귀, 그에 맞춰 고통 받는다.

천리통   월!

도령귀   저건 또 뭐야…

여운   완전 애잖아? 쟤도 귀신이에요?

도령귀   귀신 아닌 듯?

여운   네? 그럼 정말 물리적으로 차에 치일 수 있다는 거예요?

도령귀   그렇지.

여운   우리가 전혀 안 보이는 거죠? 뭘 할 수도 없고!

도령귀   뭐 죽기야 하겠어?

말이 끝나기 무섭게 승용차 한 대가 아이 옆으로 굉장히 빠르게 지
나간다.
모두 차가 지나간 방향을 쳐다본다. 아이는 다시 공놀이에 열중한다.

도령귀   엥? 왜 심장이 벌렁거리고 땀이 나지?

천리통   (울상으로) 휘휘!

여운   으아, 불안해 죽겠어!

아이   여기 짱 재밌네? 엄마한테 자랑해야지!

도령귀   엄마…? 맞아… 나도 딸이 있었어. 맨날 인형놀이 해달라고
             조르던 것 같은데?

천리통   위험하니 뒤로 물러나 주세요!

여운   저기, 어린이! 얼른 딴 데 가서 놀까요?

아이   …

도령귀   쟤한테는 우리가 안 들려!

여운   그럼 뭐라도 좀 해봐요!

도령귀   평생을 죽여 보기만 했는걸?

여운   살려 본 적이 한 번도 없어요?

도령귀   살릴 이유가 없었으니까!

아이, 신호등의 시각장애인용 음향신호기에 장난친다.
'빨간불입니다. 잠시만 기다려주세요. 빨빨빨간불입니다. 잠시만 기다려 주세요. 빨빨빨–'

여운   다음 차 오려면 얼마나 걸려요?

천리통, 손목에 손가락을 올려 해시계를 만든다.
도령귀, 여운의 얼룩말 인형을 집어 든다.

천리통   (절레절레) 휘휘…
도령귀   이건 어때?
여운   네?
도령귀   횡단보도 검정색을 연달아 밟게 만들면 그때부턴 우리가 눈에 보일 거거든? 얼룩말. 이걸로 유인해보자!
여운   (사이) 우리 어린이– 아니, 사자 친구! 얼룩말 좋아해요?
아이   얼룩말? 제브라!
여운   바닥에 무늬 보이지? 사실 여기는 얼룩말 등이야.
아이   얼룩말 등?
여운   응.
아이   같이 놀래!
여운   얼룩말을 깨우려면 바닥에 검은색만 밟아야 돼.
아이   유치해서 안 할래.
도령귀   왜~? 얼룩말이 무서워서 그래?
아이   하! 나 겁 없거든? 나 완전 대박 세다니까! 얼! 룩! 말! 일! 어! 나!

트럭의 경적. 헤드라이트가 눈부시게 비친다.

주변이 어두워지고, 도령귀의 강아지 퍼펫만이 조명을 받는다.

도령귀 옛날 옛날에, 횡단보도에는 강아지가 살았대요.

아이 우왕!

도령귀 심심했던 강아지는 얼룩말과 놀고 싶어서! 얼룩말 등에서 기다리고 또 기다렸어요.

여운 거기서 놀면 안 돼! 얼룩말이 너를 확! 잡아먹을 거야!

도령귀 싫어! 여기서 기다리고 또 기다릴 거야!

아이 기다려~!

천리통 위험하니 뒤로 물러나 주세요~!

도령귀, 강아지 퍼펫을 아이에게 건넨다.
아이, 강아지 인형을 손에 끼고 헤헤 웃는다.

도령귀 하지만… 친구들의 경고를 무시한 강아지는! 결국! 비-극을 맞이합니다!

아이 비-극?

도령귀 얼룩말 눈이 번쩍! 등에 있는 무늬는 반짝! 무시무시한 이빨로 강아지에게 달려든다아아!

아이 으악!

도령귀, 아이와 눈높이를 맞춘다.

도령귀 제발 건너줄래? 난 건너고 싶어도 못 건너거든.

아이 귀… 귀신이다!!! (울음을 터뜨리며) 엄마아아아!!!

아이, 겁에 잔뜩 질린 채 울며 도망치듯 퇴장.

천리통 이 캠페인은 천리통과 함께합니다. (엄지 척) 월! 월월월월!

여운 휴…

천리통은 아이를 뒤따라 나간다.
도령귀, 횡단보도에 남겨진 흰 공을 바라본다.
횡단보도는 늦은 밤 해안가가 된다. 바람 소리와 개 짖는 소리가 서서히 크게 들린다.

도령귀 (눈을 비빈다) 마른 모래가 발가락 틈으로 시원하게 스치고 솜털에는 물기가 맺히는데…? 바다다…! 흐릿한 수평선 아래 덩그러니 보이는 흰색 공. 뭐지? 보름달인가?

도령귀, 흰 공을 만지려 하자 공간은 다시 횡단보도가 된다.

8장. 은(恩)과 원(怨)

도령귀 바다로 꼭 가야 한다고 했지? 왜 가고 싶어?

여운 …

도령귀 알려줘. 진짜 궁금해서 그래.

여운 (사이) 친구 소원이에요. 제 이름 지어줬다는 그 친구요. 자기 대신 이 인형이라도 봐 달래요. 평생 신세만 졌는데 마지막 소원 정도는 꼭 들어주고 싶어요.

도령귀 피 한 방울 안 섞였는데 그렇게 소중해?

여운 그게 뭐가 중요해요, 전 오히려 핏줄 때문에 그렇게 비참할 수가 없었어요.

도령귀 난 어땠을까? 기억 속에선 내 식구들과 너무 행복해 보였어.

여운　그건 좀 부럽긴 하네요.

도령귀　내 목숨보다 소중했겠지?

여운　그랬을 수도 있고… 마지막에 남은 인연이 핏줄이 아닐 수도 있죠. 저랑 제 친구처럼.

도령귀　천리통…! 개 천리안이라고 했던 것 같은데? (과장된 몸짓으로) 천리통! 우리 보이니? 돌아와!

여운　그런다고 오겠어요?

천리통, 등장.

도령귀　(천리통을 끌어안으며) 네가 최고야, 네가 진돗개들의 자랑이다!

천리통　(숨이 막혀) 켁…!

도령귀　너 후각으로도 천리를 내다보니?

천리통　월!

도령귀, 천리통에게 부적을 건넨다.
천리통, 킁킁대더니 '휘휘!' 자신감 있게 출발한다.
도령귀, 여운을 횡단보도 밖으로 밀친다.

도령귀　찾으면 두 눈을 꼭 마주 봐. 너 잠깐 풀어줄 테니까 그 애를 홀려서 여기까지 데려오는 거야. 응?

여운　(질색하며) 홀리라고요?

도령귀　내가 너 이럴 때 써먹으려고 살려둔 거잖아.

여운　네? 그건 안 돼요, 범 선배가 무슨 잘못을 했다고요!

도령귀　왜 이제 와서 딴소리야, 내 기억 다 찾아준다며!

여운　정말 이 방법밖에 없는 거예요?

도령귀　(비웃음)

여운 지금 웃어요…?

도령귀 네 친구가 그것밖에 안 돼?

여운 뭐라고요…?

도령귀 봐, 너 고민하고 있잖아. 그 친구가 너 살게 해줬다며. 소원 하나라도 들어줘야겠다며. 근데 고마운 거 맞아? 진짜 미안 하긴 해? 다

여운 함부로 지껄이지 마세요.

도령귀 다른 방법 찾을 겨를이 어디 있어?

여운 …

도령귀 네 친구도, 내가 데려오라는 애도 다 네 은인이라 그랬지? 그래도 하나는 포기해야지. 너 살게 했다는 그 친구는 은인 을 넘어서 네 유일한 인연이라며. 근데 지금 그 선배인지 뭔지 하는 개한테 이렇게 쉽게 밀린다고? 그 정도밖에 안 돼? 그 얼룩말 인형도 생각보다 별거 아니었나 봐?

여운 가요, 간다고요!

사이.

도령귀 나 제발 죽게 해줘. 응? 너도 살아야지. (사이) 네 친구 생각해.

름, 등장. 여운에게 손 인사한다.

도령귀 천리통, 잘 부탁해. 야, 믿는다!

도령귀, 퇴장.
여운, 대답하지 못하고 천리통을 따라 천천히 걷는다.

여운	구름아. 넌 왜 하필 수선 일을 했어?
름	밥 벌어먹기 어디 쉬운 줄 아냐? 뭐라도 하는 거지.
여운	투덜대던 것 치곤 되게 정성이었잖아.
름	(탄식) 구멍 난 놈을 버티게 해주든, 쪼가리를 쓸모 있게 만들든. 그런 매력이지 뭐. 사람 사는 것도 비슷하거든. 쪼가리끼리 실로 엮다 보면 어느새 사람을 품어주는 포근~한 옷 한 벌이 탄생한다! 크으~!
여운	(사이) 너도 범 선배도… 그렇게 수선해줬지…
름	이야, 날씨 예술이다.
여운	왜 오늘 같은 날 이렇게 맑냐.
름	(사이) 야 나 사실 입원한 뒤로는 날씨가 맑을수록 불안했다? 화창한 날이면 사람들 웃음소리가 잘 들리는 만큼 내가 내는 소리도 멀리 뻗어갔으니까. 어떤 날은 으악~! 어떤 날은 끙끙끙… 앓는 소리만 뿜어대는 그 지랄을 몇 번 하다가 장마 때 비바람에 천둥번개가 미친 듯이 내리쳤는데, 우르르쾅쾅! 거기에 내 목소리가 기가 막히게 가려지더라니까? 그 뒤로는 하늘에 서운하게 굴었어. 아, 분명 비 싸인이 있었는데, 왜 안 와? 울어, 짖어 나보다 훨씬 지랄맞게! (사이) 근데 이게 하늘에 저주를 퍼붓는 거랑 뭐가 다르냐? 그러면서 몇 번 덕 좀 봤다. 그렇게라도 묻힐 수 있어서 다행이란 맘으로.
여운	… 내가 이 얘기 처음 들었을 때 얼마나 마음이 찢어졌는데…
름	흘려보내는 거지 뭐. 아~ 제주도 진작 와볼 걸. 우리 뭐가 그렇게 바빠서 여행 한 번 못 갔을까?
여운	그러게… 소원은 내가 꼭 들어줄게, 너무 걱정하지 마.
름	내가 걱정을 왜 해? 야, 소원 그거 못 들어주면 뭐 어때! 그

럴 수도 있지. 아니면 내 소원을 들어주는 게 네 소원인가?

여운이 말문이 막힌 사이, 천리통, 멈추더니 범의 위치를 가리킨다.
범, 등장. 부적을 꺼내 바닥에 나열한다.

천리통 월!

범 아버지는 이걸 왜 하라는 거야. 할아버지 돌아가신 지가 언젠데.

범, 갸우뚱하더니 기도와 절을 반복한다.
천리통, 부적을 보고 몹시 당황하더니 도망친다.
여운, 범에게 세 걸음 다가갔다가 제자리로 돌아온다.

여운 (탄식하며) 못 하겠어.

름 왜? 이제 횡단보도로 데려가기만 하면 되는 거 아니야?

여운 사실… 저분이 나 힘들 때 아닌 척 도와주곤 하셨어. 날 매일 괴롭히는 수쌤이 있었는데… 범 선배 아니었음 진작에 무너졌을 거야.

름 뭐…? 야, 너 그걸 왜 이제 얘기해?

여운 너한텐 차마 다 털어놓을 수가 없었어… 죽어도 얘기하기 싫었다고…

름 (긴 한숨) 저러는 모습이랑 그렇게 매치되진 않는데.

여운 괴로워 보여. 하고 싶어서 하는 것 같진 않아 보이잖아.

사이.

름 근데 (사이) 그 은혜를 이렇게 갚아도 돼?

여운 어?

름 은인한테 저주를 거는 거잖아.

여운 구름아-

름 근데 너도 살아야지! 아, 그래도 횡단보도로 데려갔다가 죽어버리면? 그땐 어떡해?

여운 너 왜 그래 …

름 너도 그 귀신도, 동틀 때까지 시한부잖아. 그럼 다른 걸 따질 땐 아니긴 해.

여운 뭐라는 거야, 하나만 해!

　　　름, 여운과 눈을 마주치지 않는다. 멍하니 범만 주시할 뿐.

여운 너 항상 내가 어떡할지 고민할 때마다 도와주잖아, 응? 말 좀 해봐, 갑자기 왜 이러는데, 왜 더 혼란스럽게 하는데?!

름 (웃으며) 너도 알잖아!

여운 뭐를…?

름 난 네가 띄운 가짜 구름인 거.

　　　여운, 화들짝 놀라 름에게서 손을 뗀다.

름 지금 네 마음이 갈팡질팡하니 나도 이렇게밖에 대답을 못 해주는 거 아닐까? 난 네 머릿속에만 떠다니니까.

　　　여운의 호흡이 가빠진다.

름 여운아 진짜 데려가게? 나조차도 아무것도 해줄 수 없었을 때 유일하게 나서준 사람이잖아. 그래도 괜찮겠어?

여운	다른 방법이 없잖아.
름	맞긴 해. 어쩔 수 없긴 해, 너도 살아야 하니까! 나도 너가 살았으면 좋겠거든.
여운	제발 그만…
름	남을 여 구름 운. 너는 그냥 구름 말고, 바람이 몰아쳐도 꿋꿋이 그 자리에 남아있는 구름. 앞으로 그리 살아. 여운아! 구여운! 왜 대답이 없어? 난 네가 띄운 구름이잖아!
여운	넌 이미! 죽었잖아.

여운, 범을 홀린 뒤 횡단보도로 이끈다.
범, 눈에 초점을 잃은 채 서 있다.
도령귀, 등장.

| 여운 | (질끈) 죄송해요…! |

여운, 범을 도령귀 앞으로 밀친다.

9장. 마주하다

1943년 제주 바다. 묵직한 음향이 울려 퍼진다. 총성.
해변에 앉아있던 달선과 호남, 화들짝 놀란다.

달선	들언?
호남	응.
달선	가까워지려나?
호남	어제보다 멀어졌네.

달선	무얼 저리 접주는 걸까?
호남	…
달선	내일은 더 가까워질까?
호남	그건 모르지. 먼저 간다.
달선	하르방에 총알이 박혀 있언. 거기 편지 같은 건 코빼기도 안 보이던데~. 누가 가져간 거 아니?
호남	아… 이번에도 못 썬. 좀 바빠부난.
달선	지금이라도 줘.
호남	다음에.
달선	그래, 뭐 그럴 수 인. 근데 요즘은 왜 안 해?
호남	뭐?
달선	희망, 덧없단 소리.
호남	(사이) 누나 말대로 그냥 만들면 되더라, 희망.

호남, 활짝 웃으며 퇴장.
달선, 호남의 뒷모습을 쓸쓸하게 쳐다본다.

달선	이젠 하르방에 꽂을 일도 펼칠 일도 없을 거라. 경해도 쓸 거, 기다리는 셈 치고 쓸 거.

달선, 해변을 따라 걷는다.

달선	야, 얼룩져도 밝게 빛나는 재주가 좋다이. 샘까지 나불맨. 구름을 목에 두르고 두둥실 떠다니는 기분이 어떵? 하늘로도 부족해부난 바다에도, 모래에도 푹 안긴 거라?

달선, 해변가에 놓여 있는 흰 공을 발견한다. 경계하며 다가가 손끝

으로 조심스레 들춰 보니 백골의 안면부가 드러난다.

달선   헉! (주저앉아 뒷걸음질 친다) 백골… 사람 백골이언!

흰 공 여러 개가 하나둘씩 무대에 놓인다.

달선   두개골은 보름달이라고, 총알구멍은 달에 핀 얼룩이라고 믿고 싶었지만 내가 본 건…! 텅 빈 백골이언. 바다도 모래도 달을 품은 적이 어서…

무기가 서로 부딪혀 달그락거리는 소리, 사람들의 말소리가 들린다. 단발의 총성과 함께 적막.

달선   어떵해. 마을로 향하는 거? 아 안 돼… 어떵허지?

달선, 호남의 집으로 달려간다.
호남의 집.

달선   (떨며) 호남아…!
호남   (눈곱을 떼며) 무사 그러맨?
달선   사람이… 사람을… 마구잡이로 죽인다… 그니까 그게-
호남   뭐? 죽인다고?
달선   가리지 않고 다 죽여, 해명할 틈도 안 준다고!
호남   뭔 소리 하는 거!
달선   (호남의 입을 막으며) 일단 숨어야 돼. 어… 어! 내가 시선 끌게, 그동안 우리 식구들 좀 챙겨주라게.
호남   말이 되는 소리를 해, 누나는 어떵할 건데?

달선	동네에 알려야 될 거 아니?!
호남	경 허다 누나부터 죽으면 어떵할거!
달선	영 허나 경 허나 죽기 십상, 사람이 덜 죽을 방법을 찾는 거라. 닌 꼭 우리 식구들 깨워서 숨어야 된다! 난 알아서 살아남을 거. 약속할크라!

호남과 달선의 모습이 무대에 동시에 펼쳐진다.

달선, 일본군의 시선을 피해 이웃들을 찾아가 문을 두드린다.

호남, 모습이 무대 위에 동시에 펼쳐진다.

달선, 이웃집 하나하나 두드리고 다닌다.

호남, 달선의 집에 도착한다. 부적을 붙인다.

달선딸	삼춘…? 이 시간에 무사…
호남	쉿! (달선 딸을 이용하여) 삼춘이랑 놀이 하나 할까?
달선딸	놀이…?
호남	식구들이 깨믄 안 돼. 어멍 올 때까지 조용히 기다리는 거야? 저 부적이 잘 붙어있는지 보고, 집에서 꿈쩍도 말구. 놀이서 이기면 네 어멍이 인형놀이 해준대.
달선딸	인형 놀이…!
호남	그니까 쉿!
달선딸	쉿…!

호남 퇴장.

총성에 달선 딸, 쓰러진다.

달선, 마침내 달선의 집에 도착한다.

달선, 피 흘리며 누워 있는 달선 딸을 발견한다.

달선	왜… 왜 아직 여기 이서, 왜 너가 이러고 인? 호남 삼춘은? 개가 안 올 리가 없는데!
달선딸	왔다 간. 저거 붙이고…

달선 딸, 손가락으로 부적을 가리킨다.
달선, 문에 붙어 펄럭이는 부적을 발견한다.

달선딸	엄마…엄마…
달선	왜 우리 딸.
달선딸	나 얌전히 기다렸네. 오늘은 인형놀이 해줄 거지…?

달선 딸, 숨을 거둔다.
달선, 달선 딸의 뺨을 툭툭 쳐본다. 딸의 코에다 한쪽 귀를 갖다 댄
다. 아무런 호흡이 없다.
달선, 달선 딸을 끌어안으며 흐느낀다.

달선	우리 아가… 어멍이 미안핸.

일본군 1,2 총을 든 채 등장.

일본군1	이 집이랑 왕래가 잦았다는데요?
일본군2	너 양호남 알지. 양호남 어딨어!
달선	모르쿠다…
일본군1	대답 안 해?
달선	모르쿠다…
일본군2	그럼 이 편지는 뭔데!
달선	들을 생각이 있기는 한 거?! 낮이나 밤이나 무식하게 총만

쏘아대는데 뭐 어쩌라는 거!!!

일본군2, 달선을 총살한다.

일본군2 하여간, 더러운 조선 놈들.
일본군1 근데 방금 그 사람, 정말 아무것도 몰랐던 거면 어쩌죠.
일본군2 그게 뭐가 중요해. 개보다도 못한 놈들인데.

일본군 1,2 달선을 발로 한 번씩 툭 치며 퇴장.

달선 호남아… 너만큼은… 이러면 안 되지… 어떻게 이래…

달선, 숨을 거둔다.
달선의 시신 주위로 서천 꽃밭이 펼쳐진다.
달선, 몸을 간신히 일으켜 세워 한 걸음씩 천천히 내딛는다. 세 번째 걸음에서 멈춘다.

달선 우리 아가, 호남 삼춘이 나헌테 잘못한 게 있어라 좀만… 좀만 이따 갈게이! 어멍이 미안햰!
꽃감관 왜 멈추느냐?
달선 기다릴 거우다.
꽃감관 도대체 누굴 기다린다는 말이냐?
달선 동생에게 들을 말이 있수다.
꽃감관 지금이 건널 수 있는 마지막 기회다.
달선 …
꽃감관 건너라 명했다. 계속 머물렀다간 영원히 떠나지 못할 것이다.

달선   경해도 기다릴 거우다게.

꽃감관   생전 쌓은 덕을 하늘에서 기억하고 가엾게 여겨 서천 꽃밭을 건널 은혜를 베풀었거늘, 이 꽃감관의 호의를 감히 거절하는 것이냐?

달선   (웃는다) 호의요? 제 생애를 알명 이리 억울하게 죽게 됐는디 제가 이리 직접 나서지 않을 수 있겠수꽈?

꽃감관   뭐라 지껄이느냐! (사이) 미천한 것이 끝내 이 꽃감관을 노하게 하는구나. 그래, 네 뜻대로 평생 그 자리서 기다리게 해주마. 기억은 시간에 파묻혀 흐려질 것이니 네가 승천할 방법은 단 한 가지. 기억을 되찾는 실마리 끝에 비로소 너의 사연을 건널 수 있을 것이다. 그날까지, 지박령이 되는 벌에 처한다!

달선   예, 참 고맙수다! (침을 뱉는다)

호남, 무당집에 도착한다. 무당 등장.
달선, 품에서 쪽지와 연필을 꺼내 글을 남긴다. 쪽지는 피로 검붉게 물들어 있다.
여운 등장. 도령귀의 기억이 눈에 보이자 당황하며 상황을 살핀다.

무당3   네 걸음은 다른 곳이 아닌 나로 향했기에 앞날은 탄탄대로겠으나!

무당2   방심하면 불에 타 죽을 팔자이니,

무당1   누이의 혼을 대대손손 저주하라!

무당3   다른 식구까지 다 품었다가는 파국으로 치닫는 네 팔자 탓이니 받아들이고.

무당1   그리해야.

무당들   그 혼이 너를 해하지 못할 게다!

무당 1,2,3과 호남, 굿을 펼친다.
달선, 신음한다. 머리를 부여잡으며 주저앉는다.
여운, 몹시 놀라 입을 틀어막는다.
호남, 부적을 높이 치켜든다.

호남   날이 지나도 네 영혼은 부서지지 않으리라-

무당들   밤이 되어도 네 눈은 감기지 않으리라-

호남   하늘도 땅도 네 편이 아니고 이승도 저승도 너를 끊어낼 것이니!

무당들/호남 네 영혼은 어디도 속하지 못하리라!

도령귀   그만해!

호남   하늘이시여 저의 믿음을 모아 앞날을 밝히시고 신령한 기운으로 악재를 묶어주시옵소서- 땅이시여 저의 믿음을 모아 앞날을 밝히시고 신령한 기운으로 악재를 묶어주시옵소서!

달선, 호남을 노려보더니 달려든다.
무당, 흩어지듯 퇴장.

도령귀   임종 때 흘린 피가 스며든 자리에 자갈이 깔리고 색이 칠해지며 지금의 횡단보도가 되었다…

호남   누나. 희망은 만드는 거라 했네? 누나가 저물어야 내 인생이 핀다 핸. 나라고 이러고 싶었던 거 아니. 무사 꿋꿋이 지켠? 그깟 약속이 뭐라고.

10장. 꽃밭의 끝에서

도령귀, 범에게 다가간다. 범을 바닥에 내동댕이친다.
호남은 범이 되고, 공간은 현재의 횡단보도로 바뀐다.

범   누… 누구세요?
도령귀   네가 호남이 손주구나.
범   호남…? 저희 할아버지요?
도령귀   내 핏줄이 다 말라비틀어질 때 네가 탯줄 감고 나왔구나!
범   저한테 왜 이러시는 건데요?
여운   이래서 제가 안 데려오려 했던 건데!
도령귀   넌 모르잖아. 너야말로 주변에 아무도 없으면서.

도령귀, 범이 흘린 부적을 줍는다.

도령귀   그 부적은 뭐라 둘러댈래? 대대손손 아주 부지런히 내 기를
        눌러댔잖아!
범   이… 이거요? 이건 할아버지가 아버지께, 아버지는 제게 너
        무 간곡히 부탁하셔서 하던 겁니다. (부적을 찢는다) 전 정말
        아무것도 모릅니다!

도령귀, 크게 웃는다.
범, 횡단보도를 벗어나려 하지만 튕겨져 돌아온다.

범   (여운에게) 여운씨…? 여운씨 맞죠? 살려주세요! 제발 도와주
        세요! (도령귀에게) 제가 뭘 알겠냐고요!
여운   (다가서며) 이건 그분이 아니잖아요!

도령귀 그 입을 찢어 갈겨야 그만 짖어대려나. 역시 호남이 피가 진하게 흐르는구나!

범 전 그런 피 물려받은 적 없습니다! 저는 양호남이 아니라 양범이라고요! 왜 저한테 그러세요!

도령귀 네 할애비가 식구들 죽여서 쓸어 담은 복으로 (사이) 태어난 죄. 양호남 핏줄인 죄!

범 핏줄인 죄…? 그게 제 잘못이라는 거죠? (설움에 목이 멘다) 제 할아버지 때문에 여기서 수십 년을 기다리셨다는 거죠?

도령귀 유감스럽게도 그렇네?

범 저 억울해요, 저 정말 너무 억울하다고요!

도령귀 내가 오죽하면 이러겠냐고!

여운 (설움이 터진다) 핏줄이라는 것만으로 죄를 물으면 안 되죠! 핏줄이 남보다 못한 인연으로 남은 사람은요? 그래도 그게 그렇게 의미가 있어요?

도령귀 혈연이 악연일 때 가장 끔찍한 게 뭔지 알아? 그 피가 나한테도 흐른다는 거야. 나한테도. (범에게) 너도 그래서 이 꼴인 거고.

범, 차마 대꾸하지 못한다. 답답함에 몸을 가만두지 못한다. 설움이 터져 나온다.

범 할아버지… 한 평생을 할아버지 때문에 답답하게 살았는데 왜 제가 당신 업보까지 감당해야 하는 건데요…?

범, 흐느낀다.

범 할아버지 때문에 이렇게 다 꼬여버린 거면… 정말 방법이 없네요. (천천히 무릎을 꿇는다) 이제 기다리지 마세요… 할아버지 대신 제가 끝까지 용서를 빌 테니까 이제 기다리지 마세요, 제가 이렇게 빌겠습니다… 잘못했습니다… 제가 죄송합니다…

도령귀 (사이) 뭐라고?

범 죄송합니다, 잘못했습니다! (잠시 숨을 고르더니) 죄송합니다 잘못했습니다 죄송합니다 잘못했습니다…

도령귀 (헛웃음. 긴 사이) 그래… 나 이 한마디에 속아주려 기다렸구나. 그 한마디에 또 멍청해지는구나.

범, 계속해서 빈다.

도령귀 범아. 범아-. 양범-!

범 예…?

도령귀 인생 꼬인 걸 축하해. (사이) 그래도 넌 직접 끊어라, 그 핏줄. 그 업보. 난 못 끊었거든. 그렇게 마저 살아.

범, 겁에 질린 채 횡단보도를 뛰쳐나간다.

도령귀 근데 호남아, 난 용서할 줄 모른다! 기다리고 속아주는 걸 잘할 뿐이야.

범, 호남의 무덤에 도착한다.

범 할아버지, 할아버지 묘에서 기도하고 물뿌리라고 귀에 딱지가 앉도록 당부하신 이유가 이거였어요? 죗값 치를까 봐? 그래서 불이 그렇게 무서우셨구나!

주머니에서 라이터를 꺼낸다. 라이터를 무덤을 향해 던진다.
무덤은 서서히 화염에 휩싸인다.

범   이 지독한 혈연, 인연, 아니 악연을 제가 이렇게 끊는 거예
        요? 할아버지는 해보셨으니까 이해하시죠? 귀하게 여기셨
        던 핏줄, 제가 이렇게 끊습니다. 손주 마지막 인사 올립니다!

범, 무덤을 향해 큰절을 올린 뒤 퇴장.
도령귀, 그 모습을 지켜보다 옅은 미소를 띠며 눈물을 흘린다.
화염이 넓게 번지며 서서히 일출이 된다.

11장. 동이 트다

하늘이 천천히 밝는다. 횡단보도는 서천 꽃밭이 된다.

도령귀   이야, 해 뜬다…! 오늘은 햇빛이 반갑네.

사이.

도령귀   오래도 머물러 줬네. 여기, 다들 자기 갈 길 찾아 지나치기
         바쁜 곳인데.
여운   …
도령귀   널 진작에 만났으면 어땠을까? 내가 좀만 늦게 태어났음 딱
         좋았겠다. 그렇지? 한 90년 정도? (피식)
여운   저랑 엮이는 바람에 몰랐어도 될 기억까지 들추게 됐잖아
         요…

도령귀 달라진 건 없어. 내가 호남이를 몰랐던 것뿐이야.

여운 제가 밉진 않으세요…?

도령귀 왜 미워? 기다리고 또 기다리다 도착하고 싶었던 끝이 생기면 건널 각오는 해야지. 신호등도, 횡단보도도 그렇잖아? 누가 약속을 어기고 도로를 쌩하고 지나칠지 몰라도 일단 믿고 건너는 것처럼, 네가 여길 건너려 했던 것처럼, 가만히 있으면 평생 아무 일도 일어나지 않을 걸? (사이) 그러니 고맙다, 내 기억을 같이 건너 줘서. 전부 손 틈으로 빠져나간 줄 알았는데 딱 하나 잡혔어. 그 한 가닥이 너인가 봐.

도령귀, 여운과 악수한다. 악수하던 손을 꼭 잡더니, 여운을 횡단보도 밖으로 보낸다.
여운, 도령귀를 걱정스럽게 쳐다본다.

도령귀 넌 너가 묶고 너가 끊어. 나처럼 붙들지만 말고. 그리고 건너, 그게 뭐가 됐든!

가로등이 깜빡거린다.
도령귀, 눈 깜짝할 새에 사라진다.
여운, 도령귀에게 전할 말이 남은 듯 머뭇거리다, 횡단보도 끝에서 끝까지 천천히 훑는다. 얼룩말 인형을 바라본다.

여운 남을 여 구름 운. 구름아, 넌 제주 바다에 남고 싶댔지? 이 인형이 세상에 하나뿐인 데도 간직하지 말고 제주 바다에 놔 달라고 한 건… 내가 널 놓아주길 바란 거지? 난 나대로 남으라고.

사이.

여운   너 말대로 바다는 정말 파랗고, 유채꽃은 노랗고, 노을은 붉어. 같이 왔으면 얼마나 좋았을까? 너가 얼마나 좋아했을까? 미안해… 혼자 와서. 그리고 고마워, 여기까지 오게 해줘서.

여운, 인형을 무대 한 켠에 내려놓는다.

여운   이제 넌 정말 대답이 없겠지? 잘 있어. 잘 지내. 남을 여 구름 운. 바람이 몰아쳐도, 그 자리에 남는, 나. (사이) 건너!

청신호가 켜지자 여운, 횡단보도를 건넌다.

막.

투셰

김주헌 원작 · 홍단비 각색

• 극적효과와 주제전달을 위하여 본 공연의 펜싱은 형식은
플뢰레(Fleuret), 룰은 에페(Épée)를 따르고 있습니다.

등장인물

정건규(남)
정규리(여)
김도형(남) 외
코치, 캐스터, 선생님 (남) 외
건규 부, 캐스터 (남) 외
특별활동 펜싱교사(여), 여자, 김미래(도형 여동생), 후원담당자 외

1장. 첫 번째 살인

건규 등장. 무대바닥에서 오른발을 천천히 들어서- 피스트 위로 턱!
그 위로 올라선다. 피스트를 따라 걷는다. 움직임.
아주 작아졌다가 커지기도 하고 뛰다가 멈추기도. 굴러도 좋고
피스트 위에서 물구나무를 서도 좋다. 천천히 양식적인 몸풀기도 좋고.
무대 한쪽에서 연결되어 늘어져있는 줄을 이용해도 좋다.
움직임이 무엇이든, 대사와 함께.

건규   정-건-규. 내 이름. 내가 고른 것도 아니고 나랑 찰떡으로
잘 어울린다고 생각해 본 적도 없지만.

모두   정건규!

건규   어차피 태어나는 것도 내가 고른 게 아닌데- 이름이야 뭐
든 상관없지 않나?

모두   정건규! 건규! 건 - 규!

건규   남들이 그렇게 부르니까 아, 내 이름이구나 하는 거잖아 보
통. 나도 남들이랑 똑같지 뭐. 아, 이름이 한글이었으면 좋
았겠다는 생각은 한 적 있어. 세 개뿐이긴 해도 한자 외우
는 건 좀 성가시니까. 신청서 같은 데에 한글이름 그냥 슉
슉 쓰는 애들 보면서 '오… 한자 안 외워도 돼서 편하겠다'
라고 생각한 적 있어. 근데 그건 나중에. 나중에 생긴 일. 왜
냐면 지금 나는 막 태어나려는 중이니까.

건규, 반대편 피스트 끝에 도착한다.
반대편으로 (다시 무대바닥으로) 가려는데 투명한 벽이 있다.
몸을 밀어 나가보려고 한다. 쉽지 않다.
낑낑거리다가 결국 머리통을 투명한 벽 바깥으로 불쑥 내밀었을 때.

건규	으쌰!
여자	(비명)
건규	잉?
여자	(비명, 잠시 이어지다가, 갑자기 뚝)
건규	일단 머리를 빼니까 그 다음은 쉬웠어. 손들이-

여자 제외 모두,
손을 뻗어 건규의 머리를 잡고 목, 어깨, 팔 상체를 잡고 빼낸다.

모두	빨리 / 산모 맥박 없습니다. / 100줄 차지 클리어 샷! / 없습니다! / 빨리! / 힘내라 아가야! / 제발! / 일단 빼야 돼! / 머리는 나왔어요! / 질식 위험 있습니다! / 150줄 차지 클리어 샷! / 어서! / 빨리! 일단 아기부터! / 빼내야 돼!

건규, 모두의 손길에 이끌려 피스트 바깥으로 쏟아진다.

모두	(긴장)
건규	응애.
모두	(안심한 탄성)

건규	나는 태어나자마자 엄마를 죽였어. 이게 내가 저지른 첫 번째 살인.
모두	첫 번째 살인!

여자, 툭툭 걸어 무대 밖으로 향한다.
아빠, 다급히 몇 발짝 떼어 따라가려는 듯. 하지만 이내 멈춘다.
여자, 기어이 무대 밖으로 사라진다.

모두, 나가는 여자의 뒷모습을 바라본다.

2장. 우리가 가진 건 우리밖에 없어서

규리   우와! 원숭이다~! 아빠! 얘 봐봐 원숭이야!

건규   … 응애.(아니야)

규리   꼭 쪼그만 원숭이 같이 생겼어. 그치?!

건규   응애. (아니라고)

규리   빨갛구 쪼글쪼글하구 이상해. 얜 이름이 뭐야?

아빠   건규. 정건규. 이제부터 우리 가족이야.

규리   가족? 그럼 이제부터 같이 살아?

아빠   응. 이제부터 같이.

규리   와!!!!!!!! 잘됐다!

아빠   그래?

규리   응! 원숭이 한번 키워보고 싶었어! 이제부터 우리랑 같이
       사는 거야? 우리가 키우는 거야?

아빠   음… 뭐 그렇지. 그런 거지?

건규   응??? 애?????! (그런 거지는 무슨!)

규리   아싸!!!!!!!!!

규리, 달려가 건규를 와락.

규리   이 쪼글쪼글 원숭… 아니아니 이름 뭐랬지?

아빠   건규.

규리   건규. 우리가 잘 키우자?

아빠   그래.

규리	우리가 잘 지켜주자?
아빠	그래 그러자.
규리	'쪼글쪼글이'라고 불러도 돼?
아빠	음…
건규	응애. (안 돼)
규리	그럼 '원숭아!'하고 부르는 건?
아빠	음…
건규	응애. (안 된다고)
아빠	건규…
규리	흠! 생각해볼게!
건규	응애! (생각해볼게는 무슨!)

전환.

건규	정규리. 내 누나. 난 세상에 떨어지고 처음 3년 정도는 누나 이름이 그냥 '누나'인 줄 알았어. 그리고 내 이름은 원숭아니아니건규인 줄 알았다?
규리	원숭… 아니아니건규야!
건규	누나를 부르는 건 나, 나를 부르는 건 누나밖에 없었으니까.

아빠	아빠 일 다녀올게.
규리	안녕!
건규	(어색ㅎ) …
규리	원숭… 아니아니건규야! 아빠 잘 갔다오라고 안녕해야지!
건규	안녕… 요.
아빠	그래. 고마워.
건규	나는 아빠가 어색했어. 내가 태어난 후에 아빠는 너무너무

바빴거든. 누나 말로는 아빠는 잘 지켜줘야 하니까 많이많이 바빠진 거라는데. 암튼 난 아빠보단 시간 맞춰 집에 와서 밥 주는 옆집 할머니가 더 좋았어. 옆집 할머니보다는 누나가 더 좋았고. 사실 옆집할머니는 누나랑 쩝이 안 돼. 누나가 더더더더 짱짱짱짱 좋았어. 우리가 가진 건 우리 밖에 없었지만- 그래도 괜찮았어. 그래서 괜찮았어.

전환.

규리	건규야!
건규	규리누나! 누나, 손잡아도 돼?
규리	그~럼~! 당근빠따지!
건규	빠따? 그게 무슨 말인데?
규리	엄청엄청 된다는 말이야! 당근빠따!
건규	누나가 사실 '규리누나'고 나는 '원숭아니아니건규'가 아니라 그냥 건규라는 걸 알았을 때 즈음에-

건규, 규리 손잡고 걸어가는데.

어른	아이구 이뻐라. 동생은 몇 살이야?
건규	어… 음…
어른	응?
건규	어른들은 애들 만났을 때 할 말 없으면 꼭 몇 살인지 묻더라? 근데 난 항상 내 나이가 헷갈려서 대답을 바로 못했어. 이게 해결 못하면 제법 골치 아픈 문제거든?! 어린이사회 생활에 큰 타격이니까!
모두	저런!

건규 그치만 난 누나가 있어서 괜찮았어. 누나 몇 살이야?

규리 나? 일곱 살!

건규 (손가락을 일곱 개 편다. 그리고 세 개를 도로 접는다. 남은 손가락을 센다) 칠 빼기 삼. 그럼 나는 네 살이야! 그래서 난 항상 내가 몇 살인지 알았어. 옆에 있는 누나한테 물어보기만 하면 되니까. 왜냐면 누나는 항상-

규리 건규야! 누나 학교 갔다 올게!

건규 응. 빨리 와 누나.

규리 응 끝나고 뛰어올게.

규리 나간다.

건규 항상?

혼자 남겨진 건규. 피스트에 오도카니 앉아 규리를 기다린다.
규리, 무대를 부산하게 뛰어다닌다. (들어왔다가 나갔다가)

규리 갔다 올게! / 엄청 빨리 왔지! / 갔다 올게! / 떡꼬치 사왔어! / 갔다 올게!

건규 팔 빼기 삼은- (손가락 다섯 개가 남는다) 그래도 괜찮았어. 누나는 학교 끝나자마자 나한테 뛰어오니까.

규리 (숨 헐떡) 건규야! 엄청 빨리 왔지! / 갔다 올게!

건규 구 빼기 삼은- (손가락 여섯 개)

규리 (숨 헐떡) 건규야! / 갔다 올게! (퇴장)

정적. 건규 혼자. 규리가 들어왔던 쪽을 계속 바라본다.
기다리고 기다리다가 피스트 위에 벌러덩 드러눕는다.

| 건규 | 십 빼기 삼은- (손가락 일곱 개. 헤아린다)
| | 일 이 삼 사 오 육 칠-
| | 일 이 삼…

발소리. 건규 벌떡 일어나 웃는다.

| 규리 | 건규야!
| 건규 | 누나! 왜 이렇게 늦었어?
| 규리 | 미안미안. 숫자 얼마나 셌어?
| 건규 | 엄청 많이!
| 규리 | 엄청 미안! 오늘 학교 끝나구 특별활동했는데. 짱 재밌는 거 배웠다? 알려줄게! 둘이서 해야 돼. 혼자는 못하는 거야! 아, 근데 처음 배운 거라 틀릴 수도 있어. 일루 와봐!

규리, 건규를 피스트 위로 데려간다.
규리, 건규를 피스트 한쪽에 두고 반대편으로 넘어가려는데.
건규, 자꾸만 규리를 따라간다.

| 규리 | 아니아니, 너무 가까우면 안 돼! 건규는 여기. 나는- 여기! 자 이렇게 둘이 마주보고 내가 살루트! 하면 인사하는 거야. 알겠지?
| 건규 | 쌀-그게 무슨 말인데?
| 규리 | 몰라? 그냥 인사하는 거래!. 자 한다? 살루트!
| 건규 | (꾸벅) 안녕하세요.
| 규리 | 그것도 인사긴 한데! 이렇게 이렇게! (착 착)
| 건규 | 이렇게 이렇게. (착 착)
| 규리 | 그런 다음에 앙가르드! 하면 이렇게!

건규	(따라한다)
규리	엣부프레? 하고 물어보면 위!하는 거야. 알겠지? 엣부프레?
건규	위!
규리	알레!

규리, 건규에게 튀어가 뻗은 손으로 건규 몸을 살짝 툭.

건규	잉? 이게 뭐야?
규리	펜싱! 아 또 배우고 싶다! 엄청 재밌는데!

전환. 규리와 건규 손잡고 있다. 건규를 슬쩍 뒤에 숨긴다.
특별활동교사 등장.

규리	선생님 안녕하세요!
특활교사	규리 안녕~
규리	근데요. 특별활동 때 동생 데리고 와도 돼요?
특활교사	벌써 데리고 온 거 아니야?
규리	그게. 제 동생 건규인데요. 건규야 인사.
건규	(꾸벅)
규리	어… 학교 끝나고 제가 여기 오면 건규는 집에서 맨날 혼자 있어야 돼서… 아, 왜냐하면 아빠가 많이 바쁘셔서- 근데 이 새샘초 안 다니면 여기 오면 안 돼요? 건규는 유치원도 안 다니는데, 근데 저는 펜싱 배우고 싶은데, 어… 그래서…
특활교사	괜찮아 규리야. 당연히 동생 데려와도 되지! 안녕 건규야. 나는 펜싱 선생님이야. 누나랑 같이 펜싱 배워볼래?
건규	(끄덕)
규리	아싸!

건규   만나자마자 선생님이 옆집 할머니보다 좋아졌다는 걸 알았어. 물론 누나랑은 쨉이 안 되지만!

음악.

건규   암튼 그래서 나도 펜싱을 시작했어. 누나가 하니까. 누나가 펜싱을 가졌더라도. 내가 가진 건 누나뿐이니까.

모두   십 빼기 삼은 칠.
건규   십 빼기 삼은 칠.

움직임으로 시작. 1년씩 흐르는 시간의 흐름.
건규와 규리, 둘은 자란다.
건규와 규리, 특활교사와 함께 기초자세를 배우고, 반복한다.
알레, 마르셰, 롱빼, 팡트-

규리   건규야 재밌지!
건규   아! 아! 아아아아아! 다리 아퍼!
규리   터질 것 같지!
건규   악 <u>ㄲ으으으으ㄱ ㅇㄱ</u>으극!

각자 하다가 이번엔 마주보고 알레, 마르셰, 롱빼, 팡트-

특활교사   (박수 짝짝) 그럼 이제 번갈아가면서 주고받아보자!

규리, 건규에게 팡트. 뻗는다. 찌른다.
건규, 규리 쪽으로 팡트. 머뭇거린다.

규리를 찌를 결정적인 순간마다 칼의 방향을 바꾸거나 팔을 뒤로 뺀다.

특활교사 알뜨! 건규. 왜? 동작이 어렵니?

건규　아프니깐…

특활교사 다리 터질 것 같아서? 아님 다른 데가 아픈가?

규리　팔 아퍼?

건규　아니… 찔리면 아프니까…

규리　이거 입어서 안 아프잖아!

건규　안 찔리는 것보단 아프잖아.

특활교사 (건규 머리 툭툭) 우리 잠깐 쉴까?

규리/건규 아싸… ㅎ (철푸덕, 각자의 허벅지를 팡팡 두드리고 주무르고)

특활교사 앙가르드! 프레! 알레!

특활교사, 혼자 움직인다. 앞에 가상의 적이 있기라도 한 것처럼.

특활교사 펜싱은 원래 실전무술이거든. 결투하려고 만들어진 거라는 거야. (움직인다. 슉슉) 진짜 칼을 들고 목숨 걸고 싸우려고. 상대방을 죽이겠다는 각오로! 그럼 크게 다치기도 하고 죽기도 하겠지?

규리/건규 넹.

특활교사 그런데 '플러레'는 연습하는 펜싱이야. 그럼 퀴즈! 실제로 죽거나 다치는 칼싸움을 연습할 때 가장 중요한 건 뭘까~~요!

규리　다리 힘 쎄지기?

특활교사 그것도 답이 될 수 있겠다. 건규는?

건규　음… 실제로 안 죽고 안 다치는 거?

특활교사 (건규, 규리 머리를 툭툭) 그래서 플러레 칼끝은 이렇게 둥근 거야. 다른 종목 칼보다 훨씬 유연해서 이렇게 잘 휘어지고 (칼 붕붕) 그러니까-

특활교사, 다시 앙가르드.

특활교사 플러레에서 찔리는 건 연습인 거야. 실제로 칼이 들어올 때, 죽음이 눈앞에 있을 때, 피하기 위한 연습. 그러니까 선생님은 이렇게 생각해- (팡트, 뻗는다. 그리고 롱빼) 플러레에서 찌르는 건 사실은 살려주는 거라고. 그러니까 이렇게 말하는 거지. 팡트! (다시 뻗는다) '연습에서 찔렸으니까 진짜로 할 때는 잘 피해? 꼭 살아!'

건규, 다리를 주무르던 손이 멈춘다. 활짝 웃는다.
그러다 고개를 탈탈 턴다.

건규 아냐. 그래도 누나랑은 쨉이 안 돼!

모두 십일 빼기 삼은 팔
건규 십일 빼기 삼은 팔.

건규, 규리 대련. 등을 대고 다른 사람과도 대련.
제법 익숙해 보인다. 움직이면서.

규리 건규야 근데 펜싱 재밌어?
건규 아니?
규리 에~~~~~~~~~?

건규	난 맨날 지는데 뭐가 재밌겠냐?!
규리	근데 왜 해?
건규	누나가 여기 있으니까. 혼자 있으면 심심하단 말야. 누나는? 누나는 펜싱 재밌어?
규리	나는… 재밌어. 너무너무 재밌어!
건규	누나는 너무 너무 재밌겠지! 맨날 맨날 이기니까!
규리	아 왜 삐져!

둘, 웃는다.

모두	십이 빼기 삼은 구.
건규	십이 빼기 삼은 구

산 아지트.

규리	여기 짱이지?
건규	(헉헉 힘들다. 대충 끄덕끄덕) 등산 진짜 싫어.
규리	이거 봐! 바위가 납작하구 길쭉해. 꼭 피스트 같지 않아? 돌 피스트! 이제부터 여기를 우리 아지트로 하자, 어때?
건규	좋아.

건규, 규리 피스트에 앉는다. 서로 어깨를 붙여 앉는다.
물을 나눠 마시며 산 아래 풍경을 구경한다.
한쪽에서 코치 등장. 규리네 집 앞. 문을 두드려보지만 아무도 없다.
조금 더 두드려보다가 기다린다.

건규	높다.

규리	이제 맨날 맨날 훈련할 때 여기 오자! 아지트!
건규	등산 진짜 짱 싫어…
규리	왜! 난 산 짱 좋아. 바다보다 계곡보다 더더더더 짱짱짱짱 좋아. 그리고 선생님이 다리가 쎄질수록 재밌어질 거라고 하셨잖아. 맨날 오자~응~?
건규	응.
규리	이제 얼른 내려가자. 오늘 아빠 집에 들어오는 날이잖아. 너무 늦게 가면 걱정할거야. 아빠 오랜만에 본다! 짱 좋지?
건규	(으쓱)
규리	넌 왜 이렇게 아빠한테 낯 가리냐?
건규	다리 아퍼…
규리	내가 업어줄까? 업혀!
건규	잉? 그래도 돼?
규리	그~럼~! 당근빠따지!

규리, 손을 잡아끌어 건규를 등에 업는다.
건규, 규리에게 엉거주춤 업힌다. 둘, 킥킥 거리며 퇴장.
아빠, 지친 표정으로 등장. 집 앞에 서 있는 코치와 마주한다.

코치	안녕하세요. 정규리 선수 아버님 맞으시죠?
아빠	예? 예…
코치	만나 뵙기 힘들었네요. 안녕하세요. 승리펜싱클럽 도위진 코치입니다.
아빠	아- (어색하게 목례)
코치	단도직입적으로 말씀드리겠습니다. 정규리 선수를 제가 맡아 훈련하고 싶습니다.
아빠	예? 선수요? 규리는 열두 살인데-

코치   훌륭한 펜싱 선수입니다. 제대로 배우면 더 거침없이 성
장할 테고요. 초등부 연습경기를 봤습니다. 시작한 지 2년
이 채 안 됐다고 들었는데 실력은 중학부 엘리트 못지않
던데요.

아빠   죄송합니다. 딸이랑 아들이 같이 다니는 초등학교에서 방
과 후 활동? 뭐 그런 걸로 펜싱 꽤 오래한 건 알고 있어요.
둘 다 재미있어 하는 눈치고요. 하지만 지금 규리한테 전문
적으로 스포츠를 시킬 여력이 못됩니다. 지금 둘이 취미로
하는 것도 생각보다-

코치   비용은 추후에 논의하셔도 됩니다. 제가 찾아온 거니까요.
규리랑 함께라면 아드님-

아빠   건규요.

코치   예, 건규도 함께 와도 좋습니다. 물론 아드님 레슨비는 무료
구요. 장비도 클럽 보유 선에서 최대한 지원하겠습니다. 규
리 실력에 비하면 지금도 시작하기에 빠르지가 않아요. 따
님은 펜싱에 천부적인 재능이 있습니다. 천재예요.

아빠   예? 규리가 뭐라고요?

코치   천재요. 펜싱천재. 굉장한 재능입니다. 게다가 본인도 펜싱
을 재밌어하고요. 잘 배우고 부상 관리만하면 국가대표가
될 재목이에요.

건규, 규리 들어오면서.

건규   다리 아프지? 그러게 무슨 업어준다고-

규리   아닌데 아닌데? 완전 멀쩡한데?

건규   진짜 안 무겁다고?

규리   그~럼~! 당근빠따지!

건규	응~ 뺑~ 아니쥬? 무겁쥬? 응~ 다리 덜덜~ 응~
규리	아 아니라고! 어? 아빠!

아빠, 고개를 돌려 규리를 바라보다가, 코치를 본다.

규리	응?

아빠, 규리를 오래도록 바라본다.

건규	십삼 빼기 삼은 십.
모두	십삼 빼기 삼은 십.
건규	누나랑 나는 승리펜싱클럽에 같이 등록했어. 아빠는 그 전보다 더 바빠져서 얼굴 보기 더 어려워졌고. 근데 뭐, 괜찮았어. 어차피 누나랑 나는 둘이니까.

건규, 규리 승리펜싱클럽에서 코치에게 훈련받는다.

훈련, 각자 다른 상대와 대련의 움직임 연속.

초등부 본선 경기. 관중소리. 건규, 규리 경기가 동시에 진행된다.

건규는 자꾸만 넘어지고, 엉덩방아를 찧고, 찔린다. 진다.

이기고 있는 규리를 바라본다. 건규 고개를 푹.

규리, 우승한다. 금메달을 목에 건다.

아빠, 코치 규리에게 달려간다. 아빠, 규리를 와락 안는다.

코치	정규리 잘했어! 첫 대회에서 금메달이야! 수고했다! 정말 장해!
규리	감사합니다!

규리, 건규 쪽을 본다.
목에 걸려있던 금메달을 풀어 주머니에 넣고 다가간다.

규리   워! 뭐해! 일어나 집에 가자.

건규   …

규리   나 오전경기라서 끝나고 너 것도 봤어. 많이 떨렸어? 몸이
         쫌 굳었더라! 많이 들이대고 많이 찔러봐야 하는데!

건규   쪽팔리게 왜 봤어!

규리   쪽팔리긴 뭐가 쪽팔려! 다음에 이기면 되지!

건규   아, 몰라. 계속 져. 맨날 맨날 져.

규리   나중에 계속 이기려고 지금 많이 지나봐. 끄치?

건규   나중에 언제! 할아버지 돼서????

규리   아냐 할아버지 되기 전에 꼭 이길 거야! 난 알아!

건규   진짜?

규리   그~럼~!

건규규리 당근빠따지! (둘,킥킥 웃는다)

규리   넌 너를 좀 믿어줘야 돼!

         건규, 손을 내민다. 규리, 장난스레 손 잡는다. 건규 툭 쳐낸다.

건규   아, 말고~!

         규리, 잠시 건규 손을 보다가 주머니에서 금메달을 꺼내 올려놓는다.

건규   메달은 왜 숨기냐?

규리   미안.

건규   오~~~ 빤짝빤짝~~~~ 이거 진짜 금이야 근데? 깨물어 봐

도 돼?

규리 아 안 돼! 드럽게! 야! 야!

둘 투닥투닥.

건규 금메달 축하해 누나.

규리 응. 고마워.

건규 진짜 짱이다. 학교 애들이 다 누나 안다? 그래서 나도 엄청 유명해. 정규리 동생이라고.

규리 그래? 정건규 아니고 정규리 동생인데도 괜찮아?

건규 그~럼~! 당근빠따지! 난 누나가 엄~청 자랑스럽다고!

규리, 살짝 놀란 표정으로 건규를 보다가 이내 웃는다.

모두 십사 빼기 삼은 십일.

규리, 상대가 있는 연습경기. 건규, 구경 중.

코치 자자, 연습경기 가보자! 앙가르드 프레, 알레!

규리와 상대선수, 서로에게 튀어가 팡트. 규리점수로.
규리 고개를 갸웃하다가 손 든다.

코치 어어 규리, 왜?

규리 제가 먼저 찔린 것 같은데요. 아닌가?

규리, 갸웃하며 상대 선수에게 다가가 칼을 잡고 자신에게 찔러본다.

센서 오류. 코치, 호탕하게 웃는다.

코치 그래그래, 이번은 해진이 점수네. 방금 규리가 한 건 '투셰'.

건규 투셰?

규리 투셰요?

코치 그래. 연습경기에서도 그렇고 센서 오류는 공식 경기에서도 종종 있는 일이야. 그래도 찔린 사람은 알지. 먼저 찔렸다는 거. 아프니까. 그치?

규리 네.

코치 그게 투셰야. 오류 득점자가 먼저 찔렸다는 걸 인정하고 상대에게 점수를 한 점 내주는 거지. 방금 네가 한 게 그거고.

규리 투셰.

코치 그래. 투셰. 눈앞의 한 점이 중요해도 펜싱은 결국 스포츠니까. 스포츠맨십이 중요해. 스스로를 떳떳하게 생각하는 건 더 중요하고. 잘했다 정규리. 가르쳐준 적도 없는데 인정하는 법을 아네.

건규 오~~~누나 짱이다! 멋지다!

규리 ㅎㅎㅎㅎㅎ. (부끄러운데 기분 좋음)

건규 투셰 쫌 멋있는 듯.

규리 펜싱 진짜 재밌다.

건규 나도 나중에 투셰 해보고 싶다!

규리 근데 혹시… 나한테 음 그, 다른 하고 싶은 말 없어?

건규 엉? 잘했어 누나?

규리 아니, 그거 말고 다른 거. 예를 들면 그- 너가 전에 해줬던 말 같은 거라던지- 작년이었나~? 그 있잖아 왜~ 그~ '나는~ 누나가~ 엄!청~' 그거~

건규	엥?
규리	(귓속말로) 자랑스럽다구, 자랑스럽다구 해주라.
건규	어?
규리	어? 해주라!
건규	나는 누나가 엄청 자랑스러워!
규리	ㅎ!
모두	십오 빼기 삼은 십이.
건규	십오 빼기 삼은 십이.

움직임만. 규리, 코치에게 집중 코치 받는다.
건규도 한 켠에서 나름 열심히.
규리는 건규와 마주할 땐 새로 딴 메달을 주머니에 넣는다.
아빠는 한 켠에 많은 상패와 메달들을 소중하게 건다.
아빠와 코치 규리에게 무어라 말한다.
규리, 자꾸만 한쪽 피스트 끝으로 몰린다. 반복.

규리, 연습하다가 이따금씩 가만히 서 있는 시간이 많아진다.
건규, 멍한 규리를 톡톡. 둘, 함께 연습대련한다.
(배경이 클럽에서 아지트로)

모두	십육 빼기 삼은 십삼!

규리	알뜨! 잠깐 멈춰봐.
건규	응?
규리	상대를 너무 피스트 끝으로 몰지 마.
건규	왜?
규리	응?

건규	왜애?
규리	오 왜냐고 물을 줄은 몰랐는디. 음… 그냥?
건규	그으냐앙? 그으으으으냐하아아아아아앙? 누나는 피스트 끝까지 안 가도 점수 낸다 이거냐?! 허! 차!
규리	아니 그런 건 아닌데…
건규	재수업써 유망주! 맨날 1등 지쑤업써!
규리	아니 그런 거 아니라니까~
건규	그럼 왜? 피스트 밖으로 밀어도 점수 받을 수 있잖아.
규리	쫌 슬프니까.
건규	뭐가?
규리	끝까지 밀려나는 거. 피스트 밖으로, 경기장 끝에 끝까지 내몰리는 거. 그건 쫌 슬퍼. 그러니까 그 전에 잡아주면 좋잖아. 너도 안 떨어지고 상대 선수도 안 떨어지면 좋잖아.
건규	응?
규리	가여운 초딩이 이해를 못하는구만!
건규	나도 이제 곧 중딩이거든?!
규리	어허! 수다스럽구나 초딩아!
건규	아씨!
규리	좋다. 그럼 중학부 엘리트! 올포디움 정규리 유망주께서 피스트 끝까지 안가고 점수 내는 법을 전수해주마!
건규	아씨.
규리	(일어난 건규 보고) 너 키 컸어?
건규	응 나 6학년 되고 8센티 컸잖아~
규리	미친 대박;
건규	ㅎ!

3장. 세계가 깨질 때 어떤 소리가 나는지 알아?

모두 십칠 빼기 삼은 십사!

펜싱클럽. 규리, 천천히 오른쪽 발목을 풀며 멍 때리고 있다.
건규, 슬금슬금 다가가 툭.

건규 워! 무슨 생각해?

규리 세계가 깨질 때 어떤 소리가 나는지 알아?

건규 응? 세계가 깨질 때? 무슨 말이야?

규리 아냐. 그건 그렇고 너 진짜 무섭게 큰다. 비실이었는데. 이
젠 나보다 훨씬 크잖아. 신기해.

건규 개쩔지? 근데 원래 중, 고등학생 때 엄청 크는 남자애들 있대.

규리 아빠가?

건규 아니, 코치님이.

규리 흠! 아들이라 그런가?

건규 너나 아빠랑 친하지. 아니, 근데 요샌 전만큼은 아닌가? 너
아빠 쪼금 피하잖아. 사춘기 왔냐?

규리 이게 누나한테!

건규, 낄낄댄다.
규리, 마주 웃어주며 천천히 오른쪽 발목을 푼다.

건규 요새 웜업할 때 발목을 왜 이렇게 오래 풀어? 아퍼?

규리 (으쓱) 아냐, 신경쓰지 마.

건규 (으쓱 과장) 애내~ 신갱쓰지뭬~ 아 뭔데~ 요새 왜 그러냐고~

규리 (씨익 웃는다) 중딩이 고딩의 아픔을 알겠냐?

건규　아 어쩌라고!

규리　애 애째래걔~

건규　걱정해줘도 난리야!

규리　객쟁해줘돠 낸뭐얘~

건규　아이씨!

규리　연습해.

건규　괜찮은 거 맞아?

규리　그~럼~! 당근빠따지!

규리, 두 팔로 건규를 주욱 밀어내고 다시 오른쪽 발목을 푼다.
건규, 뒤에서 규리를 바라본다.

건규　나는 중학생이 되면서 엄청 커졌고 누나는 고등학생이 되면서 조금 이상해졌어. 말도 별로 안하고. 자주 억지로 웃었어. 코치님한테도, 아빠한테도, 가끔은 나한테도. 다른 사람들은 몰라도 난 못 속여. 코치님, 아빠, 전부 나한테는 쨉이 안 되니까.

코치 등장.

코치　자자 건규리. 레슨 시작하자. 규리는 아직도 몸 풀어?

규리　다 풀었어요.

코치　컨디션 어때?

규리　좋아요. (웃는다)

코치　그래그래 좋다! 컨디션 이상 있는 것 같으면 바로 말해야 돼. 응? 국대선발전 준비해야지. 지금이 골든타임이야. 이제 시작이다 알지?

규리	알죠.
코치	그래그래. 건규는? 곧 첫 중학부 대회네.
건규	네.
코치	발육이 좋아져서 기량도 폭발적으로 올랐어. 그래도 첫 대회고 2,3학년들도 많이 나오는 대회니까 너무 욕심 안 내도 돼.
건규	네.
코치	자. 앙가르드!

둘, 각자 자세를 잡으면. 경기 시작. 관중의 함성소리.
각자의 경기가 시작된다.

심판	프레, 알레!

두 사람의 경기가 동시에, 가끔은 번갈아 진행된다.
선수들의 기합소리, 관중소리, 캐스터의 중계소리.
규리 경기쪽에 있는 코치의 코칭소리와 아빠의 소리.
건규, 동메달을 딴다. 포효. 환호성. 건규의 목에 동메달이 걸릴 때,
규리 크게 넘어진다. 비명을 지르며 오른쪽 발목을 부여잡는다.
모든 소리 멎는다. 건규를 제외한 모두의 움직임도 멎는다.
건규, 몸을 돌려 규리 쪽으로.

규리	(혼잣말) 세상이 깨질 때 어떤 소리가 나는지 알아?

건규, 천천히 메달을 벗어 주머니에 넣는다.
전환. 규리, 피스트를 침대 삼아 그대로 눕는다.

건규	누나, 병원 가자.

규리	이따가.
건규	어제도 그랬잖아. 맨날 누워만 있어. 침대에 몸 붙었냐?
규리	…
건규	재활 열심히 해야 금방 좋아지지. 응? 누나.
규리	…
건규	누나.
규리	…
건규	누나!
규리	…
건규	누나!!!!!!!!!
규리	아 진짜ㅋㅋㅋㅋㅋㅋ목청 개크녘ㅋㅋㅋㅋ
건규	빨리 일어나. 병원 가게.
규리	그럼 나 업어줘.
건규	뭐?
규리	업어줘. 나 아프잖아.

규리, 침대에 앉아서 두 팔을 주욱.

건규, 에이씨 하면서도 규리를 업는다.

규리	나 치료 끝날 때까지 기다려줄 사~~~~람?
건규	…
규리	(한 손으로 건규 머리 퍽)
건규	악!
규리	기다려줄 사~~람? 기다렸다가 아지트 같이 가 줄 사~~~람?
건규	아 산 꼭대기까지 어떻게 업고가라고!!!!!!
규리	(다시 머리 퍽)
건규	악!

규리	기다렸다가 아지트 같이 가 줄 사~~~~~~~~~람? (건규 눈앞에 주먹 흔들)
건규	아, 나 나 나 나!
규리	아싸~~~~호오~~~예에~~~~
건규	진짜 미친놈 같애.

규리, 건규 나갔다가 바로 다시 등장. 아지트.
건규 힘들어 죽으려고 한다.
업고 있던 규리 내려놓으면. 규리 신나게 뛰어서 피스트 위로.

건규	씨… 잘만 뛰어댕기면서…
규리	기분 되~게 좋다! 그치?
건규	난 되~게 힘들거든?

건규, 궁시렁 대면서도 씨익 웃으며 앉아있는 규리 옆에 앉는다.

규리	너 이번엔 은메달 땄다며? 엘리트도 등록하고?
건규	어떻게 알았어?
규리	코치님이 맨날 전화하시니까. 아빠한테도 들었고. 나한텐 왜 얘기 안 하냐?
건규	학교 끝나면 도망가지 말고 나랑 클럽 가.
규리	건규야 펜싱 재밌어?
건규	아니?
규리	에~~~~~~~~~?
건규	누나 맨날 침대에 붙어있잖아. 혼자 있으면 심심하단 말야. 그러니까 이제부터 다시 같이 다니자. 병원도 맨날 맨날 가고.
규리	…

건규   어???????

규리   너가 나 맨날 업어준다고 하면.

건규   미친놈아!

둘, 웃는다. 음악. 움직임

규리, 건규 같이 클럽으로 간다. 코치에게 인사.

같이 몸을 풀고 훈련한다. 업어서 병원도 같이 간다.

훈련하고, 물리치료 받고. 건규는 기다렸다가 또 업고.

반복한다. 규리 점점 시원하게 웃는다.

건규, 꾸준히 메달을 딴다.

규리도 전의 기량이 돌아와 대회에서 좋은 성적을 낸다.

쏟아지는 뉴스 기사들 속에서 둘은 또 자란다.

모두   십팔 빼기 삼은 십오!

건규의 집, 아빠와 담당자가 만난다.

건규, 집에 들어오다가 둘의 대화를 듣는다.

아빠   그러니까 후원제안을… 진우중공업같은 큰 회사에서-

담당자   네. 캐치프레이즈는 〈정남매 공식 후원〉으로 하려고 합니다. 펜싱 불모지인 한국에서 남매를 동시 후원하는 경우는 없었어요. 저희가, 그러니까 우리가 최초가 될 겁니다.

아빠   최초요?

담당자   네. 사실 정규리 선수가 부상 이후 입스가 크게 와서 많이 고민했어요.

아빠   그건-

담당자   네네 알죠. 최근 기량이 다시 폭발적으로 늘었어요. 성인 선수도 부상 이슈 극복이 어려운데. 대단해요. 정건규 선수는, 아드님께 죄송한 말씀이지만 아직 최고의 기량은 아니지만 괜찮습니다. 〈정남매 공식 후원〉! 그게 중요하니까요. 뭐, 성적도 오르는 추세고요.

아빠   네. 감사합니다. 감사해요 정말. 코치님과도 이야기를 좀 해야겠네요.

담당자   도위진 코치님께서 선수들 포트폴리오를 저희 쪽으로 보내주셔서 시작된 일이에요. 아버님께 실례가 되지 않는 선에서의 두 선수 경제적 현황도 간략히 말씀 주셨고요. 아버님께서 혼자 선수들을 케어하고 계시다고요.

아빠   아, 코치님께서… 그것도 감사한 일이네요.

담당자   아버님께서 고생하고 계시는 거죠. 다만, 본사에서는 리스크가 큰 지원이라고 생각했습니다. 그래서 후원에 앞선 컨디션을 추가했어요.

아빠   후원조건이 따로 있다는 말씀이세요?

담당자   네. 불가능한 조건은 아닙니다. 정규리 선수의 국가대표 선발과 정건규 선수의 이번 대회 은메달 이상의 성적을 필요로 합니다.

아빠   그 두 가지가 이뤄지지 않으면 후원이 철회됩니까?

담당자   음. 두 선수 모두 지금의 활동 성적이면 이변이 없는 한 후원이 이뤄질 겁니다. 그렇겠죠?

아빠   그래야죠. 그렇게 하겠습니다.

담당자   사실 정건규 선수보다는 정규리 선수 국가대표 선발이 중요합니다. 국대선발 컨디션만 충족되면 저희 팀에서도 본사설득이 가능할 거예요. 정건규 선수 성적이 조금 부진하더라도요.

담당자 퇴장.

건규, 가만히 서서 아빠에게 무언가 이야기하려다가 중얼거리며 퇴장.

건규   은메달 이상. 은메달 이상. 은메달 이상-

혼자 남은 아빠, 서류를 바라본다.

아빠   규리만, 규리만 되면-

이내 경기장 소음.

규리   건규는?

아빠   지금 건규 신경 쓸 때 아니야. 집중해.

규리   건규도 오늘 시합이잖아. 끝나고 온대?

아빠   정규리. 오늘 이기면 국가대표야. 진짜 올림픽 가는 거야. 응? 아빠는, 아빠는 너만 봤어. 알지? 알지, 규리? 내 딸?

규리   알지.

아빠   그래, 올라가.

규리, 피스트 위로.
상대의 득점. 환호성. 규리, 오른 발목을 살짝 만지다가 다시 자세.

캐스터1   정규리 선수. 14살 데뷔 경기에서 압도적인 성적으로 금메달을 따고 유망주로 급부상했습니다. 이후 발목 부상으로 성적이 부진했는데 작년 다시 폭발적으로 성적을 올렸죠.

캐스터2   입스 이후에 이렇게 기량이 오르는 선수는 아주 드뭅니다. 어린 시절부터 천재로 불린 선수예요.

캐스터1 오늘 국가대표선발전. 승리한다면 올림픽으로 가는 거죠?

캐스터2 그렇죠! 대한민국의 대표로 올림픽에 출전하게 됩니다.

캐스터1 정규리 선수 투혼 중이지만 상대 선수인 이서래 선수는 1점 앞둔 상황입니다. 이서래 선수도 네 살 때 처음 칼을 잡고 단 한번도 쉬지 않은, 만만치 않은 실력자입니다!

캐스터2 정규리 선수 아주 공격적인 악송을 선보입니다!

규리, 연달아 2점 획득. 경기장 환호.

건규, 목에 금메달을 걸고 뛰어 들어온다.

코치 좋아, 규리야 딱 1점이야. 1점!

아빠 정신차려! 응? 정규리! 할 수 있어. 할 수 있어!

심판 앙가르드, 프레, 알레!

공방전, 두 선수 튀는 공처럼 서로에게 팡트.

규리 쪽 적색 불이 켜진다.

코치와 아빠의 환호.

캐스터1 아! 정규리 선수! 마지막 1점을 가져갑니다!

캐스터2 정규리! 입스를 딛고 국가대표에 당당히 오릅니다!

환호 속에서 규리, 가만히 서 있다.

건규 누나! 나 금메달 땄어! 누난 역시 진짜 짱이다!

규리, 고개를 들어 건규를 본다. 건규에게 마주 웃어준다.

그리고 손을 든다. 상대 선수의 칼을 자신에게 꾸욱.

캐스터1 정규리 선수, 투셰를 선언하네요.

캐스터2 센서 오류를 직접 증명해보입니다.

캐스터1 투셰를 선언하며 이서래 선수에게 방금의 득점을 내어줍니다. 이렇게 되면 대한민국의 국가대표가 이서래 선수로 결정 됩니다!

캐스터2 드라미틱한 순간입니다. 이서래 선수, 눈물을 보입니다!

왁자한 소음. 이내 줄어든다.

건규, 못박힌 듯 그 자리에 벙쪄서 서 있고, 아빠는 전화 통화.

코치, 규리에게 다가간다.

코치 정규리! 너- 너 이렇게 중요한 순간에. 어떻게- 너 이거 경기를 포기한 거야!

규리 제가 연습경기에서 처음 찔렸다고 했을 때, 코치님이 알려주셨잖아요. 투셰. 잘했다고 해주셨잖아요. 가르친 적도 없는데 인정하는 법을 안다고.

코치 그건 과정이었고 인마! 너한테 지금처럼 결과가 중요한 때가 있었어? 어떻게 이래! 양심이 메달 주는 거 아니야. 메달은 센서가 주는 거라고!

아빠, 통화를 끝내고 규리에게 시선.

규리 아빠. 아빠. 누구랑 통화했어? 응? 아빠. 화났어?

규리, 아빠에게 다가가려 하는데. 아빠, 손을 들어 막는다.

규리, 화들짝 놀라 멈춰 선다.

아빠, 규리를 슬픈 눈으로 바라보다가 퇴장. 규리 입만 벙긋거리다가 고개 푹.

건규. 서 있던 자리에서 천천히 목에 걸려있던 제 금메달을 벗어 손에 쥔다. 그렇게 가만히 한참. 규리, 건규에게. 짐짓 밝게.

규리 첫 금메달 축하해 건규야!

건규 …

규리 첫 우승이네. 엄청 엄청 자랑스러워!

건규 왜 그랬어?

규리 우리 처음에 투셰 배웠을 때. 엄청 좋았는데 그치? 너도 같이 배우고서 그랬잖아. 짱이라고, 멋지다고. 나중에 너도 투셰 해보고 싶다고. 그때 너가 나한테-

건규 왜 그랬냐고!

규리 자랑스럽다구, 자랑스럽다구 해주라. 응?

건규 …

규리 해주라 건규야. '나는 누나가 엄청 자랑스러워~' 해주라.

건규 후원 조건. 정규리 국대 선발, 정건규 은메달 이상. 아빠랑 직원이랑 얘기하는 거 들었어. 그 사람은 사실 나한테는 별 관심도 없더라. 후원 광고 제목이 정남매 공식후원인가 그렇다고 하면서. 내 은메달 이상 성적이 조건이긴 한데 사실 정규리 선수만 우승하면 괜찮을 거라더라. 근데 난 괜찮았어. 또 누나한테 끼워 팔아져도, 천재 정규리한테 덤으로 붙는 별볼일없는 새끼여도 난 진짜 열심히 했어.

규리 건규야-

건규 난 이제 성적 나오기 시작했는데. 왜 그랬어? 왜 포기해버렸어? 안 아까워? 아니어도 자기 점수라고 소리 지르고 우겨도 모자란 걸. 실점 했다고 왜 나섰어? 나는, 나는 간신히

여기까지 왔는데. 나는 이제야 올라가고 있는데. 나는 이제야-

규리 미안. 그래도 나는 떳떳하고 싶어서. 자랑스러운 사람 되고 싶어서-

건규 누나는 그 씨발 자존심 때문에 다 박살낸 거야. 주위 사람들 다. 아빠, 코치님, 니 팬들, 그리고 이제 간신히 기어 올라오려고 했던 나까지 다 박살낸 거라고.

규리 그렇게 말하지 마 응? 미안해 나 후원 얘기는 진짜 몰랐어. 다음에 같이 더 잘하자. 나 더 열심히 할 거야. 같이 또 이기자. 응? 우리 같이 아지트 갈까?

건규 좆같은 산엔 너나 가.

규리 미안해. 기분 풀어, 응? 건규야 미안해. 산에 가자 같이. 응? 건규야-

규리, 건규에게 손을 뻗는데, 건규 무섭게 쳐낸다.

규리 다음에, 다음에 같이 가자. 오늘은 나 혼자-

규리, 건규 바라보다가 퇴장.
건규, 펜싱클럽으로. 티비를 켠다. 펜싱경기.
티비 볼륨을 올린다. 소란함 속에서 홀로 맹렬히 연습.
코치, 뛰어들어온다.

코치 정건규! 얼른 집으로 가봐라! 아버님한테 전화 왔어. 규리가, 규리가-

티비 속 경기 소리 커진다. 뛰어 나오는 아빠.

정신없이 움직이는 사람들. 코치- 그 모든 것들 사이에 홀로 멈춘
건규.
모든 소리 멎는다. (혹은 강한 진동)
건규 제외 모두 입만 벙긋벙긋, 아주 느려진 움직임.

건규　　세계가 깨질 때-

규리, 지나간다. (1장에서 여자가 나간 방향으로 천천히 걸어서) 건규
의 시선, 규리를 따라간다.

건규　　세계가 깨질 때 어떤 소리가 나는 지 알아?

영상, 기사 헤드라인들. 유망주의 죽음. 실족사. 등-
규리 퇴장하면. 모두, 빠르게 흩어진다. 홀로 남은 건규.

건규　　아무 소리도, 아무 소리도 안 나. 좆 같은 침묵. 그리고 약간
　　　　의 두통. 그게 전부야.

전환. 건규, 서 있던 피스트 위에 무너지듯 드러눕는다.

4장. 완벽한 복수, 완벽한 속죄는 열여덟 살에

아빠　　건규야.
건규　　…
아빠　　누나 산에 올라가던 날- 너한테는 무슨 얘기 없었어?
건규　　없었어요.

아빠   항상 같이 가던 데잖아… 너희 아지트라며 거기가. 그 날은 왜 같이 안 갔어?

사이.

아빠   학교 가야지. 장례 끝난 지도 일주일쨴데. 언제까지 누워만 있을 거야.

건규   …

아빠   내일부턴 학교 나가라.

아빠 퇴장.

건규   누나가 산에서 떨어지기로 결정한 건지. 쏟아지는 기사에서처럼 정말 사고였는지는 나는 몰라. 같이 안 갔으니까. 사실 아무도 몰라. 누나만 알겠지. 그런데 그게 중요해? 누나는 산에 올라가기 전에 이미 죽었어. 내가 온 힘을 다해서 누나를 찢어놨으니까. 그러니까 내가 누나를 죽인거야. 이게 내가 저지른 두 번째 살인.

모두   두 번째 살인!

건규, 누운 채로 독백. 머리와 등은 바닥에 붙이고 팔, 손가락, 하체, 특히 다리, 발을 움직이면서 대사한다.

건규   누나가 죽은 후에 이상하게 밤에 자려고 누우면 발바닥이 엄청 뜨거워서 벌떡벌떡 일어났어. 병원에선 원인이 혈류량이 늘어서일 수도 있다고 하고, 스트레스일 수도 있다고 하고. 성장기라서 그럴 수도 있다고- 아리까리한 말만 하면서 발바닥을 바늘로 찔러줬어. 신기하게 발바닥인데도 피가 꼭 분수처럼 솟는 거야. 무슨 특수 효과처럼.

그래도 발을 찌르면 살만했어. 피를 내면 한동안은 뜨거운 게 사라졌으니까. 병원에 가는 게 귀찮아져서 그 다음부터는 내가 내 발바닥을 바늘로 찔렀어. 그날도 발바닥이 타는 것 같이 뜨거워서-

건규, 끙끙 앓는다. 두 다리를 번쩍 든다.

건규   바늘로 양 발바닥을 콱 콱 찔렀어.

얇게 치솟는 두 줄기의 피.

건규   솟는 피를 보니까. 이상한 결심이 들었어. 그건, 그건-
모두   복수!

건규, 천천히 몸을 일으킨다.

건규   누나보다 더 높은 곳으로 올라갈 거야.
모두   뭘로?
건규   음…
모두   음…
건규   펜싱으로. 누나는 펜싱을 했으니까. 펜싱만 했으니까. 펜싱으로.

건규, 까치발을 선다. 몸의 중심을 잡으려 애쓴다. 동시에 팔과 머리 손끝을 위로 향한다. 발끝으로 서서 아슬아슬하게 버틴다.

건규 엄청 어렵겠지만. 진짜 열심히 해서. 그래서 누나보다 더 높이 올라가서 맨 위에 섰을 때.

모두 그때-

건규 그때 떨어져 죽을 거야.

건규, 뒤꿈치 바닥에 쿵! 위로, 위로 뻗었던 팔, 고개도 모두 툭.

건규 이게 깨져버린 내 세계를 위한 복수이자 용서를 구하는 방법. 그리고 내가 저지를 세 번째 살인.

모두 저지를 세 번째 살인!

건규 내가 죽인 누나는 열여덟 살. 내가 죽일 나도 열여덟 살이어야 돼. 꼭 그래야 돼. 완벽한 복수. 완벽한 속죄는 열여덟 살에. 그러니까 난 아주 바빠져야 돼. 3년밖에 안 남았으니까. 십팔 빼기 십오는 삼. 앞으로 3년.

맹렬히 연습. 포효. 메달. 바라보는 코치. 발밑이 뜨겁다.
콱 콱. 솟는 두 줄기의 피.
경기와 발바닥이 뜨거워 끙끙거리는 건규의 반복.
콱 콱, 솟는 두 줄기의 피.

모두 십팔 빼기 십육은 이!

건규 앞으로 2년.

경기장 소리. 건규, 맹렬하게 공격. 자꾸만 상대를 피스트 끝으로 몬다.

심판 프레, 알레!

코치 정건규!

상대선수, 피스트 밖으로 떨어진다. 건규 득점. 포효.
바우트 사이 쉬는 시간. 코치, 건규의 칼을 잠시 받으며 물을 건넨다.

규리   상대를 너무 피스트 끝으로 몰지 마.
코치   정건규. 너 상대선수 죽일 거야? 왜 이렇게 피스트 끝으로
       몰아?
건규   떨어뜨려도 점수 나잖아요.
코치   아무리 그래도 인마-

건규, 물 마신다.

규리   끝까지 밀려나는 거. 피스트 밖으로, 경기장 끝에 끝까지 내
       몰리는 거. 그건 쫌 슬퍼.
코치   침착하게 가야할 거 아냐!
건규   침착하다고 점수 줘요? 메달 주냐고요.
규리   그러니까 그 전에 잡아주면 좋잖아. 너도 안 떨어지고 상대
       선수도 안 떨어지면 좋잖아.
코치   너 팡트 들어갈 때 칼 너무 휘어 인마. 힘을 얼마나 주는 거
       야? 찔러서 죽일 거야?
규리   '연습에서 찔렸으니까 진짜로 할 때는 잘 피해? 꼭 살아!'
건규   칼 주세요.
코치   정건규!
건규   칼 달라고요!

건규, 코치 손에서 칼을 빼앗아 다시 피스트로.
몇 번의 점수내기 끝에. 마지막 한 점 남긴 건규.

캐스터1	정건규 선수. 마지막 한 점 남은 상황입니다!
캐스터2	열여섯 중3입니다. 사실 엘리트 등록 직후에는 별로 주목 받는 선수는 아니었는데요.
캐스터1	작년부터 무섭게 치고 올라오고 있습니다.
캐스터2	공격적인 스타일이 아주 돋보이는 선수입니다.
심판	프레, 알레!

두 선수, 서로를 동시에 찌르고. 강하게 포효하며 어필한다.

캐스터2	두 선수 강하게 본인득점을 어필하고 있습니다.
캐스터1	아 이번 악숑 너무 동시에 들어가서 점수확인이 굉장히 어려운데요.
캐스터2	알레와 동시에 두 선수 모두 같이 발을 떼서 공격권 판단도 어렵습니다. 심판의 결정이 굉장히 중요하겠는데요.

건규 승 판정. 건규 포효.

| 캐스터1 | 아 정건규 선수의 득점 인정됩니다. 경기 종료 되네요! |

관중의 환호성. 건규 목에 걸리는 금메달.
건규, 메달을 벗어 주머니에 넣는다.

코치	말 드럽게 안 듣네. 그래도 고생했다. 근데 이번엔 상대가 빠르지 않았나? 내가 보기엔 그랬는데.
건규	(정리)
코치	아니야?
건규	…

코치	어?????? 아니야?
건규	아니에요. 내가 먼저 찔렀어요.
코치	찌른 놈은 몰라도 찔린 놈은 알지.
건규	센서가 이겼다잖아요.
코치	기계라고 다 맞어? 센서 문제 엄청 많잖아. 알잖아 너도.
건규	상관없어요. 내가 이겼으니까.
코치	건규야, 너 펜싱 재밌냐? 왜 대답이 없어 재밌어?
건규	내일 봬요.
코치	건규야. 규리 일 너 때문 아니다. 그러니까 규리가 못한 거 니가 억지로 할 필요도 없는 거야 인마.
건규	그런 거 아닌데요.
코치	그래? 그럼 됐고. 하고 싶은 거 해라 너 하고 싶은 거.
건규	이제 와서요?
코치	그러게. 이제 와서. 미안하다. 그래도 이제라도 해봐야 되잖냐. 응?

건규, 말없이 코치에게 꾸벅 인사하고 돌아선다.
가방을 어깨에 멘다. 전환. 집. 아빠와 마주친다.

건규	다녀왔습니다.
아빠	그래.

가방을 툭 내려놓고 주머니에서 메달을 꺼내 한참 내려다본다.
그러다 아무 데나 툭.

모두	십팔 빼기 십칠은 일!

건규, 자다가 벌떡 일어나 발바닥을 만진다.

건규   앞으로, 앞으로 1년.

바늘로 두 발을 콱 콱. 솟는 피. (혹은 선)

5장. 들어봐, 이건 운명이라니까?

모두   십팔 빼기 십팔은 영!
건규   이제.
모두   저지를 세 번째 살인!
건규   곧 나는 없어져.

건규, 가방을 메고 학교 가려는데.

아빠   새학긴데 뭐 필요한 거 없어?
건규   없어져요.
아빠   응?
건규   없어요.

건규, 꾸벅 인사하고 퇴장 전환, 학교.
도형 엎어져 자고 있다. 건규 등장. 고민하다가 유일한 빈자리인 도형 옆에 가방을 내려놓고 앉는다. 전환.

선생님   저기 엎어져 자는 놈. 펜싱부지? 짝꿍, 펜싱부 깨워라잉.
건규   …

건규, 손가락으로 슬쩍 도형의 어깨를 톡톡 친다.

선생님   뭐하냐? 간지럽히냐? 제대로 흔들어 안 깨워?!

건규 한숨. 도형을 흔들어 깨운다.
도형 부스스 일어난다. 손등으로 스윽 침 닦는다.

선생님   펜싱부. 자지마라잉! 너 유망주라며? 그래도 내 수업시간엔
         안 봐준다잉!
도형   (늘어지게 하품) 저 펜싱부 아닌데요?
선생님   잉? 이 반에 펜싱 엘리트 있다던데? 정-뭐더라.
도형   저 김도형인데요.
선생님   뭐야? 이 새끼 펜싱부도 아닌데 엎어져 잤어?
도형   죄삼다~
선생님   뭐야 그럼 펜싱부 누구여?

건규, 손 든다.

선생님   너냐? 이름이 뭐야.
건규   정건규요.
도형   정건규??????? 너 그럼 정규리 선수 동생이야?! 나 진짜
         엄청 팬인데!
선생님   시끄러 임마!
도형   죄삼다~

건규, 고개를 홱 돌려 도형을 날카롭게 째려본다.
도형도 건규 쪽을 본다. 웃는다.

도형	하이.
건규	(고개 팩 돌려 씹는다)
도형	내향형이야? 수줍음 많은 편? MBTI뭐야?
건규	…
도형	아~차가운 컨셉이야? 쿨한 펜싱선수 뭐 그런 거?
건규	말 걸지 마.
도형	왜?
선생님	어어~~~그래그래~ 둘이 할 얘기가 많구나잉? 복도에 서서 편하게, 어? 허심탄회하게 오순도순 대화 나눠라잉~? 복도로 나가 이 새끼들아!!!!!!
도형	ㅎ!
건규	왜 나까지!

도형, 건규 나란히 선다. (쫓겨난다)
전환. 둘 마주본다. 승리펜싱클럽.

도형	어?!?!?!?!!? 너 여기 다녀? 미친 대박이다;
건규	…
코치	어, 둘이 만났냐? 인사해라. 이쪽은 김도형. 방금 취미반 등록했어. 그리고 이쪽은-
도형	알아요! 정건규!
코치	어, 그래? 나이도 같고 하니까 잘 지내봐. 친하게-
도형	네!
건규	(씹고 연습 준비)
코치	ㅎ… 살갑진 못해도. 괜찮은 애야. 이해해줘라.
도형	네, 내향형인 듯요. 우리 짝꿍이에요. 학교에서.
코치	아 그래? 같은 반이야?

도형	네 같은 반에 짝꿍에 같은 펜싱클럽. 오, 미친;
코치	뭐?
도형	아녜요 암껏도-
코치	그래, 펜싱은 처음이라고?
도형	네 눈팅은 진짜 많이 했는데 직접 해보는 건 처음이요. 근데 보는 거 엄청 좋아해서 룰이나 이런 건 다 알아요. 근데 저는 플러레 배우고 싶어서 등록한 건데 그럴 수 있어요?
코치	보통 한국에선 플러레부터 시작하니까 문제될 건 없지.
도형	아싸.
코치	플러레 왜 하고 싶은데?
도형	멋있잖아요!
코치	잉?
도형	살인무술 연습장르. 플러레에서 찌르는 건 사실 살려주는 거라던데요? 연습 때 찔렸으니까 실제로는 꼭 살으라는 거래요! 간지.
코치	누가 그랬는데?
도형	정규리 선수가요! 옛날에 인터뷰 봤거든요. 그거 보고 정규리 선수 완전 팬 돼서-
코치	흐악!
도형	예?

건규, 도형을 째릿. 코치, 건규 눈치. 전환

도형	야야, 들어봐, 이건 운명이라니까!? 같은 학교, 같은 반, 짝꿍에다가 같은 펜싱 클럽! 그리고 나도 남매야! 물론 넌 누나고 나는 여동생이긴 한데-
건규	시끄러워. 난 지금 누나 없어.

도형   엥?

*

도형   와 미친, 진짜 허벅지 터질 것 같아! (앉아서 주먹으로 허벅지 팡팡) 눈팅 할 때랑은 다르네. 넌 이거 어떻게 버텼냐? 처음에? 펜싱 언제 시작했어? 코치님 말로는 초딩 되기도 전에 시작했다며?

규리   근데 이 새샘초 안 다니면 여기 오면 안 돼요? 건규는 유치원도 안 다니는데.

건규   (개인연습)

도형   넌 하체 운동 어떻게 해? 등산도 도움 되나? 나 산 지인짜 좋아하는데! 언제 같이 갈래? 친구니까~

건규   (무시)

도형   흠! 그래도 다리 힘 쎄지면 재밌어지려나? 언제부터 재밌어져?

규리   펜싱! 아 또 배우고 싶다! 엄청 재밌는데!

도형   아 나 누구랑 얘기하냐고~~~

*

도형   너 보면 꼭… 어… 꼭… 뭐라고 해야 되지? 아! 꼭 발바닥이 엄청 뜨거운 사람 같아. 그런 얘기 있지 않나 그 뭐냐 불판 위에서 죽을 때까지 춤추는 사람 얘기. 아 이 얘기 어디서 봤더라?

건규   …

도형   그 얘기 동화였나? 헐, 맞다 동화였던 것 같다. 애들 보는 얘기가 뭐 이렇게 잔인하냐 그치?

건규   꺼져.

도형	야, 어디 가!

*

도형	있잖아. 너 산 좋아해?
건규	(무시)
도형	아~ 그렇구나~~~ 어? 나? 니가 물어보니까 하는 말인데 나는 산 지인짜 좋아해! 누가 산이 좋아 바다가 좋아? 하고 물어보면 난 무조건 산이야. 닥전벨붕.
도형/규리	산 짱 좋아. 더더더더 짱짱짱짱짱 좋아!
도형	그래서 말인데. 되게 좋은 데 갈래? 나 자주 올라가는 산에 진짜 시원하고 풍경도 잘 보이는 데 있거든. 내가 진짜 좋아해서 아무도 안 알려주는 스팟인데. 특별히 우리가 절친이 된 기념으로 데려가 줄게. 어때? 거기 가면 진짜 기분 좋아지거든? 그러니까 같이-
건규	야.
도형	(먼저 불러서 오히려 놀람) 어? 어어어어! 왜! 드디어-
건규	너 일부러 이러냐?
도형	어? 뭐가?
건규	씨발 진짜-
도형	어?
건규	빌어먹을 산엔 너나 가! 난 산 싫어. 존나 싫다고! 산 좋아하는 사람도 싫어. 아니 그냥 니가 싫어. 끔찍해, 끔찍하다고. 나한테 엉길 시간 있으면 연습이나 해. 아니, 아니다. 하는 거 보니까 가망 없던데 그냥 자빠져 잠이나 자. 너 그건 잘하잖아. 그거 하나 잘하잖아. 그게 낫겠다. 조용하기도 할 거고.
도형	…

건규, 보호구 다시 착용하고. 맹렬히 연습.

도형, 잠시 눈치보다가.

도형　다음에, 다음에 같이 가자. 오늘은 나 혼자-

도형 퇴장. 건규, 잠깐 멈췄다가, 텔레비전을 켠다. 펜싱경기 소음.

시간의 흐름. 잠시 후 클럽 전화기 요란하게 울린다.

건규, 아랑곳하지 않고 연습. 전화, 끊어졌다가 다시 울린다.

건규, 멈춘다. 짜증.

건규　코치님! 코치님 전화 왔어요. 코치님!

아무도 대답이 없다. 건규, 한숨 쉬곤 전화 받는다.

건규　여보세요.

미래　거기 승리펜싱클럽이에요?

건규　네.

미래　김도형 거기 있어요?

건규　네?

미래　저 김도형 동생인데요. 거기 간다고 하고 아직 집에 안들어
　　　와서요. 열두 시 다 돼가는데-

건규, 시간을 살핀다. 자정이 가까워지는 시간.

건규　핸드폰으로 전화 걸어봤어요?

미래　열 통도 넘게 했는데 안 받으니까 걸루 전화했죠. 거기 없
　　　어요?

규리 나는 산 짱 좋아. 더더더더 짱짱짱짱 좋아!

미래 여보세요?

규리 거기 가면 진짜 기분 좋아지거든? 그러니까 같이-

미래 김도형 없어요? 여보세요?

웅웅하는 진동. 커지는 텔레비전 속 경기 소음. (앞서 규리 사망소식을 들었을 때의 장면과 비슷) 건규, 전화 끊는둥 마는둥 던지곤 급히 보호구를 벗고 칼도 아무렇게나 던지곤 튀어나간다.

미래 여보세요? 여보세요?

달려들어온 건규, 산 입구에 선다. 산을 바라보며 잠시 망설이다가, 이내 달린다. 피스트 위를 달린다. 달리고 또 달린다. 숨이 턱 끝까지 찬다. 피스트 한쪽 끝에 가만히 앉아있는 도형 발견.

건규 야!!!!!!!

도형 어? 하이.

건규 하이? 하이??!?!?!?!?!? 야 이 미친 새끼야! 미쳤어? 돌았냐고! 지금 몇 신 줄 아냐? 새벽 한 시야. 새벽 한 시가 넘었다고 미친 새끼야! 죽을려고 환장했냐?

도형 땀 엄청 난다 너.

건규 난 너 뒤진 줄 알았어! 뒤진 줄 알았다고 이 또라이 새끼야! 나는 또 내가, 내가- (또 누굴 죽인 줄 알았다고)

건규, 고개를 푹.
숨을 몰아쉬다가 눈물이 난다. 손등으로 눈을 계속해서 벅벅.
사이.

도형 다 울었어?

건규 땀 닦은 거야.

도형 다 울었으면 나 좀 업어주라.

건규 미쳤냐?

도형 나 못 걸어 지금.

건규 뭐?

도형 아니 죽으라고 환장한 게 아니라 진짜 죽을 뻔했어. 뭐 밟았는데 죽 미끄러져서 넘어져가지고. 근데 못 일어나겠는 거야 전혀. 와, 진짜 개아픔. 아직도 아파. 미쳤고; 슬슬 추워지고 배도 고프고 한데 아무도 안 지나가는 거야.. 자빠지면서 핸드폰도 어디 갔나 모르겠고. 이게 그 영화 같은 데서 보던 조난인가? 근데 조난은 막 되게 높고 험준하고 어? 뭔 말인지 알지. 좀 그럴듯한 외국어 이름인 산에서! 어? 전문 산악인들한테나 일어나는 일 아니야? 내가 조난을 당하다니? 동네 뒷산에서? 나중에 시체로 발견돼도 이건 좀 간지 안 나는 거 아닌가? 이런 생각하고 있는데 니가 딱! 봐봐 내 말 맞지? 우린 운명의 친구라니까?! 너가 날 구조해 줬어! 너가 날 살려줬어!

건규 하여간에 주절주절.

도형 지는? 질질 짰으면서. 내가 주절주절이면 넌 훌쩍훌쩍임.

건규 땀 닦은 거라고! 말 존나 많네 진짜!

도형 입이 아니라 다리를 다쳤다니까. 얼른 좀 업어주라. 배고파 죽겠어.

도형, 앉은 채로 두 팔을 죽.
건규, 궁시렁거리지만 도형을 업는다. 산을 내려간다.

도형	다리 후들리냐?
건규	좀 닥쳐. 구라 안 치고 한 시간도 넘게 뛰어다녔다고.
도형	우리 이제 친구지?
건규	아니.
도형	아 왜! 한 시간 뛰어다녔다매. 한 시간이면 친구 빼박이지. 그것도 산길을!
건규	제발 좀 닥쳐. 무거워 죽겠어.
도형	아 거 고만 좀 튕겨! 친구 맞잖아 솔직히~
건규	넌 왜 그렇게 그 친구 소리에 집착하냐?
도형	너 외롭잖아! 외로운 건 힘이 엄청 세. 가끔은 사람도 죽여.

사이.

도형   친구 맞지? 어? 어?! 아 맞다 근데 나도 대회 준비 해볼려고. 아니 뭔가 엄청 열심히 하는 사람이 있으니까 가만히 있기 좀 아까운 느낌이 들어서. 코치님한테 물어봤더니 동기부여 겸해서 대회 하나 준비해보면 어떠냐고 추천하셔가지고. 그래서 마음 좀 굳게 먹으려고 내 아지트 온 거거든. 조난당할 뻔하긴 했지만; 난 사실 너랑 놀고 싶어서 클럽 가는 것도 좀 있는데 넌 맨날 대회 준비하고 바쁘고 하니까. 같이 대회 준비하면 좀 좋지 않겠냐? 물론 난 잘 못하니까 너한테 딱히 도움은 안 되겠지만 그래도 너도 플러레니까. 친구끼리 같은 목표 있으면 좋잖음! 같은 목표는 아닌가? 클럽 사람들은 전부 넌 올림픽 갈 거라고 그러던데. 나도 열심히 할 거야. 엥? 근데 뭐 말하려고 했더라? 아아아아! 근데 우리 친구 맞지? 어??????

건규   아 맞아, 맞으니까 제발 닥쳐. 그리고 움직이지 마. 무겁다고!

도형	(만족) 내 말 맞지? 이건 운명이라니까?
건규	아오씨 주절주절.
도형	응~ 훌쩍훌쩍~ 근데 너 국대선발 전까지 시합 몇 개 남았어? 나 보러가도 돼? 친구니까~
건규	안 돼!
도형	왜! 친군디!
건규	친구고 뭐고 난 남이 내 경기 보는 거 싫어. 안 돼. 니 시합이나 열심히 해.
도형	(주눅)
건규	… 대신에 너 시합 쫌 도와줄게.
도형	(웃는다) 아싸!

6장. 문제. 도형의 모양을 구하시오.
도형+조급함+메달-투셰= ?

건규, 도형 도복으로 갈아입는다. (노출)
도형, 여전히 장난치고 건규 짜증내지만 받아는 준다.
가끔은 깔깔 웃는 도형을 보고 슬쩍 웃기도 한다.
투닥거리기도 하고, 도형, 갑자기 건규에게 뛰어 업혀서 와당탕하기도.
둘, 코치와 함께 연습. 움직임. 따로 연습한다. 각자의 상대와 대련하기도 하고. 가끔은 같이 하기도 한다.

건규	야! 팔 먼저 나가면 찔린다고.
도형	아 근데 막 팔이 나가; 막 빨리 찌르고 싶어가지고;
건규	발이랑 같이 나가야 된다고. 왜 이렇게 급하냐? 흥분하지…
코치	(지나가면서) 얼씨구? 어디서 많~이 듣던 말이네~ 아, 아니

다! 내가 했던 말이다! 하하하하하하 누구한테 많~이~ 했던 말~ 하하하하하하

건규   (슬쩍 눈치) 그리고 상대를 너무 피스트 끝으로 몰지 마.

도형   어차피 너 잘해서 나한테 밀리지도 않잖아!

건규   그래도 느낌은 와. 몰려고 하지 말라고.

도형   왜? 떨어뜨려도 일단 점수 나는 거 아냐?

규리   피스트 밖으로, 경기장 끝에 끝까지 내몰리는 거. 그건 쫌 슬퍼. 그러니까 그 전에 잡아주면 좋잖아. 너도 안 떨어지고.

건규   너도 안 떨어지고 상대 선수도 안 떨어지면 좋잖아. (머리 벅벅) 아이씨.

도형   엉?

건규   몰라. 연습이나 해. 내일 예선이라매.

도형   어! 보러올래? 친구의 예선~

건규   응~ 아마추어 취미반 예선~ 응~ 노잼~ 안 가~

도형   아 왜!

건규   나도 내일 연습경기 있어. 못 가.

도형   앗! 그래그래! 연습해야지 미래의 올림피언~~!! (애국가 흥얼)

건규   미친놈아!

대회를 준비할수록 도형이 변한다. 도형, 1차, 2차, 3차 예선에서 이긴다.
본선으로 올라간다. 움직임. 본선을 준비하는 도형은 조급해하고 자꾸만 흥분한다. 상대를 피스트 밖으로 떨어뜨린다.
그 모습을 지켜보는 건규.

모두   김도형, 1차 예선, 통과!
           김도형 2차 예선. 통과!

김도형 3차 예선, 통과! 본 선 진 출!
김도형, 본선 4강! 동메달 결정전!

건규   야.

도형   어? 정건규!!!! 왔네? 오늘 김미래도 왔는데!

건규   아, 동생? 어딨는데?

도형   몰라? 관중석 어디 있을걸? 너 여기서 볼 거야?

건규   어, 난 일단 관계자로 대충 얼버무리고 들어온 거라.

도형   메달 따면 존나 신나겠다. 그치? 신나냐? 넌 엄청 많이 따봤
잖아.

건규   (으쓱)

경기 시작 소리.

도형   나 간다!

건규   잘해라.

도형과 상대의 경기. 짧게, 패턴화 된 움직임으로 진행.
도형 급하다. 공격적.
마지막 바우트의 마지막 한 점, 동시에 튀어나가는 둘의 팡트.
센서는 도형에게. 함성. 도형 가만히 서 있다. 찔린 곳을 만져본다.

미래   (옆, 멀리서) 야!!!!!! 김도형!!!!!!!!!!!!!!!!!!

도형, 미래 목소리에 옆쪽을 슬쩍 본다. 다시 정면.
누군가 나와 도형에게 동메달을 걸어준다. 도형 땅만 본다 가만히.
건규, 도형에게.

건규	야- 축하…
미래	(관중석에서) 오 미친 동메달; 야 김도형!!!!!!!!! 너 짱이다!
도형	쟤가 미래. 김미래.
건규	어? 어. 동생?
도형	어. 쟨 나 오빠라고 부른 적 한 번도 없어. 맨날 야, 김도형, 미친놈. 그래. 근데 쟤가 나보고 짱이라고 한 적도 한 번도 없었는데.

사이. 도형, 제 동메달을 벗어서 바닥에 툭.

도형	나 펜싱 관둔다. 이제 재미없어.

건규, 도형이 나간 쪽을 보며 천천히 메달을 줍는다.
건규, 도형을 매일같이 찾아간다. 도형이 누나처럼 죽어버릴까봐 무섭다.
도형, 건규를 피한다. 학교에서 말 걸어도 도망. 집으로 찾아가도 묵묵부답. 슬슬 짜증난다. 학교. 수업시간. 건규 도형에게 계속 말을 붙인다.

도형	내가 먼저 찔렸어. 찔린 놈은 알잖아. 근데 버틴 거라고. 나도 알고 상대선수도 아는데. 난 가만히 버텼어. 씨발 쪽팔리게. 메달 같은 게 뭐라고- 근데 그걸- 그걸-
건규	여동생 때문에 그래? 괜찮아. 앞으로-
도형	클럽에서 정규리 이름 금기어 만들어 놓고 누나 얘기만 나오면 표정부터 싹 바뀌는 새끼가 누굴 가르쳐. 달군 쇠 위에 서 있는 것 같이 동동거리는 새끼가, 메달 따려고 상대선수한테 불나방처럼 달려드는 새끼가, 국대만 되면 인생

끝날 것 같이 구는 새끼가 누굴 가르치냐고.

둘, 교실에서 수업 중 대판 싸움. 주먹질. 욕하면서. (건규, 도형 해소.)
교실 난리. 선생님 극대노. 복도에서 엎드려뻗쳐. 둘, 엎드려 뻗쳐있다.

건규   야.

도형   …

건규   야!

도형   아, 왜!

건규   내일 내 경기 보러올래?

도형   국대선발전?

건규   어.

도형   오 미친 대박; 어 갈래갈래. 근데 미래도 데려가도 돼?

건규   네 동생은 왜?

도형   너 내 친구라고 미래한테 자랑하게. 그리고 혹시 나 인터뷰
         할 수도 있잖아.

건규   네가 왜?

도형   아니 국대의 절친 뭐 이런 느낌으로 인터뷰 요청 들어올 수
         도 있잖아. 대박;

건규   국대 떨어지면?

도형   그럼 국대 떨어진 정건규의 절친으로 인터뷰.

건규   웃기고 있네.

도형   근데 어차피 인터뷰는 뽀너스 아이템 같은 거니까 상관없
         음. 김미래한테 내 친구 경기 자랑하는 게 메인임.

건규   미친놈아!

선생님 오~~ 이 쇠끼들~~ 정신 못 차리고~ 화기애애 담소를 나
         누고 있구나잉? 이렇게 사이가 좋을 거면서 왜 치고박고 엠

병들을 했을까~?

도형 쌤-

선생님 우정의 노랫소리가 교무실까지 들려오니까 내가 흥이 올라서 참을 수가 없다~! 요 빠따로 느그들 빵댕이를 치면서 쿵짝쿵짝 박자를 같이 타 줘야겠다 그쟈~? 우정의 난타~♥ 행복의 드럼~♡

도형 쌤!!!!!

건규 아, 선생님 제발. 죄송해요. 진짜 조용히 할게요!

도형 선생님! 제발요!!! 안 싸울게요!!! 아니아니 안 떠들게요!!!!!진짜로!!!!

선생님 쿵짝짝 쿵짝짝~♥

건규 아 선생님!!!!!! 제발! 잘못했어요 진짜!

도형 아 제발제발제발제밝ㄹ젤빌ㅈ발;ㄴㅁ!!!!!! 얘 내일 국대선발전이라고요!

선생님 그럼 니가 정건규 몫까지 대신 맞을려?

도형 둘 다 안 맞으면 안 될까요 제발!!!!!

건규 제발!!!!

둘, 싹싹 빈다. 그런데도 웃는다. 짧은 암전.

7장. (에필로그) **그래도, 그래도 나는-**

국대선발전. 건규, 이전에 없던 밝은 표정으로 경기.
공방전 몇 타임. 그리고 마지막 1점. 동시에 팡트. 센서, 건규 득점.
건규, 찔린 가슴부위를 몇 번 만져본다. 그리고 손을 번쩍.
이전의 움직임으로 숨을 헐떡이면서도-

건규 투셰.

규리 건규야, 펜싱 재밌어?

건규 나는… 재밌어. 너무너무 재밌어!

도형 야 정건규! 너 진짜 짱이다!

건규 미안.

도형 왜?

건규 국대의 절친 인터뷰 못하잖아 너.

도형 뭐래. 미래야!!!!! 야 김미래! 얘 내 친구다? 완전 절친! 아, 진짜라고~ 정건규-

모두 정건규!

건규 정건규 내 이름. 내가 고른 것도 아니고 나랑 찰떡으로 잘 어울린다고 생각해 본 적도 없지만.

모두 정-건-규!

건규 어차피 태어나는 것도 내가 고른 게 아니지만.

건규, 규리와 멀리서 조우한다. 서로 멀리 마주보고.

규리 왜 그래 눈?

건규 싸웠어.

규리 누구랑?

건규 친구랑.

규리 그렇구나~ 보라색이야! 처음 봤을 때는 빨간색 원숭이였는데, 지금은 보라색! 눈탱이 밤탱이!

건규 미안. 진짜 미안! 내가 진짜 꼭 누나보다 더 높이 올라가려고 했는데. 그래서 꼭 복수하고 사과하려고 했는데. 내가 투셰 해가지고. 진짜 중요한 순간이었는데. 근데 찔린 사람은 알잖아. 내가 먼저 찔렸어. 그래서 했어. 투셰. 미안.

규리	야~ 울지 마~~~! 눈물 젖은 밤탱이~
건규	(눈물 손등으로 벅벅 닦다가 웃음 터진다)
규리	괜찮아. 나는 건규가 엄~청 자랑스러워~
건규	그래도, 그래도 나는. 아니, 그래서 나는- 계속 살아보고 싶어. 그러고 싶어. 미안 누나. 근데 그러고 싶어. 그래도 돼?
규리	그~럼~! 당근빠따지! 연습에선 쩔렸으니까 진짜에서는 꼭 살아!

건규, 웃는다. 앞을 본다.

모두	십팔 더하기 일은?
건규	십팔 더하기 일은 십구!
모두	정건규
건규	열아홉.
모두	열아홉으로!

건규, (1장처럼) 한 쪽 피스트 끝으로 달려가 그 위에 한 쪽 발을 턱!

건규	ㅎ!

암전. 막.

흐르는 강

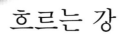

드라마터그 _권유미
극본 _양이쿤/김미화

등장인물

늙은 옥련 : 87세
어린 옥련 : 8-10세(8세 강 건너다)
청년 옥련(소녀) : 16-21세(19세 결혼, 20세 딸 낳다. 22세 남편 잃다)
중년 옥련 : 40-45세(44세 딸이 떠나다)

어머니 : 1907년 출생(32세 강 건너다)
아버지 : 1900년 출생(39세 강 건너다)
남동생 : 1933년 출생(6세 강 건너다)
남편 : 1926년 출생(1950년 결혼, 한국전쟁 마지막 해인 1953년 사망)
딸 : 1952년 출생(1971년 20세 지식청년 만나다. 23세 어머니 곁을 떠
　　나다)
지식 청년 : 1949년 출생(22세 딸을 만나다. 1975년 대학 입학하여 도
시로 돌아가다)
앙상블(그림자 1, 2, 3, 4) : 시간, 편지, 영혼 1~7 등
간호사 1, 2 : 요양원에서 아르바이트하는 젊은 여자
이웃집 부인
젊은 병사

서막

깊은 밤 요양원.
어둠 속 머나먼 곳에서 인간들이 소곤대는 말소리가 들려온다. 속삭이는 소리가 점점 커지면서, 침대 위, 깊은 잠이 들고 있는 백골이 어렴풋이 보인다. 조용한 방안에 네 그림자가 침대 위의 백골을 응시하며 오랫동안 기다린다.

그림자 갑 (소곤소곤) 이제 갈 시간이야!
그림자 을 (감격의 목소리로 낮게) 팔십칠 년!
그림자 병 세월이 너무 빠르네…
그림자 갑 잠시만! 그녀가 움직여.
그림자 을 웃었어.
그림자 병 울었어.
그림자 갑 꿈을 꾸고 있나 봐——
그림자 병 틀림없이 악몽을 꾸었을 거야.
그림자 을 아니, 꿈속에서 그리운 사람을 만났나 봐.

집 뒷산에서 민들레꽃을 꺾으면서 놀던 어릴 적 웃음소리가 멀리서부터 어렴풋이 들려온다.

그림자 을 참 불쌍해.
그림자 병 이상하네, 울면서 웃어?

그림자정 얼굴이 더 추해졌어.

그림자갑 … 희한하네.

그림자들은 그녀의 영혼을 엿보려 한다. 속삭이는 소리와 신비하고 불안한 음악 소리, 순간, 침대 위의 백골이 이불과 함께 침대 안으로 빨려 들어간다.

갑자기 늙은 옥련이 요양원 침대에서 놀라 깨어난다. 가파른 들숨을 쉬면서 시계를 올려다본다.

시계 바늘은 없지만 시간은 계속 흐르고 있다.

간호사, 차트를 들고 등장하여 무대 곳곳을 오가는 모습에서 무대는 어느 병원(요양병원)임을 짐작할 수 있다. 잠시 간호사가 방문을 열며 들어온다.

간호사 (전화 중) 오늘이 실습 마지막 날인데 짜증 나 미칠 것 같아. 할머니들이 자꾸 벨을 눌러서… 나 지금 너무 졸려…

간호사는 약병을 침대 옆에 놓는다.

늙은 옥련은 슬픈 웃음을 지으며 천천히 젊은 간호원을 바라본다.

간호사 옷에서 벨이 울린다. 한숨 쉬고 벨소리를 끄면서…

간호사 나 바빠, 끊어. 오늘 하루만 버티면 끝이야. 내일 엄마 보러 갈 거야. 오랫동안 엄마 못 봤거든. 그래, 끊어…

간호사가 전화하면서 빠르게 나간다.

늙은옥련 엄—마--

멀리서 어릴 적 어머니가 부르는 소리가 들려온다.

늙은 옥련이 침대에서 무언가 생각난 듯이 시계를 본다.

갑자기 허공 중에서 시계가 날고 있다. 음악 속에서 방 안의 모든 물
건이 움직인다. 액자, 의자, 창문, 옷, 신발 등이 그녀의 주변을 돌고,
늙은 옥련은 옷을 입고 추억 속의 나무를 향해 걸어간다.

1막

그녀는 간신히 진흙 길을 걸으면서 마치 고향에 돌아온 즐거운 아이처럼 발걸음이 빨라진다. 주머니 속에서 무언가를 찾고 있지만 무엇을 찾았는지 여기에 왜 왔는지 기억나지 않는다. 그녀는 급한 마음에 나무 아래에 주저앉아 슬프게 운다. 나뭇잎도 그녀의 슬픔을 느끼듯 우수수 바람 소리와 함께 떨어진다.

장외음 여덟 살 소녀가 일본어로 노래를 부르며 나무 밑에서 고무줄뛰기를 하고 있다.

어린옥련 울어요?

늙은옥련 그러게 내가 왜 울고 있지?

고무줄놀이를 하던 어린 시절 그녀가 나무 뒤에서 머리를 내민다.

어린옥련 왜 울어요?

늙은옥련 ··· 무언가를 잃어버려 마음이 아파.

어린옥련 소중한 거예요?

늙은옥련 응, 소중한 물건일 거야.

어린옥련 그럼 찾으면 되잖아요!

늙은옥련 그런데 잃어버렸어··· 무엇을 잃어버렸는지··· 어디에서 잃어버렸는지··· 기억이 나질 않아.

어린옥련 서두르지 말고 천천히 찾아봐요. 쉿! 여기선 조심해야 해요.

일본어로 말해야 해요, 안 그러면 혼나요. (나무 뒤에 숨는다)

늙은옥련 고마워… 저기… 혹시 도와줄 수…

소녀는 사라지고 보이지 않는다.
멀리서 '누나– 누나!'

남동생 누나, 방금 마사코 선생님이 가정방문을 오셨는데 누나가
일본어시험을 잘 봤다고 고무신 한 짝을 상으로 주고 가
셨어.

어린옥련 왜 한 짝만 주셨어? 너 설마 다른 한 짝을 숨긴 거 아니야?

남동생 아니야! 선생님께서 누나가 다음에 또 시험을 잘 보면 나머
지 한 짝도 주신다고 하셨거든. (망설이다가) 누나, 나도 한번
신어보면 안 될까?

어린옥련 안 돼. 신고 싶으면 너도 나처럼 시험 잘 보면 되잖아.

남동생 누나 매일 먼 곳까지 가서 물 길어오는 거 힘들지? 내가 도
와줄까?

기뻐하던 옥련은 갑자기 남동생이 꾀부리는 것을 알아챈다.

어린옥련 옆집 순덕이가 그러는데 고무신 한 쌍을 모으면 하얀 쌀밥
먹을 수 있대.

남동생 하얀 쌀밥?

어린옥련 그것도 먹고 싶은 만큼 먹을 수 있대!

남동생 딱 한 번만 신어보자, 응?

어린옥련 안 돼, 네 발 까마귀 발 같잖아. 더러워, 안 돼.

남동생 (화나서 누나를 밀며, 자기 발을 보다가 격분해서 달려가면서) 엄마가
집에 빨리 오래. 우리 이사 간대. (달려서 사라짐)

달려가는 동생의 뒷모습을 보면서 어린 옥련은 소중한 고무신을 만지작거리다가 결국 참지 못하고 신어본다. 신발이 너무 커서 신을 수 없다. 주위를 둘러보며 소녀는 조심스럽게 나무 아래에서 비밀 상자를 파낸다.

장외음 (어머니) 옥련아, 빨리 오거라. 썰물이 온 틈을 타서 빨리 떠나야지, 그렇지 않으면 못 갈 거야.

어린옥련 (고무신을 서둘러 보물함에 넣고 묻으면서) 먹기 아까웠던 사탕, 쓰기 아까워 아껴둔 연필 조각, 강가의 색색의 조약돌, 그리고 나의 고무신… 잘 있어. 꼭 돌아올게! 잘 기다려줘! 또 만나요, 떡갈나무. 꼭 돌아올 테니 기다려 주세요! (달려서 사라짐)

늙은 옥련은 달려가는 어린 옥련의 뒷모습을 바라보면서 나무 아래 묻어두었던 보물함을 꺼낸다.

늙은옥련 먹기 아까웠던 사탕은 벌레에 좀이 먹어 사탕 종이만 남았네… 부잣집 아이가 쓰다 버린 연필 조각, 강가의 조약돌은 다 그대로야… 나는 이것들을 가장 소중한 보배로 여겼었지… 그리고… 녹슨 열쇠 하나… 녹이 내 손에 다 묻었어… 녹색, 청색… 어쨌든 좀 추워… 마치…

동영상 "흐린 기억"

늙은옥련 마치 강물처럼 얕은 곳은 녹색이고 깊은 곳일수록 푸르고 여름이라도 강물은 차갑네. (강물에 점점 포위되면서 그녀는 침몰한다) 이 강물은 나의 어린 시절을 망쳐 버렸어… 내 어린 동생도…

제2막

그녀는 강물 속에서 가족들이 무거운 짐을 짊어지고 고향을 떠나는 희미한 모습을 바라보고 있다.

어머니   정말 이렇게 떠나야 하나요? 늙으신 부모님을 버리고 낯선 곳에 가서 앞으로 어떻게 살아가요? 가족이 다 죽어요… 여긴 그래도 집도 있고 고향이잖아요.

아버지   그놈들이 이미 토지와 집을 모두 빼앗아 갔으니 여기에 남아 있어도 살길이 없소. 계속 앞으로 갑시다… 형편이 좀 나아지면 그때 다시 돌아오면 되잖소…

기나긴 침묵.
어머니는 결국 막내 여동생을 업고 머리에는 짐을 이고 남동생은 바가지를 지고 어머니의 치맛자락을 잡으며 어린 옥련은 보따리를 메고 아버지의 팔을 잡는다. 아버지는 튼튼한 밧줄로 온 가족을 묶는다.
아버지는 강물 속으로 조심스럽게 발을 내디디며 가족들과 함께 강을 건넌다.

늙은옥련   (다급하게 소리치며) 안 돼! 멈춰! 이 강물은 우릴 가둬버릴 거야… 모두가 물속에 잠길 거야…

급물살의 차가운 강물 속에서 가족들은 거의 휩쓸려 갈 뻔하고 숨쉬기조차 어려워진다.

어린옥련 아버지! 내 발이!

소녀의 발이 땅에 닿지 않아 그녀가 발버둥 치며 급류에 휩쓸려 떠내려가려 하자, 아버지가 간신히 그녀를 끌어올린다. 그녀는 고통스러운 듯 눈을 감는다.

늙은옥련 그때부터 눈을 감아도 고통은 여전히 끝나지 않는다는 걸 알게 됐어… 그뿐만 아니라 눈을 감으면 고통은 다시 떠올라… 마치 영원히 끝나지 않는 영화처럼…

큰 물결이 늙은 옥련을 휩쓸고 지나간다. 늙은 옥련은 고무신을 꺼내 강 위에 놓는다. 고무신은 물결에 떠내려간다.

늙은옥련 내 고무신…
어린옥련 내 고무신!
남동생 내 고무신!

남동생이 물속에 빠졌다.

아버지 밧줄 꽉 잡아라… 놓지 말고…

온 가족이 물에 빠진 남동생을 구하려 허우적거린다.

늙은옥련 물에 빠진 사람이 발버둥 치는 모습을 본 적이 있어? 물결이 오르내리는 동안, 동생의 작은 몸은 종이배처럼 나뒹굴었고…

어머니 (남동생을 잡으려고 밧줄을 놓으며) 아이구 철아! 동철아!!

늙은옥련 결국 동생은 내 앞을 지나 떠내려갔고… 밧줄도 내 앞을 지나갔어…

갑자기 어머니의 등에 업혀 있던 막내가 날카로운 울음을 터뜨리자, 어머니는 정신을 차린다.

늙은옥련 (떠내려가는 동생과 밧줄을 보며) 그거 알아? 우리 가족은 평생 동생과 함께 이 차가운 강물에 갇힌 채 살았어. 동생은 떠내려가면서 우리 생명의 일부도 가져갔어… 모든 게 돌이킬 수 없어… 이건 그저 강물이 아니야, 우리들의 눈물이야.

가족들은 마침내 강기슭에 도착한다. 어머니는 강가에 앉아 오열하고, 아버지는 침묵 속에서 밧줄을 푼다. 밧줄 끝에는 빈 바가지만 걸려 있다…

어린옥련 철이는요?… 철이는 어디 있어요?

어머니는 갑자기 비명을 지른다.

늙은옥련 그때 난, 어머니가 왜 우시는지 이해가 안 갔어.

어린 옥련과 어머니, 같이 운다.

아버지 (묵묵히) 이제 가십시다… 어떻게든 살아가야지…

늙은옥련 그렇게 우리는 다시 짐을 메고 떠났어, "집"도 없는 머나먼
  곳을 향해…

  어린 옥련은 부모님에게 이끌려 가면서 돌아보는 순간 강에 떠내려
  가는 고무신을 본다.

어린옥련 미안해…
늙은옥련 우리 다시 만난다면… 너는 이런 나를 알아볼 수 있을까?

  온몸이 흠뻑 젖은 남동생 영혼이 고무신 한쪽만 신고 찾아 왔다.

남동생 누구세요?
늙은옥련 누나야.
남동생 (웃으며) 에이~ 할머니면서…

  그녀는 동생의 얼굴을 만지려 했지만, 소년은 스쳐 지나간다.

늙은옥련 … 넌, 너무 일찍 가버렸어.
남동생 할머니 흰쌀밥 먹어봤어요? 어때요?
늙은옥련 맛있어. 아주 달고 맛있어.
남동생 우리 누나는 고무신 한 짝을 가지고 있거든요? 근데요, 고
  무신 한 쌍을 신으면 흰쌀밥을 먹을 수 있대요.
늙은옥련 그거 다 거짓말이야… 널 속인 거야…
남동생 아쉽지만 우리 누나는 고무신이 한 짝밖에 없어요. 만약에
  요, 나도 시험을 잘 봤다면 누나에게 고무신 한 쌍을 맞춰
  줄 수 있었을 텐데… 그러면 누나도 흰쌀밥을 먹어볼 수도
  있고… 누나는? (관객에게 묻는다) 우리 누나 봤어요? 그리고

우리 아버지는요? 어머니는 막내동생을 등에 업고 있어요!
(더 멀리 있는 관객에게) 우리 누나 본 적 있어요? 우리 아버지,
어머니는요? 어머니는 어린 여동생을 등에 업고 있어요.

그 신발은 그 자리에 놓여 있다.
남동생은 나무 밑에서 가족들을 기다린다.
그녀는 오랫동안 그 신발을 바라본다. 그리고 머나먼 기억 속의 나무
를 바라본다.
암전.

제3막

요양원.
빗소리가 가랑가랑 울린다. '그녀'는 여전히 누워있다. (서막의 그 공간)
멀리서 속삭이는 소리가 또 들려온다.

그림자1 비가 끝없이 내리네…

그림자3 요즘은 장마철이야…

그림자2 삶이 허무한 거지… 변덕스런 날씨를 탓하며 인생을 살아 가는 거지…

그림자1 매일 저녁 천둥 번개가 치며 비가 내려…

그림자2 다 그렇게 살아가는 거지…

그림자3 그러고 나서 낮이 되면 또 잔잔해지구…

그림자4 그렇게 눈 감구… 잠자구… 꿈꾸구…

그림자1 또 아침이면 들판에서 개구리 노랫소리가 들려오지…

개구리 소리가 들려온다.

늙은옥련 (벌떡 일어나며) 개구리…

음악, 조명 속에서 '개구리 밴드'가 등장한다.

〈나는 너 어릴 적 친구야〉
기억나?/아니
나야 나/ 누구
오래 전 너의 친구/ 친구?

눈을 감고 천천히 어린 시절을 떠올려봐
밀밭의 작은 친구/개구리/ 개구리 그래 나야

누구에게나 기억 속의 친구가 있지
너에겐 나, 나에겐 너/개굴
함께 했던 파란색 하늘 아래
우린 추억 속을 뛰어다닐 거야

기억나/ 그래 기억나
돌아갈까?/어디로?
가장 행복했던 그때로

개구리들은 노래하고 춤을 춘다.
음악 속에서 어린 옥련이 점심을 들고 밭으로 걸어간다.

늙은옥련 어머니는 점심때가 되면 아버지께 밥을 갖다 드리라고 하셨어. 먼 들판 반대편에선 아버지의 밀짚모자 밖에 안 보였어. 나는 아버지가 벼를 거두는 것을 도왔고 가끔 아버지와 함께 개구리를 잡았었지…

그녀의 기억 속에 밭이 나타난다. 멀지 않은 곳에 아버지의 밀짚모자가 보인다.

어린옥련 (자기도 모르게 웃으면서) 이번엔 술래잡기를 하면서 아빠를 꼭 붙잡아야 할 텐데… 아빠는 또 어디 갔지? 저기 밀짚모자만 보이는데…

어린 옥련이 슬그머니 밭 뒤로 가서 아버지 모자를 벗기는 순간

어린옥련 아빠 여기서 뭘…?

모자 안에서 새들이 날아와 어린 옥련을 놀래킨다. 또 다른 모자를 벗겨보니 허수아비였고, 결국 그녀는 화가 나서 소리 내어 운다.

아버지 (놀리면서) 요놈의 괴팍한 성질머리를 어떻게 하면 좋을까?

아버지가 허수아비 인형의 머리를 끄덕인다.
아버지는 어린 옥련을 위로하러 간다. 어린 옥련은 아버지를 덥석 잡고 마주 웃는다.

아버지 (낫을 빼앗으며) 여자애가 흉 지면 좋은 집에 시집 못 가… 좋은 남편감을 만나지 못하면 어떻게 살려 그래?
어린옥련 전 아버지랑 평생 같이 살 건데요.

웃으시던 아버지는 갑자기 가슴을 움켜쥔다.

늙은옥련 (그들을 바라보며) 그때 사실 아버지의 몸은 이미 망가진 지 오래였어. 아버지는 가끔 가슴을 부여잡으며 숨을 깊게 들이쉬시고 가끔 먼 산을 바라보며 한숨을 내뱉으셨어.

아버지와 어린 옥련, 늙은 옥련이 차례로 번갈아 가며 같이 시를 읊는다.

강물은 어이 흐르는가
삶 또한 어이 지나가는가

봄 잃은 땅 헛된 꿈이라
슬픈 끝맺음에 고개 돌리고

바람에 스치는 숨결
허무 속에 춤을 춘다

먼 훗날에야 해가 뜰까
숨 다하기 전에 돌아갈까

발자국 패인 곳 눈물 괴어
강물은 고이외다

늙은옥련 ── 멈춰── 다음 순간이라도 멈춰줘. 이 소중한 기억들이 사라지지 않도록 붙잡을 수 있게…

모든 것이 멈춘다. 그녀는 비틀거리며 맨발로 뛰어가 아버지 얼굴을 쓰다듬으면서 품에 안긴다.

늙은옥련 너무 보고 싶었어요… (음악 속 침묵)
아버지 우리 딸 풀피리 참 잘 부는구나…

아버지는 가슴을 부여잡고 발걸음을 멈춘다.

아버지 옥련아, 앞에서 먼저 가련? 아버지는 뒤에서 쉬었다가 금방 따라갈게.

소녀는 풀피리를 불며 앞장서서 걸어간다. 아버지는 딸의 뒷모습을 바라보며 눈물을 삼킨다.
늙은 옥련은 아버지의 뒷모습을 바라본다.

늙은옥련 어머니의 눈물은 얼굴로 흐르지만 아버지의 눈물은 가슴으로 흘러. 가슴에 눈물이 고여 있었어…

온 가족이 함께 모여 앉았다. 어머니와 아버지의 표정은 슬퍼 보인다.

늙은옥련 그날 우리는 유일한 가족사진을 찍었어.
아버지 아이들이 보는 앞에서 눈물 흘리지 말고 참으시구려. 애들이 눈치채면 어쩌려구.
어머니 아니에요… 그냥 눈이 불편해서요…
아버지 여보, 난 아무렇지 않소. 난 꼭 우리 딸들 시집가는 걸 볼 테요…

그들은 웃으며 유일한 사진을 찍었다.

늙은옥련 …얼마 지나지 않아 아버지는 우리를 떠나셨어. (사이) 그때부터였던 것 같아. 그때부터 나는 운명이 얼마나 잔혹한지를 알게 되었어.

음악 속 아버지는 밀짚모자만 남기고 사진에서 사라져 나무 아래로
향한다.

〈사랑하는 딸〉
아버지는 너와 숨바꼭질을 여러 번 했지만 너는 항상 나를 금방 찾
았지.
우리 옥련인 숨바꼭질을 너무 잘해서 이번엔 아버지가 꽁꽁 숨으려
고 해. 이번엔 우리 옥련이도 아버지를 찾기 어려울걸?
아버지를 찾지 못한다면,
옥련이는 분명 아버지를 아주 많이 그리워할 거야, 그렇지?
하지만 이번에 아버지는 나타나지 않을 거야, 그러면 아버지가 지는
거니까.
이젠 울면 안 돼.
아버지가 딸에게 부탁할 게 있어.
어머니와 동생을 잘 돌봐줘.
아버지가 예전에 잘했던 것처럼 너도 해보는 거야.
어머니가 나중에 아버지한테 다 말해주기로 했으니까.
게으름 피우면 안 돼.
이번 숨바꼭질은 아주 오랫동안 할 거야.
어머니는 아버지를 오래 보지 못하면,
아주 그리워 몰래 눈물을 흘릴지도 몰라.
그러니 내 딸 임무는 그들을 웃게 만드는 거야.
그들이 울면 니가 지는 거야.
아버지는 이미 준비됐어.
준비됐지?
아가―?

늙은옥련 시간은 그렇게 무정하게 아버지를 그 젊은 나이에 가둬버렸어. 그 이후로 내 머릿속에서 아버지 얼굴은 멈춰버렸어. 동생이 더 이상 크지 않는 것처럼.

그녀는 멀리 고향의 나무를 바라본다. 나무 아래에서는 아버지가 동생의 손을 잡고 그녀를 향해 웃는다.

제4막

캄캄한 달빛 아래 차가운 세상 속에 던져진 외로운 영혼들이 꿈속에 찾아와 찢어지는 울음소리로 옥련을 오랫동안 괴롭힌다.

늙은옥련 순간은 간혹 영혼을 삼킨다. 그 영혼은 죽지 않는다. 그러나 죽었다고 착각하겠지… 불멸과 생사 사이를 오가며, 영혼은 떠돈다. 우리에게 주어진 이 삶은 순간이고 꿈이다. 순간의 순간, 꿈속의 꿈을 꾸면서 살아있다고 느낀다. 그 느낌마저도 공허한 것을…

영혼은 어린 옥련을 쫓았고 그녀는 끊임없이 달리고 숨고 또 달리고 피하면서 미래에 대한 크나큰 공포와 압박의 꿈속에서 '어린 옥련'은 어느덧 열여섯 살의 '소녀', 청년 옥련으로 성장했다. 세 옥련(어린, 청년, 늙은 옥련)이 교차된다.
청년 옥련은 밭에서 갑자기 벌떡 일어나 낫을 들고 사방을 둘러본다. 또 악몽을 꾼 것이었다. 청년 옥련은 기진맥진하여 밭에 늘어진다.

늙은옥련 매일 반복되는 공포와 절망.
청년옥련 인생이 악몽 그 자체야. 끝이 없이 매일 반복되는 지겨운 일상, 되풀이되는 피로와 고달픔, 언제쯤이면 해탈할 수 있을까…
늙은옥련 나는 언제 죽게 될까?

청년옥련 죽으면 아버지랑 동생을 만날 수 있을까?

늙은옥련 죽으면 발 뻗고 잠들 수 있을까?

청년옥련 영원히 깨어나지 말았으면 좋겠어. 그럼 영원히 악몽에서 벗어날 수 있겠지?

들판에 책을 읽는 소년이 나타난다. 한 편의 시가 그의 열정을 불러 일으켰고 소년은 그 시를 종이에 베껴서 종이비행기를 접어 먼 곳으로 던진다. 종이비행기가 바람결에 청년 옥련에게 날아왔다. 아버지가 읊었던 시가 쓰여 있었다.

청년옥련 (아버지에 대한 그리움에 사로잡혀 눈물을 흘린다)
강물은 어이 흐르는가
삶 또한 어이 지나가는가

봄 잃은 땅 헛된 꿈이라
슬픈 끝맺음에 고개 돌리고

바람에 스치는 숨결
허무 속에 춤을 춘다

먼 훗날에야 해가 뜰까
숨 다하기 전에 돌아갈까

발자국 패인 곳 눈물 괴어
강물은 고이외다

울음소리를 들은 소년은 당황하여 허둥지둥 달아나던 차에 소중한 시집을 가져가는 것을 잊어버린다.

늙은옥련 해는 저물어 가지만 나는 밭에 앉아서 그 시집을 읽었어. 세
찬 바람이 불어왔지만 나는 전혀 느끼지 못했어. 그 시집은
언제든 날 수 있는 비둘기처럼 내 손안에서 따뜻하게 꿈틀
거렸지… 알고 보니 그게 내 두근거리는 마음의 소리였어.

그 후부터 소녀가 밭에서 일하고 있을 때면 소년은 살며시 돌 위에
종이 한 장을 놓고 지나간다. 주위 사람들의 눈치를 살핀 후 소녀는
슬그머니 편지를 가져간다. (편지 주고받는 행동 반복된다)

늙은옥련 그러던 어느 날 이웃집 아주머니가 어머니에게 나의 맞선
상대를 주선해주셨어.

어머니, 이웃집 아주머니, 청년 옥련과 늙은 옥련이 함께 창문 옆에
서…

아주머니 어머머 옥련 엄마, 의학을 전공한 학생이래요. 집안도 좋고
인물도 준수하고. 그 총각이 이 근처를 지날 때 한번 잘 보
쇼잉.

소년은 근처를 지나가다가 무심결에 소녀를 힐끗 본다. 두 사람의 눈
이 마주친다.

어머니 그래도 이건 우리 딸의 생각을 들어봐야겠어요.
늙은옥련 나는 어머니가 말하려다 만 표정이 단지 딸이 시집가는 게
아쉬워서인 줄 알았어.

청년옥련 저는 모르겠어요. 사랑을 선택하고 여기서 그와 살지, 아니면 가족들과 함께 고향으로 돌아갈지…

늙은옥련 사실 어머니는 홀로 우리를 키우느라 이미 많이 힘드셨던 거지. 그래서 다시 고향으로 돌아가 삼촌한테 의지하여 살고 싶어 하셨어.

청년옥련 어머니, 저는 여기에 남고 싶어요. 이 사람과 평생을 함께하고 싶어요. 미안해요, 어머니…

늙은옥련 19살 되던 해, 나는 결혼을 했어. 어머니는 직접 음식을 준비하셨고 당신 마음속에는 단 하나의 생각만 있었지.

청년옥련 고향으로 떠나기 전에, 가족이 옛날처럼 함께 앉아 마지막 식사하기를…

늙은옥련 마지막 밥상 위엔 아버지와 동생 '수저'도 놓여 있었어.

어머니가 딸의 머리를 올려주면서…

어머니 내 새끼, 애미가 제대로 해주지 못해서 미안하다. 아무것도 해줄 수 없어 너무나도 창피하고 가슴이 미어질 듯 아프구나. (눈물을 흘리는 딸을 보면서) 네가 울면 애미 눈에선 피눈물이 나구, 내 새끼 가슴에 피멍이 들면 이 애미 심장은 갈기갈기 찢어지는 거야. 살아보면 삶이란 게 다 힘든 거야. 하지만 아무리 힘들어도 꼭 살아나가야 해. 흐르는 강물처럼 말이야…

멀리서 신나는 장단 소리 들려온다.
청년 옥련과 어머니는 각자의 길로 서로 갈라진다.
결혼식장에는 하객들이 큰소리로 노래를 부르며 신나게 춤을 춘다.
청년 옥련은 춤추며 멀리 떠나는 어머니의 뒷모습을 바라본다.

어머니가 차린 마지막 밥상에서 아버지, 남동생, 늙은 옥련이 함께
밥을 먹는다.
강 건너편에선 어머니의 울음이 들려온다.

어머니 이 애미가 이제 더 이상 네 곁에 있어 줄 수가 없어 미안
해… 미안해… 이 못난 애미를 잊어도 좋으니 부디 꼭 잘
살 거라.

주위의 시간은 멈추듯 조용하고 느리게 흐른다. 청년 옥련은 춤추며
눈물을 흘린다. 일부러 어머니를 보지 않는다.

늙은옥련 그날 이별 후 난 다시는 엄마를 본 적이 없었어. 가끔씩 꿈
에서 보이는 어머니의 그 뒷모습은 그게 엄마인지 나 자신
인지 잘 모르겠어.

제5막

따뜻한 봄날, 임신한 청년옥련이 부지런히 일하고 있다. 그녀는 주위의 책들을 힘들게 옮겼고 그 책들은 계단처럼 쌓여있다. 몸은 힘들지만, 저 멀리 불빛 아래 그토록 젊고 멋있고 온화한 미소를 짓는 남편을 바라보면서 청년 옥련은 힘든 삶에 위로를 받는 듯하다.
음악은 흐르고 남편은 책 무덤 불빛 아래에서 기타를 치며 노래한다.

강물은 어이 흐르는가
삶 또한 어이 지나가는가

봄 잃은 땅 헛된 꿈이라
슬픈 끝맺음에 고개 돌리고

바람에 스치는 숨결
허무 속에 춤을 춘다

먼 훗날에야 해가 뜰까
숨 다하기 전에 돌아갈까

발자국 패인 곳 눈물 괴어
강물은 고이외다

음악은 계속 흐르지만 남편은 보이지 않는다. 불빛 아래 편지 한 통만 남겨져 있다. 청년 옥련은 달려가서 편지를 읽는다.

늙은옥련 남편은 그렇게 편지 한 통을 남긴 채 전쟁터로 떠났어.

앙상블들이 편지들이 되어 몰려온다.

남편 우리가 처음 만났을 때 사실 나는 참전할지, 말지를 두고 많이 고민했소. 사랑하는 당신과 아직 태어나지 않은 우리 아기를 두고 떠나기가 죽을 만큼 망설여졌소… 나에게 따뜻한 사랑을 줘서 고맙소. 나는 곧 태어날 우리 아이와 우리의 미래를 누구보다 기대하고 있소. 꼭 당신 품으로 돌아가겠소. 조금만 참고 기다려 주시오. 우리의 아이를 위해서라도 잘 견뎌야 하오.

편지들(앙상블)은 그의 옆에서 밀짚모자, 빨래함(그 안에 (전쟁에서 입는) 군복과 총들이 들었음)을 머리에 이고 걷다가 넘어지고 지탱하기가 반복된다.(힘든 생활과 시간의 흐름) 청년 옥련이 힘들게 일하는 동안 시간은 흘러간다.

늙은옥련 그때부터 나의 삶은 당신에 대한 기다림으로 버틸 수 있었지. 그 기다림이 너무 아파서 다른 고생들은 다 견딜 만했어…

뜨거운 여름날의 소나기 속에서 청년 옥련은 아이를 낳았다. 편지들(앙상블)은 옆에서 행복하게 아이를 지켜본다. 한 장의 편지가 멀리서 날아온다. 한 사람 한 사람을 통해 전달되어 행복하게 웃는 청년

옥련의 손에 넘어간다.

긴 침묵… 갑자기 아기의 울음소리에 청년 옥련은 편지를 읽다가 주저앉는다. 그녀는 마치 전쟁터로 빨려 들어가는 것 같다. 귓가에 폭탄 소리와 총소리, 비명 소리가 울려 퍼진다. 죽음의 공포와 혼란, 절망이 엄습하고 그녀는 시체 사이에서 남편을 필사적으로 찾는다.

편지들(앙상블)이 빨래함에서 피 묻은 옷을 지고 전쟁터를 달린다

청년옥련 그럴 리 없어, 뭔가 잘못됐을 거야. 그가 죽었을 리가 없어!

그녀는 전쟁터에서 남편을 찾지 못하고 어린 병사를 발견한다. 그녀는 가엾게 죽어가는 병사를 껴안는다.

젊은병사 (정신을 못 차린 채로) 엄마? 엄마인가…
청년옥련 그래… 엄마야…
젊은병사 엄마, 보고 싶었어… 집에 가자…

젊은 병사의 영혼은 떠난다. 다른 영혼들이 나타난다.
청년 옥련은 주위의 모든 죽은 영혼들을 본다.

영혼1 16년의 세월은 마치 꿈을 꾼 것 같네요… 저기 저 산 밑에 보이는 등불이 바로 제 집이에요. 어머니는 아직도 마을 어귀에서 내가 돌아오기를 기다리시는군요. 이렇게 떠날 줄 알았다면 어머니가 끓여주신 나물국을 한술이라도 더 먹을 걸… 종소리가 들리는 것 같아요… 수업 끝난 종소리일까요? 평소 같으면 이 시간에 나는 학교에서 집으로 돌아가는 길이었을 텐데… 인생이 정말 짧고 아쉽네요…
영혼2 내 눈을 봤소? 포탄에 터져, 두 구멍만 남아 눈앞이 캄캄하

오.… 앞길도 미래도 볼 수 없게 됐소… 이런 결과가 될 줄 알았다면, 그때 차라리 당신과 만나지 않는 게 나았을 텐데… 내가 당신의 인생을 망쳐서 미안하오.

영혼3　늙은 아버지와 어머니를 너한테 맡긴다. 내 어린 동생이 이젠 집안의 큰 기둥이 되어야겠네… 고마워, 그리고 미안해, 이번 인생에 빚진 걸 형이 다음 생에 꼭 갚을게.

영혼4　봄바람이 그리워요. 따뜻한 봄바람은 영원히 전쟁터에 불어올 수 없는 걸까요? 왜 내 몸은 이렇게 차가울까요… 혈관에 흐르는 것은 피가 아니라, 끝없는 고통과 피로에요… 봄바람이 불기를 얼마나 기다렸는지… 내 피는 이미 더러운 솜옷과 한 덩어리가 되어 두꺼운 갑옷처럼 내 피부를 베어내요…

영혼5　저승에도 촛불이 있을까요? 죽은 자의 집념으로 불타오르는 걸까요? 꺼지지 마세요! 활활 타오르세요! 이 저승을 대낮처럼 환하게 태워 버려요, 영원히… 밤이 없게……

영혼6　사랑하는 아가, 넌 아직 아빠를 본 적이 없지만, 아빠는 네가 태어나기를 간절히 기다렸단다… 애비가 없어도 슬퍼 말고 엄마 말 잘 듣고 건강하게 자라기를 바란다. 내가 저 하늘에서 엄마와 너를 항상 지켜보고 있을게.

영혼7　내가 이 세상에 왔을 때는 꽃이 피지 않았었어요. 내년을 기다려요. 우리의 시신에서 흘러나온 피가 땅에 스며들어 꽃거름이 될 거예요. 꽃이 내 가슴에서 피어나고, 살갗을 뚫고 나오겠죠. 분명히 아름다울 거예요.

영혼들　(다같이) 저희는 이렇게 먼저 떠나갑니다. 인생에 아쉬움이 많이 남네요…

청년 옥련은 그들 속에서 슬프게 떨고 있다. 늙은 옥련은 천천히 그녀를 품에 안는다. 그의 곁에 있는 어머니도 그들을 꼭 껴안는다.

늙은옥련 울어버려… 참지 말고… 크게 울어… 하늘을 향해서.
어머니 응어리가 다 풀릴 때까지 울고 나서 눈물 닦고 다시 살아가
는 거야.

청년옥련은 오열한다.

청년옥련 인생이 이렇게 슬프고 힘든데 왜 살아야 하나요?
어머니 살아있으니까 살아야지!
청년옥련 결국엔 죽을 건데 살아서 뭘 하냐구요? 확 죽어버리고 싶
어요.
어머니 삶은 무의식적으로 복제하고 있는 거야. 도망치고, 경멸하
고, 일부러 피하려 하지만 모든 것이 헛된 짓이지…
늙은옥련 우리는 생명을 지켜보고, 그들이 떠나는 것을 지켜보고, 다
시 기억 속에서 살고, 기억이 우리의 존재를 만들고… 결국
이 세상에 외로이 남겨지는 것이 인간으로서 맛보아야 할
운명일지도…
청년옥련 만약 운명이 정해져 있다면, 왜 모든 사람이 앞다투어 이
길을 걷는 걸까요? 왜 앞선 사람들이 뒤에 오는 사람들에
게 말해주지 않는 걸까요? 너무 고통스럽다고… 오지 말라
고…
어머니 그래서 죽으려고 사는 게 아니라 살아서 해야 할 일이 있어
서 사는 거란다.
청년옥련 그 해야 하는 일이라는 게 뭔가요? 살아보니 인생이라는 게
다 고생뿐이던데.

아기 울음소리.

어머니 새끼가 울면 애미 눈에선 피눈물이 나구 내 새끼 가슴에 피 멍이 들면 이 애미 심장은 갈기갈기 찢겨지는 거지. 우리 모두가 그랬지 않니? 끝없이 방황하고, 미친 듯 사랑하고, 가족을 지키기 위해 헌신을 다한, 그런 삶 말이야.

청년옥련 만약 운명이 원래 이렇게 고달프게 정해져 있다면 왜 이 힘 듦과 어려운 길을 선택해야 하는 건가요? 이 힘든 길을 어 머니는 왜 막지 않았어요?

어머니 말리고 싶었다. 하지만 말릴 수가 없었어. 니가 좋다는데 어떻게 말릴 수 있었겠니? 니가 원하고 선택했던 길 아니 더냐?

청년옥련 그때는 몰랐으니까요.

늙은옥련 그래 지금은 알겠니? (자기한테 묻는다)

청년옥련 조금은요.

그들은 서로 눈물을 닦아준다.

어머니 일어나 … 계속 살아야지. 아이를 위해서 살아내야지…

세 여인은 눈물을 닦으며 일어난다.
(동영상 "시간")

제6막

멀리서 속삭이는 소리가 또 들려온다. 바늘 없는 시계지만 시간은 계속 흐른다. 그림자들이 나타난다.
늙은 옥련은 그림자를 통해서 생명은 멎을 줄 모르는 강물과 같음을 알게 된다. 늙은 옥련은 생명의 강물 속에서 과거를 본다.

어린옥련 어릴 때 나는 두려웠다.
청년옥련 난 지금도 여전히 두려움을 느껴.
어머니 눈물은 점점 말라 갔지.
남동생 강을 건너는 건 정말 추워.
아버지 성장하는 건 정말 고통스러워.

흘러가는 생명들의 행렬 끝에는 빨래함을 머리에 인 중년 옥련이 서 있다.

늙은옥련 그리고 나서는?
중년옥련 그리고 나서, 고통은 사라지지 않아.

여덟 살 딸이 그녀의 곁으로 달려와 멍하니, 멀리 바라보는 어머니를 흔들면서

딸 엄마, 누구하고 말하세요? (딸은 어머니 시선을 따라 쳐다보지만

아무도 없다)

중년옥련 어?… 아무 것도 아니야. (중년 옥련은 환각 속에서 늙은 자신을 보는 것 같다)

딸 아까 제 풀피리 소리 어때요?

중년옥련 우리 딸 풀피리 잘 부네. 소리도 아름답구… 얼굴도 예쁘구…

딸 그런데 왜 엄마는 웃고 있는데 슬퍼 보여요?

중년옥련 엄마는 네가 잘 크기도 바라지만 한편으로는 이 순간이 지나지 않기를 바래. 좀 더 오래… 오래…

딸 난 엄마랑 평생 같이 살 거야.

딸은 엄마에게 뽀뽀하고 웃으면서 달려간다.

늙은옥련 나도 모르게 어느새 아버지의 밀짚모자를 쓰고 어머니가 되었어. 내 딸도 나와 마찬가지로 논밭에서 깡충깡충 뛰고 풀피리 부는 걸 좋아했지… 아버지가 왜 항상 내 뒤를 따라오는 걸 좋아하셨는지 이제 이해가 돼. 나도 딸의 뒷모습을 보면서, 천천히 자라가는 뒷모습이 보고 싶어서 몰래 기도했지, 시간이 좀 더 천천히 흐르길…

그녀가 옛날을 회상할 때 곁에서 깡충깡충 춤을 추던 어린 딸이 어느새 자랐다. 18세가 된 딸은 낡은 자전거를 타면서 힘껏 페달을 밟는다. 녹슨 바퀴가 끊임없이 삐걱거리지만 딸의 모습은 밝고 힘찬 새로운 시대로 달려가는 듯하다.

(동영상 "새 시대")

딸(18세) 엄마, 난 날고 있어…

중년옥련 응… 천천히…

딸 엄마, 날 봐. 난 날고 있어… 내 손 잡아

중년옥련 응… 천천히… (손을 내민다)

딸 엄마, 난 날고 있어… 난 영원히 엄마 손을 안 놓을 거야…

중년옥련 응… 천천히… (힘들게 쫓아간다)

힘차게 달리던 자전거는 갑자기 멈춘다.
젊은 청년이 바이올린을 연주하고 있다. 그는 풀밭에 앉아 구름을 바라보며 연주하고 있다. 딸은 자기도 모르게 바이올린을 연주하고 있는 지식 청년에게 끌린다. 그녀는 소리를 따라가려 하다가 어머니의 손을 잡고 있었음을 깨닫고 손을 놓는다. 그녀는 그의 연주에 박수를 치며 그의 눈을 바라본다. 멀리 떨어져 있지만 서로 끌어당기는 자석처럼 연주가 끝나고 두 사람은 키스하고 사랑에 빠진다.

딸 난 도저히 둘 중 하나를 선택할 수 없어요. 당신과 함께 이곳을 떠나고 싶지만… 홀로 계시는 어머니가 가여워요.

딸은 슬퍼하며 중년 옥련을 바라본다.
중년 옥련은 낡고 녹슨 자전거를 닦고 있다.

딸 엄마, 나 어떡해요? 그 사람이 대학 입학통지서를 받고 이곳을 떠난대요. 나랑 함께 상해로 가고 싶대요.

일하던 중년 옥련의 손이 멈춘다.

중년옥련 (한참 고민을 하다가) 내 딸 생각을 들어봐야지.

늙은옥련 그 순간 나도 어머니와 같은 말을 했다는 것을 깨달았지. 아이가 자라는 건 이토록 한순간이구나… 그러면 나도 어머니처럼 딸에게 영원히 뒷모습만 남기게 되겠지…

기억 속에서 어머니의 마지막 울음소리가 들린다.

어머니 나는 이젠 더 이상 너의 곁을 지킬 수가 없구나. 이 못난 애미를 잊어도 좋으니 꼭 부디 잘 살거라. 미안하다, 내 새끼. 힘들더라도 꼭 살아가야 해… 흐르는 강물처럼 살 거라. 그게 세상을 사는 유일한 방법이니까.

중년 옥련은 딸에게 드레스를 입혀주면서…

중년옥련 인생은 정말 흐르는 강물 같아! 너도 언제 이렇게 갑자기 커 버렸대? 어제까지만 해도 엄마 옆에서 풀피리 불더니 이젠 벌써 시집을 다 가는구나. 내 새끼… 너 그거 아니? 내가 이 세상에서 제일 잘한 것은 너를 낳은 거다. 내 딸로 태어나줘서 너무 고마워… 이젠 네 인생은 네가 사는 거야… 하지만 인생이 힘들더라도 꼭 살아내 보겠다고 약속한다면 보내줄게…

늙은옥련 흐르는 강물처럼 살거라. 그게 세상을 사는 유일한 방법이니까… 이제 알 것 같아…

중년옥련 뒤돌아보지 말고 가…

떠나는 딸이 갑자기 고개를 돌려 중년 옥련을 바라본다.
멀리, 중년 옥련은 주저앉아 통곡하고 있다.

딸   (중년 옥련의 쓸쓸한 뒷모습을 보며) 익숙한 뒷모습, 나도 언젠간 엄마처럼 되겠지?

그녀들은 그 순간 엄마의 마음을 알았다.

마무리

요양원 침대 옆, 늙은 옥련이 입었던 옷과 신발이 조용히 놓여 있고
바늘 없는 시계는 멈춰 있다.
두 명의 간호사가 방의 옛 물건들을 정리한다.

간호사1   넌 오늘 간호사 실습 마지막 날이잖아, 늦었는데 안 가?
간호사2   그분 아침까지도 괜찮으셨는데… 이렇게 갑자기 돌아가셨
다는 사실이… 믿을 수가 없어요… 이곳이 요양원인 게 이
제 실감나요…
간호사1   너 여기서 죽음은 처음 접한 거지?

순간, 간호사1, 2 동시에 같은 감정을 느낀 듯 서로 쳐다보고, 이때
음악이 흘러나오고, 늙은 옥련이 한결 가벼운 몸으로 머나먼 나무를
향해 걸어간다. 나무 아래, 온 가족의 영혼(남동생, 아버지, 남편, 어
머니)들이 그녀를 기다리고 있다.

늙은옥련   엄마…

늙은 옥련은 어머니의 품에 안기고 사랑하는 사람들은 따뜻한 미소
로 그녀를 맞이한다.
머나먼 곳에서 하늘의 강을 건너는 자들의 노래가 들려온다.
긴 강이 펼쳐진다, 가족들은 손을 잡고 대열에 합류하여 쉬지 않고

흐르는 생명의 긴 강을 걷는다. 역사는 강물처럼 흐르고 그들은 강물에 발자국을 남긴다.

요양원 창가엔 덩그러니 빈 침대만 남겨져 있다.

끝.

2024한양대학교 연극영화학과

캡스톤 창작희곡선정집 11

초판 1쇄 인쇄일 2024년 12월 22일
초판 1쇄 발행일 2024년 12월 30일

지 은 이   (작품수록순) 양의열·이서우·전은빈
           안유리·김주헌·홍단비·김미화·양이쿤
펴 낸 이   권용·김준희·조한준·우종희
만 든 이   이정옥
만 든 곳   평민사
           서울시 은평구 수색로 340 〈202호〉
           전화 : 02) 375-8571
           팩스 : 02) 375-8573
           http://blog.naver.com/pyung1976
           이메일 pyung1976@naver.com
등록번호   25100-2015-000102호
ISBN   978-89-7115-869-2   03800
정 가   25,000원